魔法騎士団長様(仮)は転生した公爵令嬢を離さない!

The Temporary Magical Knight Commander won't let go of the reincarnated Daughter of a duke!

上

夜明星良
Seira Yoake

CHARACTER

アマーリエ（16歳）

由緒あるローゼンハイム公爵家の令嬢。優雅で気品があり、器量もよく、社交界では「高嶺の花」ならぬ「高嶺の薔薇」とも評される。社交界デビューを目前に控えたある日、前世が魔法学者ナターリエであったことを思い出す。

オズワルド（27歳）

グリュンシュタイン公爵家の長子で、若き魔法騎士団長。容姿端麗で女性からの人気が高いが、社交界にはあまり姿を見せず、女嫌いとの噂がある。実は、ある理由によりオズワルドは仮初の姿で、本当の姿を隠して生きている。

17年前

アレクサンダー（8歳）

ゾンネンフロイデ王国の王太子。太陽の光にも似た金色に輝く髪、晴れ渡る空を思わせる真っ青な瞳で天使を思わせるような愛らしい容姿をしている。

ナターリエ（25歳）

代々強力な魔力を持つプリングスハイム家の唯一の末裔で、齢二十歳にして魔法大臣となった魔法学者。その能力を買われて王太子の専属魔法指導官を務めている。

リースリング先生

生前のナターリエとは良き師弟関係であり、友人でもあった魔法学者。森の奥の魔法の泉の近くにひっそりと住んでいる。現在のオズワルドの師でもある。

CONTENTS

プロローグ

致《いた》し方ないことだ。思い出してしまった以上、これまで通りにはいかない。だとしたら、止まったままの歯車を再び動かさねばならない。私のせいで王太子殿下《おうたいしでんか》の時間は、今も止まったままなのだから――。

私はアマーリエ・ローゼンハイム。ローゼンハイム公爵家《こうしやくけ》の一人娘として生まれ、貴族の令嬢《れいじよう》としてこの上ない教育を受けてきた。

腰まで伸びた豊《ゆた》かな亜麻色《あまいろ》の髪に、濡《ぬ》れた紫水晶《アメジスト》のようだとしばしば表現される母譲りの薄紫《うすむらさき》色《いろ》の瞳《ひとみ》。社交界デビューもまだだというのに、常に羨望《せんぼう》の的であるローゼンハイム家の名と整った容姿も相俟《あいま》って、社交界ではその名はすでによく知られているらしい。

「優雅で気品があり、器量《きりよう》もよく、貴族令嬢のなかでも一目《いちもく》置かれている存在」――それが、アマーリエ・ローゼンハイムに対する周囲の一致した評価であった。

そんな私も今年でいよいよ十六となり、間もなく開催される王宮舞踏会への参加も決まっている。

そう、社交界デビューを目前に控《ひか》えて私アマーリエ・ローゼンハイムは、若き貴婦人としての道を間違いなくまっすぐと歩んできたのだ。――少なくとも、昨夜までは。

昨夜のことは、なぜかはっきりとは思い出せない。しかし少なくとも……私は誰《だれ》かと会っていた。しかも、秘密裏《ひみつり》に。

本来であれば、公爵家の令嬢が夜、密《ひそ》かに誰かと会うことなどあってはならない。にもかかわらず、昨夜そのようなことを自分がした理由について、一夜明けた今、なぜか全く思い出せない。

その時の記憶はなぜか全てに薄靄《うすもや》がかかったようにぼんやりとしている。もちろん、思い出せることもある。たとえば、私を訪ねてきた謎《なぞ》の人物が、暗色《あんしょく》のフード付きローブを纏《まと》った白髪《はくはつ》の老人だったということ。そしてその人は顔を隠していたわけでもなかったのに、一切その風貌《ふうぼう》を思い出すことができないという、その不可思議な事実も。

だがひとつだけ、鮮明に覚えていることがある。それは、その人物が私に「自分が何者か思い出せ」と言ったこと。そしてその瞬間、膨大《ぼうだい》な知識と記憶が、私の頭の中に洪水《こうずい》のように一気に流れ込んでくるのを感じたということ。

痛みとは違う、しかし逃《のが》れ難《がた》い大きな衝撃に初めは混乱し、まもなく強烈な感情の波に襲われた。まるで人生の最期に見るという走馬灯《そうまとう》のように、一人の人間の生涯《しょうがい》が、その全ての記憶が、一瞬にして蘇《よみがえ》る。そしてその終わりに脳裏《のうり》にはっきりと浮かんだのは、その「最期」の時のこと——。

『死なないでくれ、どうか私をおいていかないでくれ！』

美しい真っ青な瞳が、大粒の涙に濡れている。ああ、死んではいけない、絶対に、このまま死ぬわけにはいかない。こんな死に方をすれば、何よりも大切なこの方をいったいどれほど悲しませることになるか。そんなこと、絶対にあってはならない——！

それなのに私は……死んでしまったのか。

――全て思い出した。かつて、自分が何者であったか、そしてあの日、自分の身に何が起こったのか。思い出した以上、もう知らぬふりなどできるはずがない。永遠に過ぎ去ったはずの過去が、止まったはずの時間が、今静かに、しかし確実に、再び動き出そうとしているのだから。

一章　動き出した時間

眩《まぶ》しい朝の光が、カーテンの隙間《すきま》から差し込んでいる。目覚めたばかりのどこかぼんやりとした頭のまま見慣れた部屋を眺《なが》めまわしたあと、そっと自分の手に視線を落とす。

水仕事ひとつしたこともなければ、あの頃《ころ》のようにたくさんの文字を書くわけでもないからペンだこすらないその若く美しい手は、この国で王家に次《つ》ぐ最高権力を持つローゼンハイム公爵家《こうしやくけ》の一人娘である、十六歳の今の自分を象徴《しようちよう》するかのように思えた。

とても長い夢を見たような感覚――だが、あれは決して夢ではないのだ。昨日までの私の中にはなかったそのあまりにも多くの知識と記憶、そしてそれに伴う感情が、自分の中に鮮明に存在するのをはっきりと感じるのだから。

私は、この十六年の人生を生きる前に、すでに別の人間としてひとつの人生を歩《あゆ》み、そしてそれを終えている。そうだ、私は「アマーリエ」であるとともに、「ナターリエ」でもあったのだ。

アマーリエ・ローゼンハイムとして私が生を受ける前、私はナターリエ・プリングスハイムという名の著名な魔法学者であった。そして二十五歳という若さにして、このゾンネンフロイデ王国の魔法大臣でもあった。

この国に女性学者そのものは少なくない。だが、かつての私は同年代の学者たちはおろか、同時代の学者たちからも一線を画《かく》す、優れた魔法学者であった。

その並外れた頭脳でもって、魔法大国であるこの国の国益のために、そして人々のために、若く優秀な力を遺憾《いかん》なく発揮《はっき》した。魔法の悪用を防ぎ、善なる魔法でもって現国王の治政を立派に支えていたのである。

しかしある日、私の持つ能力と権力をよく思わぬ逆賊《ぎゃくぞく》によって、白昼堂々《はくちゅうどうどう》、私は毒殺されたのだった。しかも、八つになったばかりの王太子殿下《おうたいしでんか》の面前で、である。

アレクサンダー王太子殿下は、私が二十二歳の時に私の教え子となった。殿下は当時まだ五歳になったばかりだったが、すでに高度な学問を理解する神童《しんどう》だった。しかし、本来なら魔法を使えるはずの年齢になっても、殿下はなぜか魔法が使えないままだった。

そこで、私にお呼びがかかったのだ。幼少の頃より神童と呼ばれ、十四で大学を卒業、十六には博士となり、その資質十分として二十歳という若さで魔法大臣に任命された私を、殿下のお父上である国王陛下《へいか》が誰よりも認めてくださったのである。

そして私に与えられたのが「王太子専属魔法指導官」という、女性では初となる極《きわ》めて名誉ある特別職であった。

王太子殿下は当初、周囲の心ない者の声に傷つき、自分には本当に魔力がないのだろうと、すっかり自信をなくしていた。しかし私には、王太子殿下には必ず魔力があるという確信があった。

それというのも、魔力のコントロールの訓練方法のなかに「集中」を促《うなが》す訓練があり、その際にどこでもいいが身体《からだ》に直接触れるのだが、私が殿下に触れたとき、とても不思議な、しかし力強い共鳴を感じたのである。

他の者はわからないと言ったが、王太子殿下に触れると、確かに私のなかの魔力が殿下の強力な魔力に引きつけられたのだ。それは、今までに一度も感じたことのない特別な感覚だった。

そして、私は思った。殿下が上手《うま》く魔力をコントロールできないのは魔力がないからではなく、魔力が異常に強いからではないか、と。

そもそも王家の者は、通常の魔法使いの持つ魔力とはかけ離れたレベルの強大な力を持つ。もしかすると殿下は王家のなかでもとりわけ強い魔力を持つがゆえにそのコントロールが他の者よりも遥《はる》かに難しいのではないか――その仮説に基《もと》づき、私は特別な訓練方法を殿下に用意した。

根気のいる訓練ではあったが、私には確信があった。むしろ、時間がかかればかかるほど、殿下のなかの無限の可能性を強く感じた。そんな私の姿を見て、殿下も徐々《じょじょ》に自信を取り戻していった。そしてあるとき、それまでの努力が突然実を結んだ。仮説は立証された。殿下はやはり、とてつもない魔力の持ち主だったのだ。

無事魔法を使えるようになってからも私の「王太子専属魔法指導官」としての役割は続いたが、殿下の魔法の習得スピードは恐るべきものだった。

私は殿下の天賦《てんぷ》の才《さい》に感動した。また、その才能に溺《おぼ》れることなく、誰よりも努力される姿にも感銘《かんめい》を受けた。いずれこの方が国王になられることを思うと、一臣下として、そしてこの国の国民として、この上なく誇らしく思ったものである。

一方で、殿下は私のことを実の母か姉のように慕《した》ってくれた。魔法指導がないときでも、殿下はできるだけ私の側《そば》にいたがった。

魔法大臣としての任務は国王陛下のサポートが多いため主に王宮で行っていたが、殿下はその際も私の側を決して離れなかった。国王ご夫妻は「王太子はすでに十分すぎるほど勉強はしているし、あとは好きにさせてやればよい。それに公務を知るいい勉強になるだろう」とそれを容認され、微笑《ほほえ》ましくご覧になっていた。

というのも殿下は年齢のわりに大人びており、国王ご夫妻にさえも非常に礼儀正しく品行方正《ひんこうほうせい》であったため、殿下が子どもらしさを見せぬことをお二人は非常に心配していたのだ。

だが、私には驚くほど自然に甘え、毎日抱きしめてほしがったり、私の隣で寝たがったりした。そんな子どもらしい一面を見せる殿下の姿を国王ご夫妻はたいそう喜ばれたものだ。

太陽の光にも似た金色に輝く髪、晴れ渡る空を思わせる真っ青な瞳。絵画のなかの天使のように愛くるしい殿下からあのように懐《なつ》かれるのは事実この上ない喜びであり、殿下と共に過ごした三年間は、間違いなく私の人生最良の日々であった。

しかし、あんなことが起きるのであれば、私はお側にいるべきではなかった。もし初めから結末がわかっていれば――あのように殿下を苦しませることになるのなら、私はまだ幼い王太子殿下と無理にでも距離を取っておくべきだったのだ。

その日、私は王太子殿下といつものように穏やかな午後のティータイムを過ごすはずだったが、私に用意された紅茶の中に、その毒は盛られていた。

あとから、そのとき給仕《きゅうじ》をしていた侍女《じじょ》が買収されていたことがわかった。しかしその侍女も、それがまさか死をもたらすものだとは知らず、その事実を知ったあとに自ら命を絶《た》ったという。

可哀相《かわいそう》なのは殿下だ。当時八つの王太子殿下は、自分が懐いていた人物が突如《とつじょ》として眼前で血を吐いて死ぬのを見せられたのだ。いったいどれほど恐ろしかっただろう。あのときの殿下の表情といったら！　記憶が蘇《よみがえ》った今、あの日のことはまるで昨日のことのようにはっきりと思い出せる。

椅子からずり落ちその場に倒れ込んだ私の上体を殿下はまだ小さなその体で必死に抱き起こし、私の名を何度も呼び、そして「誰か！　誰か早く医者を！」と大声で叫んでいた。

彼は大粒の涙を流しながら「死なないでくれ、どうか私をおいていかないでくれ！」と繰り返し、私も殿下の手を握りながら、意識が朦朧《もうろう》とするなか、何度も頷《うなず》いた。殿下の前で死んではいけない、どうにかして、この毒を解毒しなければと。

しかし、最後の力を振り絞り解毒魔法を試《こころ》みてもその毒にはなぜか効かず、殿下も私を助けようと必死で魔法を使ってくださっていたようだが、やはり効かなかった。

最後の瞬間まで、殿下は私に向かってずっと必死になにか語りかけていた。だが、私にはもはや殿下がなにを言っているのか理解できず、そのまま意識は遠のいて、そして――私は死んだ。

あの忌々《いまいま》しい事件はその後、王太子殿下をどれほど苦しめたのだろうか。死んでしまった私には詳細を知る術《すべ》はないが、噂《うわさ》で聞く限り、あの事件以降、殿下はすっかり身体を悪くされてしまった

らしい。

この国唯一の王子である王太子殿下は、今年でもう二十五歳のはず。にもかかわらず、未《いま》だ一度もその姿を公《おおやけ》に見せられたことがない。それもこれも、あの事件の直後に高熱で寝込まれて以降、すっかり身体が弱くなって寝込みがちとなってしまったからであると言われている。

あれほど健康だった殿下が――そう考えると、信じられないという思いとともに、言いようもなく悲しく、また申し訳ない気持ちになり、胸が苦しくなる。

なおこれらの王太子殿下に関する情報は、アマーリエとして生まれた私が、両親との会話や友人たちとの噂話のなかで聞き知ったことである。どこまでが真実で、どこからが噂であるのか。しかし王太子殿下が未だ公の場に一度もそのお姿を現さないことだけは、紛《まぎ》れもない事実なのである。

次期国王となる王太子殿下について、その王位継承を不安にさせるような噂が国民の間で広まっていることは、由々《ゆゆ》しき事態である。しかし国王陛下は、後継者は決して変えないと明言している。王太子殿下は国王陛下の唯一の王子であるし、王家は直系のみであるから、事実上彼以外に王位継承権はない。第一、現国王への国民からの尊敬と信頼は絶対的なものであるので、国王陛下がそのように言っている以上、ひとまずこれが覆《くつがえ》るようなことは決してないだろう。それが、私には唯一の救いである。

なお、私の毒殺事件そのものはすでに解決済みだ。この事件が起きたとき、国王陛下は普段の穏やかで聡明《そうめい》なその姿からは想像もできないほど烈火《れっか》の如《ごと》く激怒されたという。その後、陛下自らが徹底的に行った五年間にも及ぶ捜査により、事件は全容《ぜんよう》解明に至った。

首謀者《しゅぼうしゃ》は、当時国防大臣であったクリーク侯爵だった。クリークは過去の戦争の英雄で、国民からの人気が高かった。私に言わせれば自尊心が高いだけの愚《おろ》かな男だったが、単純なため扱いやすい人間でもあったから、彼が国防大臣でも、特段大きな問題はなかった。

しかしある時を境《さかい》に、議会で大胆な発言をするようになった。彼は周辺諸国の動きが怪しいだとかどこの国が密《ひそ》かに軍備を拡張しているだとか言って、我が国も早急に軍備を拡張すべし、いっそ攻撃を受ける前に先手を打って攻め込んではどうかなどと、極めて扇動的《せんどうてき》かつ危険な発言を繰り返すようになった。

彼の目的は、戦争を起こすことだったようである。かつて自分が戦争で権力を得たため、戦争の勝利がもたらす富と名誉を再び欲していたのだろう。

あるとき、彼が国防軍を勝手に招集し、本来なら戦争の開始直前に行う特殊訓練を無断で行おうとしているとの情報を摑《つか》んだ私は、すぐさま国王陛下にその旨《むね》を報告した。

結果、国防大臣は国王陛下より厳しいお叱《しか》りを受けることになり、国防大臣の任《にん》も解《と》かれる寸前だったが、反省の意が深かったこともあり、そのまま留め置かれた。

しかし彼の異常なまでの自尊心は、それを傷つけた私に対し、密かに深い憎しみを抱《いだ》くようになったらしい。

そして、彼はある日突然私を毒殺したのだ。それも、非常に手の込んだ方法で。何重にも予防線が張られ、首謀者が誰かわからないようになっていた。あの愚か者にそんな知恵があったことが驚きである。あるいは、誰かの入れ知恵があったのだろうか。

陛下はご自身の強い魔力を使いながら魔法尋問を行い、例の侍女からその関係者を一人ずつ辿《たど》り、最後は大臣本人に直接陛下が尋問を行って、真相を明らかにしたそうである。

最終的に、彼と直属の部下が死罪となったほか、事件に関わったもの全てに対する前例なき粛《しゅく》清《せい》の嵐が、宮廷のみならず国内全土で吹き荒れた。そのために流れた血は、決して少なくなかった。

『国のために尽くす者が欲深き者たちの手によってその命を奪われるなど、決してあってはならぬ。私は、彼らを許さぬ。だが同時に、今回の一件を事前に阻止《そし》することができなかった自分のことも決して許すことができない。私たちが失った存在は、あまりに大きい。未来永劫《みらいえいごう》同じことが起きぬよう、私は我が命をかけて尽力することをここに誓う』

国王陛下はその後の歴史に残る演説でそう述《の》べられた。国王陛下には感謝のしようもない。だが、あのように穏やかで優しい方が私のためにそんな恐ろしいことをされ、また自責《じせき》の念《ねん》を感じているという事実が、記憶を取り戻した今となっては非常に辛《つら》く、心より申し訳なく思われる。

アマーリエは、ナターリエの死から約一年後に生まれた。だから、当時の粛清については現代史の授業で聞いたことしか知らない。だが、かつての私であるナターリエ・プリングスハイムは今やこの国を代表する英雄であり、ほとんど聖人のような扱いである。

『比類《ひるい》なき知性と気高《けだか》き志《こころざし》でもってこの国に貢献《こうけん》し、故《ゆえ》に若くして散った高邁《こうまい》な精神』とその墓標には大きく刻まれ、命日には毎年、国を挙げての行事もある。

これまではそのように偉大な女性がほんの十数年前までこの国に存在したことに感動し、自分もそのような立派な人間になりたいと思ったこともあったものだが、しかしまさかそれが前世の自分だったとは……。

　だがそうなると、これからどんな顔をしてあの行事に参加すればいいんだ？　それだけじゃない、この国の紙幣《しへい》には、ナターリエ・プリングスハイムの肖像を使っているものがあるし、思えば中央広場の正式名も改称され、ナターリエ・プリングスハイム記念広場になっている。

なんてことだ、これからはもう町を歩くのもなんだか恥ずかしいじゃないか！　――って、悩むとこはそこじゃないか。

　私は転生というものを信じていなかったわけではないが（そもそも「転生魔法」と呼ばれるものがある）、しかし死んでそんなにすぐ、しかもこんな近くに転生することになるとは思わなかった。そしてまさか、前世の記憶をこんなにはっきりと取り戻すことになるとは……。


　部屋に、ノックの音が響いた。回想から思考を戻しはっと時計に目をやると、いつもの起床時間よりもすでにかなり遅い。

「アマーリエお嬢《じょう》様、まだお休みですか？」

　部屋の外から、明るい声が響く。侍女のローラである。普段なら、とっくに私のほうから彼女を呼んでいる時間なので、心配して声をかけてくれたのだろう。

「どうぞ、入って」

　私の頭の中は混乱していたが、だからこそ、今の私にはローラが必要だった。

「まあ、お嬢様！　まだベッドの中にいらしたんですね。もしやお加減《かげん》が優《すぐ》れないのでは!?」

ローラは素《す》っ頓狂《とんきょう》な声を出し、慌《あわ》ててベッドにいる私のほうに駆け寄ってきた。そんな彼女の姿を見ただけで、少し元気が出た。

そうだ、前世を思い出してしまったとしても、今はもう、アマーリエなのだ。あんな悲しい死に方をしたナターリエとは、もう違う。

「大丈夫、なんでもないのよ。ただ、悪い夢を見ただけ。食事のあと少し出かけたいから、あとで手伝ってちょうだいね」

「もちろんです、お嬢様！　それで、どちらにお出かけに？」

私は少し考えて言った。

「ええと、王立中央図書館に」

「あら、なにか新作ありましたっけ？」

ローラのいう新作とは、恋愛小説のことだ。この年頃の女の子というのは恋愛にしか興味がないらしい。かくいう私も、昨夜まではこのローラと同じく、本といえばいわゆる恋愛小説にしか興味がなかった。ただし、今世の私も前世の私と同じく現実の恋愛ごとには疎《うと》くて、十六にして初恋もまだである。

「そうね、新作ではないけれど、久しぶりに読みたいものがあるの」

「あら！　では私も、なにか懐かしいものを読みますわ！　『王子と魔女』を久々に最初から読み直したいと思っておりましたの！」

図書館行きにローラも乗り気だ。基本的に侍女は、その主人といつも一緒である。ローラは貴族でこそないもののなかなかよい家柄《いえがら》の娘で、頭もよく気遣《きづか》いのできる働き者である。年の頃も近く気も合うので、侍女であるとともに、よき友人でもある。令嬢と侍女の関係としては、これ以上ない理想的な関係といえるだろう。

食事を済ませると、私たちは王立中央図書館に向かった。家からは馬車で五分。こんな好立地に住んでいながら、これまで恋愛小説の新作が出たときしか来なかったとは！　ナタ－リエの記憶を取り戻した今となっては、今世の今までの行動が信じられない。

だがもちろん、アマーリエとしての記憶もしっかり残っている。というか、いくら前世を思い出したところで、実際私はアマーリエなのである（昨日までより脳内が若干理屈《じゃっかんりくつ》っぽくなったような気はするが……）。

そんなわけで、「いやいや、恋愛小説もそんなに悪くないわよ！」と自分で自分に頭の中で反駁《はんばく》しているのが、どうにも奇妙な感じだ。


陽に輝く美しい叡智《えいち》の殿堂。古代の遺跡を模《も》した荘厳《そうごん》なデザインが美しいこの王立中央図書館には、世界中から集められた書物が所蔵されている。その所蔵数は王国一を誇《ほこ》り、またこの王国の書物であれば、古いものは建国以前のものから、新しいものは今日発売されたばかりの最新作まで、全てここで読めるのである。

図書は無料で貸し出し可能だが、貸し出された際には著者と出版社の収益となる。国民の知的水準の向上および芸術への造詣《ぞうけい》を深めるために、この国では図書館や美術館、博物館などは全て無料であり、しかしその利用者数に応じて国が十分な補助金を出すことになっているのだ。

実はこの補助金制度も、前世の私の功績《こうせき》のひとつだ。「文化芸術の推進こそ、魔法大国である我が国の未来を育《はぐく》むための最大にして最高の土壌《どじょう》となります」と国王陛下に進言し、それが認められた。そのため、この法律はその名を「プリングスハイム法」という。

そういえば、もうこの国には「プリングスハイム」の名を継ぐ者はいない。なぜなら、プリングスハイム家唯一の末裔《まつえい》が、かつての私、ナターリエ・プリングスハイムだったからである。

プリングスハイムの家系は代々強い魔力を有した魔法学者一族で、その優れた功績を国王陛下に認められ、父アルノルト・プリングスハイムの代で男爵《だんしゃく》の爵位《しゃくい》を賜《たまわ》った。

ただ、貴族としては新参者《しんざんもの》であるから、古参《こさん》貴族の中にはそれをよく思わない者がいたのも事実だった。だからだろう、父は国王陛下から賜った男爵の爵位に恥《は》じぬようにと、国内ではもちろん、国王陛下の外交活動の際には進んでお供《とも》し、突出した魔法学的知識で国王陛下のサポートを行っていた。

だが、ある重要な条約の締結の際、国王陛下が外国の暗殺者による奇襲を受けるという大事件が起きた。まさか式典の最中に狙《ねら》われるとは思わず、魔法騎士《きし》団員たちも控えてはいたのだが、少し距離があった。そのとき、陛下の隣に控えていた父がその身を挺《てい》して陛下をお守りしたのだ。その後、国王陛下の強力な魔法で暗殺者は倒されたが、父は致命傷を負い、その場で亡くなった。

母はもとより身体が弱く、父の死の報《しら》せを受けてからはよく寝込むようになり、さらに私まで毒殺されてしまったので、すっかり生きる希望を失い、後を追うように亡くなったらしい。

あ、そうか。母は死んだのだ。今更、私はその意味を理解した。母の死は私の死後であったから、ナターリエとしての記憶に母の死はない。しかし、アマーリエである今の私にはその知識がある。歴史の授業で学んだ「ナターリエ・プリングスハイム伝」の最後のほうに、そのことが載っていた。愛する夫は国王陛下を守るために身代わりとなって死に、唯一の愛娘《まなむすめ》は大臣の陰謀によって毒殺された。そんな悲しい女性クリスタ・プリングスハイムのことを、人々は「悲劇の人、クリスタ」と呼んでいる。

悲劇の人、クリスタ――あれは、私の母だったのか。今更ながらそのことに気づき、突如胸にぐっとこみ上げるものがあった。

「お嬢様？　どうかなさいましたか？」

急に私が立ち止まり、黙り込んでしまったので、隣にいるローラが私の異変に気づいた。

胸が詰まる。目頭《めがしら》が熱い。そうだ、私が死んだことで、母まで死なせてしまった。どうして私はあのとき、死ななければならなかったのだろう。どうして、解毒の魔法は効かなかったのだろう。どうして――まだ小さな王太子殿下の前で、死ななければならなかったのだろう。

先程まで冷静に考えられたのに、母の死という辛い事実をきっかけとして、急に押し寄せてきた感情の波に飲まれそうになる。それに加え、国王陛下と王太子殿下に対する大きな罪悪感、そして、突然命を奪われたことに対する怒りと――深く、言いようのない悲しみ。

しかしここで私が急に泣き出せば、騒ぎになってしまう。幸いにも、公爵令嬢として生きてきた十六年間が、それをなんとか阻止してくれた。

ここは王立中央図書館の正面玄関で、私は公爵令嬢アマーリエ・ローゼンハイムだ。アマーリエ・ローゼンハイムともあろうものが、こんなところで騒ぎを起こすなどありえない――たとえ、前世の母の死を知った瞬間だとしても。

私はなんとか涙を堪《こら》えると何事もなかったかのような笑顔を浮かべ、こう言うことができた。

「ちょっと眩暈《めまい》がしたの。でも、もう大丈夫よ」

ローラは心配したが、私がもう一度「本当になんともないのよ？」と笑顔で伝えると、ようやく安心したようだった。

「それでも、気分が少しでも悪くなったら仰ってくださいね！　約束です！」

ローラと話していると、やはり気分が軽くなる。彼女の素直で明るい性格には本当に救われる。

――そうだ、たとえ私の前世がナターリエ・プリングスハイムだとしても、今はもうアマーリエ・ローゼンハイムなのである。前世に意識を引きずられてばかりいてはいけない。

もちろん、転生の謎《なぞ》や、昨夜の訪問者についてはこれから密かに調べるつもりだ。しかしだからこそ、感傷《かんしょう》に浸《ひた》っている暇《ひま》などない。私には、やらなければならないことがたくさんあるのだ。

王立中央図書館は、いつ来ても本当に素晴らしい場所だ。私アマーリエは、この場所が好きだ。しかしナターリエ・プリングスハイムにとって、ここはもっと、ずっと特別な場所だった。

プリングスハイム家の者たちは幼い頃から代々この王立中央図書館に入り浸り、魔法学以外のことも含め、貪《むさぼ》るように本を読む。それは、プリングスハイム家の遺伝ともいえる知識欲の強さから来るものだった。

プリングスハイム家の祖先は、王都からほど遠い、この国の端《はし》にあるケーラ山に代々住んでいた。しかし、父の三代前のプリングスハイムが王立大学院に入った折、この王立中央図書館に心酔《しんすい》し、その後は一族でこの王都に移り住んだのである。

ただしこの一族は、知識欲が異常に強い分、その反動か世俗的《せぞくてき》なことや恋愛などに疎い者が多く、プリングスハイム家には生涯独身の者が多かった。

結果として、当時プリングスハイムの名を継いだ家はもう私たちだけだった。だがそれも私たち一家が死んでしまったことで、途絶えてしまったのだが。

「お嬢様、私はいつもの場所で待っておりますわね！」

ローラはそう言うと、すぐさま去ってしまった。目当ての恋愛小説を取りに行ったのだ。これが、いつもの図書館での過ごし方である。

私たちは、図書館では基本的に自由行動。ローラは一度なにか本を読み出すとそれがどんな本でも没頭《ぼっとう》してしまい、読み終わるまでは周囲が見えなくなるタイプだ。

私のほうはいろんなものを試しながらその日のお気に入りを決めて、それを残った時間で読み、あとは借りて家でゆっくりと読む。

しかし今日は、のんびり恋愛小説を読んでいる暇はない。まず試すべきことがある。そしてもしそれができれば――すぐにも調べねばならないことがあるのだ。

私はこの大きな一般図書ホールを静かに抜けると、ごく慣れた足取りで目的地を目指す。いくつかの通路を抜け、いくつかの扉を通ると、どんどん人気《ひとけ》がなくなる。

それもそのはず、このあたりには専門書しかない。学生か学者以外は基本的に足を踏み入れない、なんとも特殊な空間だ。ここには、ありとあらゆる専門書がそれぞれの分野ごとに分類され、収蔵されている。上段から下段まで膨大な書籍が所狭《ところせま》しと並べられた本棚がどこまでも整然と立ち並ぶこの通路は、よほど慣れていなければ確実に道に迷ってしまうだろう。もちろん、私が迷うことは決してない。ナターリエの記憶を取り戻した私にとって、この図書館内は自分の家の庭のようなものだから。

そんなこの王立中央図書館には、他のいかなる国にも存在しないであろう、特別な場所がある。それこそが、私の本日の「目的地」である。

そこには、一般人は立ち入ることはできない。というより、一般人はその存在を知らないうえ、万が一知ったところで、入りたくても決して立ち入れない場所だからである。

それは、「魔法書庫」である。入り口そのものも非常に分かりづらい場所にあるが、たとえ偶然その入り口を見つけることができたとしても、入ることはできない。なぜならここには限られた上級魔法使いしか入ることができないように、非常に強力な封印魔法が掛けてあるからだ。

この魔法書庫には、大変強力な魔法に関する書物や呪文とその解き方などまで記された極めて貴重で、しかし悪用されれば大変危険な書物が収められているのだ。故に、そもそもこの場所を知るのは上級魔法使いの中でも王家から特に信頼されている者だけである。

そのうえ、魔法書庫に入るための封印解除の呪文は難易度が高い。たとえこの場所と呪文の両方を知ることに成功しても、上級魔法使いでない者が下手《へた》にその呪文を試せばそれだけで大きな反動

により ひどい怪我《けが》を負うことになる。

私が今回試すと言ったのは、これだ。これには相当な覚悟がいる。というのも今の私は（といっても前世もそうだったが）、か弱い女性である。この魔法の反動は精神的反動と物理的反動のどちらも含む強力なものなので、真正面からその反動を受ければ、簡単に死んでしまうだろう。

だからこそ、二つのステップを踏む。それでも、絶対安全とは言えないのだが。

第一のステップ、防衛魔法の発動。これによって、万が一の反動に備《そな》える。魔法学者であった私の知る防衛魔法の中でも最強のものが「要塞《カストラ》」である。

難易度の高い魔法で、防衛力としては巨大要塞一つ分という相当大きなものだ。それでも、この魔法書庫の魔法の反動を受ければ多少の怪我の可能性は残るが、死ぬことは決してなくなる。

そして第二ステップ、「イフタムヤーシムシム」。これはこの書庫を開くための極秘の呪文である。ナターリエだった頃の私はなんの緊張感もなく日々この呪文を唱え、この魔法書庫を利用していたわけだが、これが実は超難易度の高い魔法なのだ。そのため上級魔法使いたちも余程の用事がない限りわざわざここには入らないので、当時は私がここを一人で独占していたものだ。果たしてそんな高度な魔法を「今の私」に発動させることができるのだろうか——。

それもこれも、私がアマーリエ・ローゼンハイムであることが問題なのである。なんということだろう、かつて天才魔法使いと謳《うた》われたナターリエ・プリングスハイムともあろうものが、こともあろうに「魔法が使えない」ローゼンハイム家に生まれ落ちるとは！

この国には、魔法を使える家系と使えない家系がある。使えるのは一割くらいなので、全体としては魔法を使えない家系のほうが多くはある。

しかし貴族だけに限定すれば、魔法の使える比率は高めで、二割程度となる。やはり、魔法が使える家のほうが有利だ。だがローゼンハイム家は運悪くこの「残りの八割」にあてはまるのだ。

魔力は父方の遺伝子を受け継ぐ。つまり、いくら魔力のある家系の娘を嫁にしてもその子に母系の魔力が引き継がれることはないので、家系ごとの魔力の有無《うむ》は変わらない。

ローゼンハイム家は王家と同じほど長く続く由緒《ゆいしょ》ある家系であり、地位と名声、そして代々整った容姿までも併《あわ》せ持つことから、「魔力以外は全てを持つ一族」とまで言われている。

それにしてもまさか、前世の私にとっての最大の武器であった魔力を持たない家系に生まれてしまうとは。実際アマーリエとして生きてきたこの十六年、私は魔法を使ったことがない。というか使えるわけがないと、うちの一族では最初から魔法など一切学ばない。魔法学の知識は学べば身につくが、魔力だけはどうしようもない。魔力は生来《せいらい》のものであって、後から学んでどうにかなるものではないのだ。

だが、まだ試したことがないということは、逆に言えば、アマーリエも魔力を持っている可能性があるのではないか？　いや、もちろん可能性は限りなく低いが、転生という特殊な事情があるのだから、ゼロではないはずだ。

それに……ローゼンハイム家の者は本当に魔力を全く持たないのだろうか。魔力があまりに弱く、そのために魔力がないと思われている可能性も、もしかするとあるのではないだろうか。

だとすれば、ナターリエ・プリングスハイムの卓越した知識と経験を活《い》かせば、ほんの少しくらいなら魔法を発動できるかもしれない――！

もし魔力がなければ、最初のステップである防衛魔法がそもそも発動しない。そうしたらもう、諦《あきら》めるよりほかかない。でももし、防衛魔法が発動したら？　そのときは、第二ステップに進もう。たとえ、多少の身の危険を伴《ともな》おうとも。

深く息を吸って、そして吐く。さて、どうなるか。ナターリエとしての死からは十七年ぶりの魔法の発動のために、「集中」する。意識を一か所に集める。が、どうにも上手くいかない。散漫《さんまん》としている。

やはり魔力がないのか、と諦めかけたそのとき――身体中に無数の星の存在を確認した。

ああ、この身体の中にも魔力はある！　ただ、それがあまりにも細かく、全身に満遍《まんべん》なく散らばっているのだ。そのせいで、「集中」が非常に難しい。

だが、そこは稀代《きたい》の天才、ナターリエ・プリングスハイムである。前世にナターリエとして訓練した記憶と、ありとあらゆる知識を総動員して、「集中」を試みようではないか。

はじめ、身体中の星が静かに煌《きら》めき始めるのを感じる。そしてその光が徐々に強く、大きくなる。するとそれは互いに引きつけ合い、ちょうど胸の中心のあたりに集まってくる。そう、胸が――熱くなる！　これならできる……「集中」！

来た来た来た！　あとは、今から使う魔法の発動のためにそのイメージを「統一《とういつ》」すればよい。

ああ、これでいい。そして呪文を静かに唱える。

「要塞《カストラ》」

ぼうっ！　と分厚い光が身体を覆う。

発動した。やった！　身体がぽうっと温かい。よかった、魔法が使える！

しかし、それにしても奇妙だ。久しぶりの感覚だからだろうか？　集中には時間を要したものの、いつもよりかなり強い魔力を発している気がする。

いつもより、というのはナターリエの頃より、という意味であるが、それが何とも奇妙なのだ。ナターリエの魔力は、他の魔法使いたちと比べても相当に強力なものであり、それを更に訓練によって練《ね》り上《あ》げたものだった。それにもかかわらず、どうしてアマーリエの身体でそれ以上の魔力が出せるというのだろう？

久々の魔法だから、あるいはアマーリエにとって初めての魔法だから、少し感覚が違うのかもしれない。

だが今はそんなことより、この魔法書庫入室のための魔法を使わねばならない。こちらはいくら防衛魔法を使っていても、下手をすれば大怪我である。

また魔力を「集中」。やはり少し時間がかかるが――よし、「統一」完了。

「イフタムヤーシムシム」

目を開くと、そこには見慣れた景色が広がっていた。

金の美しい装飾が施《ほどこ》され、ところどころに大きな赤いルビーまでもがあしらわれた贅沢《ぜいたく》な書棚《しょだな》。大理石《だいりせき》の美しいモザイクの床、実際の星空を投影する美しい銀河《ぎんが》の天井《てんじょう》。部屋の中央には金色に輝く天球儀《てんきゅうぎ》と、いつでも煌々《こうこう》と燃える魔法の灯《ともしび》がきらきらと眩《まばゆ》い――。美しいこの場所こそ、我が愛する王立魔法書庫である。

「ただいま」

静かにつぶやくと、改めて魔法が正しく発動したことに深い喜びを覚えた。

よかった、ちゃんと魔法が使える！　しかも、こんな難易度の高い魔法まで！　これは、かつてナターリエであった私にとって、本当にありがたいことであった。

歌手が声を出せなくなる、彫刻家が腕を折られる、魔法使いが魔法を使えなくなる——それほど恐ろしいことがほかにあるだろうか？　ナターリエはかつて、そんなことを考えたことがあった。

アマーリエに転生したことで、二度と魔法が使えないのではないかと不安だった。

今朝、ベッドの上でそれに気づいたとき、簡単な魔法をすぐ試そうかと思ったが、どうにも怖くてできなかった。

もし使えなかったら——その事実を突きつけられたとき、平常心ではいられない気がしたのだ。

だからこそ、一人になれるこの場所で、使えなかったときにしっかりと諦めがつけられるだろうこの思い出の場所で、一か八《ばち》か試したかったのだった。

喜びと安堵《あんど》をしばらく味わったのち、しかしなぜ魔法が使えるのか、そして先程の奇妙な感覚についても少し考えてみることにした。

そもそも、魔力は遺伝性である。しかしローゼンハイム家からは今まで一人も魔法使いは出ていないはず。それなのにどうして、アマーリエには魔力があるのか。

転生者とはいえ、身体は全く別物だ。顔だって、前とは全然違う（正直言って、今のほうが断然よい）。それなのに、魔力だけは引き継いだというのだろうか。

と、ここでひとつの可能性が頭に浮かんだ。奇《く》しくもここは世界最高の魔法書庫である。魔法使いの歴史書だってもちろんある。

私はすぐにこの国の魔法使いを網羅《もうら》した分厚い『魔法歴史大辞典』を手に取り、「ローゼンハイム」の名を探した。

あった。予想は当たった。大当たりだ。しかしまさか、千年も前にたった一人だけとは。

「グレート・ローゼンハイム」と呼ばれたらしいその人物は、私たちローゼンハイムの人間にもすっかり忘れ去られた人物だった。

この記録によると彼は強大な魔力を有《ゆう》し、それは王族の魔力に近いほどのレベルだったという。

ただ、彼は社会との関わりを嫌い、ケーラ山での隠遁《いんとん》生活に入った。

――「ケーラ山」！　そこに不思議な符合《ふごう》がある。

代々ケーラ山で暮らしていたプリングスハイム一族と、千年前にケーラ山での隠遁生活を始めたローゼンハイムの祖先。そして、代々強い魔力を有するプリングスハイム家。

この二つの家系は、もしかするとどこかで繋《つな》がっているのだろうか。

その縁《えん》ゆえに、私はローゼンハイム家に転生したのか？

少なくとも、これで一つの仮説が成り立つ。そもそも、ローゼンハイム家はこれまで魔力を持たない家系だと思われていた。

しかし、「グレート・ローゼンハイム」の存在、私アマーリエ・ローゼンハイムが魔力を有するという事実。

また、先程魔力を使用したとき、たとえ十七年のブランクがあったとして、かつてナターリエ・プリングスハイムであった私が「統一」の状態に至るまでにある程度の時間を要したこと。

なにより、アマーリエが発動した魔法を異様に強力であると感じたこと――。

これらの事実を併せて考えると、たぶん私だけでなく、ローゼンハイム家の者は代々魔力を有しているということになる。

にもかかわらず、ローゼンハイムの家系から千年ものあいだ、他に一人も魔法使いが出なかったのはなぜか。

近年は自分たちの家系に魔力がないと信じ込んでいたため魔法を試そうともしなかったのも理由のひとつであるとして……そうだ、それ以前に、魔力を発動するための「統一」に至るまでの精神力、魔力をコントロールする力を誰も持ち合わせていなかったためだとは考えられないだろうか。

「統一」の状態は、基本的にその魔力の大きさに比例するといわれる。とはいえ、魔力を持つ者は長くても数秒ほどで「集中」から「統一」まで行い、それで十分に魔力を発動できるので、それ以上かかっても発動できない場合は基本的に魔力がないとみなされる。

稀《まれ》に「集中」が下手な人が訓練によってあとから魔力を使えるようになることもあるが、「集中」が下手な人はそもそもよい魔法使いにはなれず、魔力量もたいしたものではないことが多い。

――しかしさっきのアマーリエの魔力は、魔力の強いプリングスハイム家のナターリエのものよりも強力なものだった。想定するに、ローゼンハイム家の魔力は、普通の人が扱うには強大すぎるのではないだろうか。

思えば、王太子殿下がまさにそうだった。殿下は王家の直系の血筋であるのでその魔力も桁違《けたちが》いだったが、彼の魔力はその中でも特別に強大なものだった。かのナターリエ・プリングスハイムでも、八歳の彼に全く敵《かな》わなかったのだ。その殿下がまさに、この「魔力のコントロール」に大いに苦戦していたではないか。

しかしまさか、長らく魔力を有さないと信じられていた「ローゼンハイム家」がこれほどの魔力家系だったとは。伊達《だて》に長い歴史のある家系ではない。

とはいえ、かつてこの国最高の魔法使いと呼ばれた私でさえ、集中にあれだけの時間がかかったのだ。常人だったら、たとえ相当な修練を積んでも一生制御不可能であろう。そう考えると、私のほかは過去千年でグレート・ローゼンハイムただ一人しかこの魔力を使いこなせなかったとしても、なんら不思議はないのかもしれない。

いずれにせよ、これは大発見である。これほどの魔力となると、「ローゼンハイム家」はこの国で王家に次ぐ強大な魔力を持つ家系となるだろう。これからは「魔力以外は全てを持つ一族」なんて呼べなくなるな、なんてくだらないことを考えてしまう。

——しかし、これが公になると少し厄介ではないだろうか。なんといっても、王家に次ぐ権力を持つローゼンハイム公爵家である。これを知って、脅威《きょうい》だと思う者は出てこないだろうか？　まあ、今そんなことを考えていても仕方ないか。

この収穫は大きかったが、本来の目的からはずいぶん脱線して、大きく時間をロスしてしまった。

今日ここに来た本来の目的を早く果たさねば！

この魔法書庫から本を借りるのは特別な許可がいるためできない（そもそも私は今日、ここに無断で忍び込んだのだ）。だから早く本を見つけて、ここで読まなければならない。

私は『魔法歴史大辞典』を棚に返すと、今度は「転生魔法」関連の書が何かないか、探し始めた。

だがまあ、あったとして薄いものが数冊程度だろう。半分くらいは伝説だと思われているような魔法で、実際に使ったという話も歴史も含めて聞いたことがない。

にもかかわらず「転生魔法」の存在は広く信じられている。特に若い女性の中でその魔法が有名なのは、ローラの愛読書でもある超有名恋愛小説『王子と魔女』の作中で、ヒーローである王子が自分を庇《かば》って死にゆく恋人の魔女のために、「転生魔法」を使うというストーリーのせいだ。

『王子と魔女』は、若い女性たちの間で絶大な人気を誇る恋愛小説である。魔法の苦手な王子があるとき森で美しい魔女と出会い、二人は恋に落ちる。

ある日、王子は命を狙われ、それを目撃した魔女は、王子に魔法を教えることにする。まもなく王子は魔法を使えるようになり、自分でも魔法学の勉強を進める。だが物語も終盤に差し掛かったとき、王子は敵国から急襲を受け、魔女は愛する王子を庇って矢を受けるが、その死の間際《まぎわ》に王子は独学で学んだ本来は禁忌の「転生魔法」を使うのである。

その結果、魔女は再び一人の少女として生まれ変わるが、その代償として、王子はこれまでの全ての記憶を失ってしまうのである。

しかしかつて魔女であった少女が再び成長し、王となった彼と再会したとき、少女のキスで彼は全ての記憶を取り戻して、ようやく二人は一緒になることができるのだ。

ローラはもちろん、恋愛小説が大好きなアマーリエ、つまりこの私も、何度も読んだものである。

ちなみに、この国では基本的に魔法使いは男でも女でも魔法使いと呼ぶ。しかし物語の中では、しばしば魔女という表現が用《もち》いられる。魔法が使えないアマーリエは気にしたことがなかったが、ナターリエの頃は女の魔法使いだけが「魔女」と呼ばれることに抵抗があった。

というのも、魔女というと学問的というよりはなんとなく呪術的な印象が強調されるし、それを女にだけ適用するのが極めて時代遅れな印象を受けたからである。

そんなことを考えながら探すうちに、目的のものを見つけた。しかし驚いた。あって薄いものが数冊程度だろうと考えたその転生魔法関連の書籍は、なんとその棚一段分をまるごと占拠していた。

誰も使わない、いや使えない、もはや伝説のような転生魔法に対して、なぜこれほどの魔法書が存在するのだろう？　ナターリエの、一研究者としての好奇心が湧き上がってくる。

著者名にざっと目を通すと、その中にある魔法学者の名を見つけた。「ヨハネス・リースリング」。これはかつて、ナターリエの師であった人物である。そして、今も存命のはずだ。

しかしなぜリースリング先生が転生魔法の魔法書など？　疑いなく一番弟子《でし》であった私にも「転生魔法など伝説でしかない」と言って、ほとんど何も教えてくれなかった。──それなのに、なぜ？と、ここに来てようやく気がついた。私はなぜ、リースリング先生を訪ねようと思いつかなかったのか。あの人なら、私の転生を間違いなく信じてくれるはずだ。

リースリング先生と私は、師弟《してい》関係でありながら、本当によき友人でもあった。あの人に聞けば、何かわかるに違いない！

「ここで何をしている」

あ……しまった。

やってしまった。迂闊《うかつ》だった――どうして思い至らなかったのか。いくらここにあまり人が来ないからといって、もし誰か入ってきたら、私は何と言って言い訳すればいい？　ただの公爵令嬢が、ここに入れるはずがないのに！　しかし――もう遅い。

「あの、ちょっと書を探しておりまして……」

そう言いながら私は静かに振り向いた――のだが、それと同時に息を飲んだ。なぜならそこに、黒髪の絶世の美男子が立っていたからだ。私はまるで雷に打たれたような衝撃を受けた。

精悍《せいかん》な顔立ち――というだけでは不十分だ。綺麗《きれい》なアーモンドアイに高く通った鼻筋、薄く魅力的な唇《くちびる》までもが完全とも言うべき均整をとって配置されている。

私はまるで完璧《かんぺき》な芸術作品を前にしたかのような感動を覚えた。王立魔法騎士団員の制服に身を包むその男性は、この世のものとは思えない美しさでもって、私の前に突如現れたのである。

いやいやいや、ちょっと反則だろう！　と、謎のツッコミを入れたくなる。急速に、鼓動《こどう》が速く、大きくなる。その音が相手にまで聞こえてしまいそうなほどだ。

この心拍異常の原因は分かっている。誰も来るはずがないと思ってすっかり油断していたときに見知らぬ人物が突如現れたのだ、そりゃあ驚かないほうがおかしいし、心臓もびっくりする。

だがそれ以上に……なんだその顔！　っていうか全身！　この人が突然目の前に現れてドキドキ

しない人間がいるのなら、是非ともここに連れてきてほしいものだ！

なお、名誉のために言わせていただく。私は断じて惚《ほ》れっぽくない。前世の「そういったこと」全てに疎かったナターリエは論外としても、恋愛小説と恋バナが大好きで、素敵な恋に憧れる今の私、つまりアマーリエですら、現実の男たちには一度も心を動かされたことがなかったのだ。

自分で言うのもなんだが、公爵令嬢でこの容姿である。社交界デビューもまだなのに、生まれてこの方すでにありとあらゆる「アピール」を数多《あまた》の男たちから受けてきた。しかしそれがどんな人であっても――たとえ周りの令嬢たちの憧れの存在と言われているような殿方《とのがた》であったとしても、これまで私はほんの少しも心を動かされることなどなかった。

それが……こんなたった一目で、本当にほんの一瞬にして、私にこうも大きな衝撃を与える人物が、この世に存在しようとは――！　貴方《あなた》は、いったい誰《だれ》……？

さて、こちらがそんな理由で謎の衝撃を受けていることなど露知《つゆし》らず、あちらはあちらできっと想像以上の衝撃を前に身を固めている。というか、あからさまに呆然《ぼうぜん》と立ち尽くしていて、思わず笑いそうになる。

しかし、それも仕方のないことだ。本来であれば「魔法書庫にいる」＝「上級魔法使い」のはず。上級魔法使いというと人数は数えるほどしかいないので、互いによく知った仲である。

つまり上級魔法使いにとって、知らない人がこの魔法書庫内にいるなどありえないことなのだ。

アマーリエ・ローゼンハイムは社交界でこそそれなりに名を知られているが、魔法使いの中では全くの無名――というか、今まで魔法使いでさえなかったのだ。この上級魔法使いも、見知らぬ者

がこの魔法書庫にいるのを目の当たりにして、そりゃあ心底驚くに決まっている。

「誰……なんだ？」

その男はまるで幽霊にでも話しかけるように私に言った。それも仕方あるまい。いっそ、幽霊のほうがまだましだろう。観念して、私は答える。

「申し遅れました。私、アマーリエ・ローゼンハイムと申します」

「……ローゼンハイム!?」

驚くのも無理はない。なぜなら、ローゼンハイム家に魔法使いはいないはずなのだから。

しかしここで隠しだてしても仕方がない。いずればれるのなら、ここで下手に嘘《うそ》をつくべきではない。

「失礼しました、アマーリエ・ローゼンハイム公爵令嬢でいらっしゃいましたか。申し遅れました、私は魔法騎士団長オズワルド・グリュンシュタインでございます。お目にかかれて光栄です」

急にかしこまった挨拶《あいさつ》をしてくるが、冷静を装《よそお》っているものの、その瞳の動揺の色は隠しきれていない。

しかしそれにしても――彼こそが、かの有名な「オズワルド様」なのか！　最年少で魔法騎士団長にまで上り詰めた天才魔法使い、それがオズワルド・グリュンシュタインである。

まさかこんな形で、しかもこんな場所で、「ナターリエ・プリングスハイムの再来」と言われるこの若き英才と出会うことになろうとは……。

魔法騎士団長オズワルド・グリュンシュタインの名をこの国で知らぬものはいない。彼は、まだ二十七歳という若さでありながら魔法騎士団長という大役を任されている超実力派だ。自分よりも年上の魔法騎士団員からも絶大なる信頼を勝ち得ているのは、彼の圧倒的な魔力ゆえである。

魔法大国である我が国において、「魔法騎士団」は王家直属の極めて重要な組織という位置付けである。魔法騎士団員たちは通常の騎士団員とは違って全員が上位貴族の出であり、我が国では魔法騎士団員というだけで尊敬の対象となる。

そのうえ彼はグリュンシュタイン公爵家の長子《ちょうし》である。それだけでも十分に世の女性たちの憧れとなりうるが、彼が非常に高貴で美しい顔立ちをしているという噂もすっかり国中に広まっていたので、その絶大な人気に拍車《はくしゃ》がかかっている（実物は私の予想を遥かに超えていたが……）。

ただし彼は社交の場にあまり姿を見せず、せっかく現れても誰とも話しも踊りもせず、ただとてもつまらなさそうに傍観《ぼうかん》しているだけなので、女嫌いとのもっぱらの噂である。

それでも彼がそうした会に出席すると、彼を一目見たいという貴族令嬢の人だかりができ、一人でつまらなさそうに立っているだけの彼を遠くから見守っているというから、大したものだ。

いずれにせよ彼はこの国の女性なら誰もが憧れるスーパースターであるとともに、誰も近づけない孤高の人というわけである。私も社交界デビューの日が近いので、運がよければそのときお目にかかれるのではないかと期待していたのだが……まさかこんな形で、彼と出会うことになろうとは。

「ローゼンハイム嬢、ここにはどうやってお入りになったのですか」

優しいが芯《しん》のあるテノールの声が書庫内に響く。未だ鳴りやまぬ鼓動をどうにか鎮《しず》めようと努力しつつ、どう説明すればあとで厄介なことにならないかと考える。

――いや、どう考えても「厄介なこと」にはなるのだが、しかしそのなかでも一番「まし」な厄介で済む方法をどうにか……。

「ここには誰か、別の魔法使いの手を借りてお入りになったのですか？」

一瞬、「そうです」と言ってしまおうかと思った。

――いやいやいやいや、そんなこと不可能だ。たとえ上級魔法使いであっても、自分の代わりに別人をここに送り込むことなどできない。それほど複雑な魔法なのだ、この魔法書庫にかけられているのは。

つまり、この質問は罠《わな》だ。ここで「はい」と言えば、彼の中で私は「嘘つき」ということになる。一度嘘をつけば、その後の私のどんな弁明《べんめい》も、彼には嘘にしか聞こえないだろう。

今この質問をしてきたことからもわかる。彼は切れ者のようだ。下手な嘘はつくべきではない。ならいっそできるだけ、本当のことを言おう。

そうだ、そのほうがいい。私は心に決めた。彼にはできるだけ正直に話そう、「転生」に関わること以外は全て！

「――自分で入りました」

オズワルド様も予想はしていただろうに、直接私の口からその事実を聞かされて、やはり相当な衝撃を受けたようだ。まあ今は、私が彼になにを言っても衝撃だろうが――。

「貴女《あなた》が、ご自身の力で！　しかしこの魔法書庫に入るには、上級魔法使いでも難しいような魔法の使用が必須だ。だが貴女は……」

「ええ。ローゼンハイム家のものです」

「失礼ながら、ローゼンハイム家の方は魔力を持たないのでは」

「私もそう思っていたのですが、実は最近になって自分に魔力があることがわかりまして……」

うん、嘘ではない。断じて。ただ、少し説明不足なだけだ。だって、「昨日前世を思い出したからやってみました」なんて、口が裂けても言えまい？

「信じられない……！　いやしかし、だとしてもあの魔力は――。ローゼンハイム嬢、貴女はここに入るために二度、魔法を使いましたね？」

ほう、すごい。いや、なんてことだ。彼は魔力の発動を感知《かんち》してここに来たのか。魔力の感知は上級魔法のなかでも限られた人しか持たない、特殊能力系なのだが。

「その際に、防衛魔法の……たぶん『要塞《カストラ》』を使用しましたね」

おっと、そんなことまでわかるのか。この天才魔法使いには脱帽《だつぼう》である。

「……使いました」

「大変失礼ながら――、よろしければここでもう一度、その防衛魔法を発動していただけないでしょうか」

オズワルド様は非常に真剣な眼差《まなざ》しでそう言った。本当に私が魔力を持っているのか、確認したいのだろうか。

「構いませんが、こんなところで『要塞《カストラ》』を発動すれば、貴方にも……」

「ご安心ください。これでもこの国の魔法騎士団長です。攻撃魔法ならともかく、防衛魔法であれば、この距離でも全く問題ございません」

そりゃあそうか。となると仕方ない。まあ、もう魔法が使えると言ってしまったのだ、ここで拒《こば》むのもおかしな話である。そこで私はアマーリエとして三度目の魔法を使うことにした。

やはり少し時間がかかるが「集中」、「統一」、そして――。

「要塞《カストラ》」

私の身体は再びぶわっと厚い光に包まれた。ローゼンハイム家の者の魔法を目の当たりにして、オズワルド様は心底驚かれたご様子である。

「これで、私が魔力を持っていることを証明できたでしょうか？」

しかし、彼は答えなかった。その長く美しい指先を口のあたりにそっとおいて、なにか深く思い悩んでいる様子だ。が、しばらくして、彼はようやく口を開いた。

「貴女に魔力があることは、貴女がこの魔法書庫に入られている時点で明らかです。そこは、大した問題ではない」

ああ、まあ……確かに。

「しかし、貴女の魔力そのものは……問題です。そもそも私が騎士団の職務を放り出してまで急いでここにやってきたのは、本来であれば王族のほかには発することのできないレベルの魔力の発動を突如ここで感知したからです」

ほお、そういうことか。しかしすごいな。騎士団の訓練場は王宮の中にある。王宮から市街地の中心部にあるこの王立中央図書館まではかなりの距離がある。それなのに彼はそこから私の魔力を感知したというのか。

ナターリエの魔力の感知能力は、それほど高くなかった。まあ、ゼロでないだけましなのだが（多くの魔法使いは、そもそも持たない能力なのだ）。

私の場合は攻撃魔法などが近くで発動される際に、魔力の発するある種の殺気に気づくことができるだけだった。オズワルド様が言うような、遠く離れた場所でどんな威力の何という魔法が発動したかまで察知するなんてことは、到底不可能である。そもそも、そんなことができる魔法使い、前世でも見たことがない……。

なんにしても、彼がすごい能力を持っているということだけは確かであり、加えて、さらに説明が面倒な状況になったことを意味している。

「なぜそれほどの魔力をお持ちなのです？　そして――なぜそれが最近になって判明したと仰りながら、それをいともたやすく操《あやつ》ることができるのです？」

ん？　この言い方から察するに、オズワルド様は魔力が大きければそれを操ることがいかに困難であるかを知っているのか。

そうだ、彼はわずか二十歳で魔法騎士団長になったような人物なのだ。彼の有する魔力量は相当なものだということ。

ナターリエも二十歳で最年少の魔法大臣になったが、魔法騎士団長になるのとは全く意味合いが違う。この国の魔法大臣に求められるのは、魔法大国であるこの国の発展のために魔法学を中心とした学術分野の発展に尽力し、魔法でもって平和的かつ生産的に国益を上げていくことである。

故に大臣の任命時には魔法学会における評価と研究成果が重要視され、魔力の大きさそのものはそれほど重要視されない。ナタ－リエは魔力も強かったが、それ以上にその突出した魔法学者としての知識と発想力、物事の全体を把握《はあく》し先を見通す能力を評価されたからこそ、若くして魔法大臣に任命されたのである。

だが、魔法騎士団では魔力の大きさ、強さこそが絶対である。魔力は年齢で衰《おとろ》えることはなく、むしろ年を取れば取るほど練り上げられ、洗練される。すなわち年を取れば取るほど強い魔法使いになれるということである。これまでは魔法騎士団長には年長者が就任するのが常であった。

魔力第一主義の魔法騎士の世界で若くしてその長となり、彼が年配の者からも圧倒的な信頼を勝ち得ているということは、その魔力がどれだけ圧倒的なものかという証《あかし》でしかない。

彼の持つ魔力がそれだけ大きいのなら、幼い頃には王太子殿下と同じようにそのコントロールの難しさに悩んでいた可能性は十分ある。

しかしそうか、彼は魔力の強さだけでなく、魔法学そのものへの造詣も深いらしい。となると、下手なことは言えまい。

だが私はもう、昨日までのアマーリエではない。稀代の魔法学者ナターリエ・プリングスハイムの知識と経験値を取り戻したのである。この知識を最大限に利用すれば、この非常事態をこれ以上拡大させず、うまくいけばこの魔法騎士団長への口止《くちど》めも可能となる――かもしれない。

そのためには――ここで私は不意に、今なお手に持ったままの転生魔法の書のことを思い出した。その著者は……そうだ、これしかない！

「……ヨハネス・リースリング博士をご存じでしょうか」

「もちろんです。――まさか、この件にリースリング博士が関係しているのですか」

先生、勝手に巻き込んですみません！

「実は、私は魔力があるとわかってから、リースリング先生に師事しているのです。あの方が私に魔力のコントロールの仕方を教えてくださいました」

嘘ではない。ただ実際は、今世ではなく前世の話だが。

彼はまた深く考え込んでいる。しかし、魔法学を学んだものであればリースリング先生を知らないはずはない。あの人は今なお、魔法学界の最高権威であるはずなのだから。

少しして、彼はようやく口を開いた。

「それほどの魔力をコントロールする方法について教えられる人物は、今この世にはあの方を除いていらっしゃらないでしょうね。一つ、納得がいきました。しかしその結果、新たな疑問が生まれました。ご存じなかったでしょうか。リースリング先生は私の師でもあるのです。そして私は今も頻繁に師のもとで訓練と研究のお手伝いをしています。実際のところ、個人的にも極めて親しい。しかし私たちは先生のもとで一度も出会ったことがないだけでなく――今まで私は先生から貴女のお話を聞いたことがありません。このような驚くべき事実について、先生が私になにもお話しにならないのは信じ難いのですが」

……うん。まあその可能性もゼロではないと思っていた。彼ほどの魔力を持つのだ、それを指導するには彼以上の魔力を持つ者か、特別優れた魔法学的知識を有する者以外不可能である。

彼以上の魔力、となると、彼の魔法感知能力のことだけを考慮《こうりょ》しても、指導できる者がいたとして王族だけである。しかし王族が直接魔法使いの指導をすることはありえない。

となればこの国の魔法使いでそれが可能な者は、ナターリエが知る限り彼女自身とリースリング先生くらいのものであった。

ナターリエの死から十七年――つまりアマーリエとして生きてきた十六年の間、私は魔法学とは全く無縁の生活をしていたわけだが、この短期間にリースリング先生と同等の指導ができるような魔法学者が現れたとは考えにくい。彼がリースリング先生に師事しているのは、至極当然だろう。

だがそうだとして、人との交際を好まないリースリング先生に弟子入りを許可されただけでなく、個人的にも親しくしているとは……これが嘘でなければ、やはり彼は相当な人物ということだ。

まあ、想定していなかったわけではないが、となると少し無理な説明を余儀《よぎ》なくされるな……。

しかし、現時点ではこれよりほかに方法がない。あとはいかにそれらしく話を持っていくかだ！

「それもそのはずです。私が魔力を持っていることは、私とリースリング先生と二人だけの秘密なのです。グリュンシュタイン公爵家の次期当主であり魔法騎士団長でもいらっしゃる貴方様は当然ご存じでしょうが、ローゼンハイム家は公爵家の中でもとくに大きな力を持っております。それでも貴族たちの中で脅威として見られることがないのは、その血統が極めて由緒正しいものである点、国王一族への忠誠心が強く野心《やしん》を持たない点、そしてなにより、魔力がない点が挙げられるかと存じます。つまり万が一にも私たち一族が謀反《むほん》を企《くわだ》てたとして、魔力のない私たちなど王家の敵ではないということです。もちろん我がローゼンハイム家は国王一族への揺るぎない忠誠から、そのようなことはこの先も未来永劫、断じてあり得ません。ですが、もしローゼンハイム家が魔力を有することが公となれば他の貴族たち、家臣たちはどう考えるでしょうか」

表情から察するに、オズワルド様もすぐにそれが意味することを理解されたようだ。

「魔法騎士団長様もすでにお気づきになられましたが、私の魔力はどうもかなり強いようです。実は『ローゼンハイム』という名の魔法使いが過去にいなかったかを調べたところ、『グレート・ローゼンハイム』という名の魔法使いが千年前にいたことがわかりました。そのことから、ローゼンハイム家が魔力を持たないという説は誤りであったのではないかという疑念が生まれます。また記録によると、その者の魔力は極めて強かったようです。私の魔力が強いことも考えると、ローゼンハイム家のものは代々、かなりの魔力量を有していたのかもしれません。ただ、その魔力の強大さ故にコントロールが難しかった。そのため他の一族の者たちは『集中』を行うことすらできなかった。だから、ローゼンハイム家は魔力がないと誤認されていたのではないかと、先生と私は推測しています」

オズワルド様が深く頷く。どうやら、私の説明に納得したようだ。

「つまり私だけでなく、当代のローゼンハイム家の者も、本当は強力な魔力を持っているということになります。ただ、これをコントロールできるのは今のところ私だけです。どうやら私は魔力のコントロール能力にかけて特別な才能を持っているようなのです」

本当は才能があるというより前世の経験値のおかげなのだが、そこは伏せさせていただこう。

「リースリング先生は、一定以上の強大な魔力を使うには、とりわけ魔力のコントロールに長《た》けている王族の血筋を除き、先天的なコントロール能力があったうえでさらに特殊な訓練が必要であると仰っていました。そしてそんな能力を持って生まれる可能性は、極めて稀なのだとも。ですので、たとえその魔力の存在が明らかになっても、結局ローゼンハイム家の者は私を除いて魔法を使える可能性は、極めて低いということ。にもかかわらず、この事実が公になればこの国に非常に大きな波紋が広がることになる。それは私たちの望むところではありません。なお、私の魔力について知っているのは、魔法騎士団長様を除けばリースリング先生のみです。両親には打ち明けるべきかとも思いましたが、私の両親は特に国王陛下への忠誠心が強く、たとえ誤解を生まないためだとしても国王陛下に隠し事をすることを嫌がると思い、今はまだなにも伝えておりません」

……うん、ちょっと無理やりだが、これなら嘘は言ってないし、まあなんとか辻褄《つじつま》が合うだろう。両親の忠誠心のくだりなども事実であるし、他も大筋は事実を言っているのだから、それほど違和感はないはずだ。

ここで手に入れたばかりの情報をうまく組み込みながら瞬間的に考え出した言い訳ではあるが、それらしい雰囲気《ふんいき》もあるし、我ながら立派なものだ。

「確かに、ローゼンハイム家がそれほどまでに大きな魔力を所持《しょじ》する、ということが公になれば、いくら相手が『薔薇姫《ばらひめ》公爵家』でも――いや、だからこそ、強大な脅威であると考える者が出てくるだろうな」

オズワルド様の言う「薔薇姫公爵家」というのは、ローゼンハイム家の愛称である。ローゼンハイムには「薔薇の我が家」という意味があるが、代々の当主たちの穏やかな性質から、昔話で城の中でとても穏やかに眠る薔薇姫を彷彿《ほうふつ》させるとして、巷《ちまた》ではローゼンハイム家のことを親愛の情を込めて「薔薇姫公爵家」と呼ぶのである。

「しかし――それなら千年ものあいだ誰も気づくことのなかったそのローゼンハイム家の魔力にどうやって気づき、それを『目覚め』させたのです？　貴女ご自身が気づいたのですか？　それともリースリング先生が？」

うーん。そこはまだ考えてなかった。

そもそも私が魔力を使えることが分かったのは、前世を思い出したからだし、どうして急に前世を思い出したか、といえば、昨夜の謎の訪問者のせいだ。しかしそれを彼にどう説明したものか。まあ、やはりこれも事実に基づきつつ、多少脚色して話しておくのがいいだろう。

「ええと実は、私が魔力に気づいたのは、ある方との出会いがきっかけなのです。信じていただけるかどうかわかりませんが、ある見知らぬ方とお話しして、それがきっかけとなって気づきました。ただ、そのときの記憶がどうもはっきりしないのです。多分その方も魔法使いで、なにか私に魔法をかけて、記憶の一部をぼかしたのではないかと。そのため、どなたが私にそのことを気づかせてくださったのか、正直なところわかりません」

「では、急に現れたその魔法使いが貴女に、『貴女は魔力を持っている』と教えてくれたというのですか？」

「あっ、そうではありませんわ。記憶はぼやけていますが、その魔法使いが私に話した内容はおおよそ覚えております。少なくとも私の魔力の話ではありませんでした。何かもっと具体的な……」

急に、昨日の記憶が新たに蘇ってきた。そうだ、「一週間後に、そなたの墓を訪ねよ」とあの人は言っていた。そうだ、そうだった！　今まですっかり忘れていたが、あの人は確かにそう言った。でも「そなたの墓」って――。

「あ、そうか、ナターリエ・プリングスハイムの墓……」

確認するように思わず呟《つぶや》いてしまったが、そのせいで思わぬ反応が返ってきてしまった。というか、思わぬ物理的衝撃まで食らった。

「ナターリエ……プリングスハイムだと!?　その男は彼女のことをなにか言ったのか!?　なにを――そいつはなんと言ったのです!?」

オズワルド様は明らかに血相を変え、私の両肩をガッと摑むと、驚くほど真剣な眼差しで叫んだ。

「あの、ちょっと痛いですわ。離してくださいませ」

その勢いに私も驚いてしまった。

オズワルド様ははじめこそ私の存在に驚いて呆然としていたものの、それでも極めて冷静に落ち着き払っていた。本来であれば、もっと取り乱していてもおかしくなかったのに。

それなのに、今度は一変して、すっかり冷静さを失っている。前世の私の名前を聞いただけなのに、完全に我を忘れたようである。

「……っ！　大変失礼致しました。まさか――ここであの方のお名前が出てくるとは思わなかったもので」

ようやく自分の失態に気づいた彼は、深い謝罪の意を込めて床に膝《ひざ》をつくと、今度はこちらを見上げる形で、私にもう一度尋《たず》ねてきた。その眼差しはしかし、やはり先程と同様に真剣そのものである。

「ですが、どうかそのお話の続きを……！　覚えていらっしゃる限りで構いませんので、できる限り詳細に教えてください！　そしてその方の名を口にした魔法使いのことも、どうか全て！」

……いや、全ては厳しい。そもそもその謎の魔法使いのことはほとんど思い出せないし、今新たに思い出した「そなたの墓を訪ねよ」以外ではっきりと覚えているのは、「自分が何者か思い出せ」と言われたことくらいだ。

それがなにかの暗示《あんじ》を解く鍵だったかのように、その言葉を聞いた途端、私は一瞬にして前世の記憶を取り戻した。しかしこのことを彼に言うわけにはいかない。

だが、それにしても迂闊だった。「ナターリエ・プリングスハイム」の名を出すつもりはなかったのに。

とはいえ、実に不思議だ。彼は、ナターリエ・プリングスハイムという名に異常なまでの反応を示した。可能性として、彼はリースリング先生の弟子であるというし、先生から私の話を聞いて熱狂的なファンにでもなったのかもしれない。しかし先程の反応にはもっと、鬼気《きき》迫るものがあった。

いずれにせよ、口にしてしまった以上、今更誤魔化《ごまか》しようがない。仕方ないので、そのまま正直に答えるしかない。

「いいえ、ただその方は私に『ナターリエ・プリングスハイムの墓を訪ねよ』と仰ったのです。それ以外はなにも――」

「なぜ、彼女の墓に……？　ほかに何か、何か少しでも話しませんでしたか⁉　あるいは、たとえば話し方などに何か特徴はなかったですか？　訛《なま》りとか、語尾とか……なんでもいいのです！　どんな小さなことでもいい‼　彼女のことで――」

そこまで言って、はっと口を噤《つぐ》んだ。その目には、焦りと怒りと困惑とが入り混じっている。いったい、どういうことなのだろう。どうして彼は、ナターリエ・プリングスハイムにそれほどまでこだわるのか……。

年齢的に言えば、彼が二十歳で魔法騎士団長に任命されたというニュースは、確か七年ほど前に耳にしたと思う。となると彼は現在、二十七歳くらいだということになる。とすれば、十七年前に私が死んだとき、彼はまだ十歳だったということだ。

当時八歳だった王太子殿下を除いて、私がそんな小さな子どもに直接魔法を教えたことはない。やはり、リースリング先生の影響なのだろうか――。

私が困惑していることに気づくと、彼は慌てて弁明した。

「……取り乱してしまい、大変失礼致しました。――ナターリエ・プリングスハイムはご存じの通り、この国で最も偉大な魔法使いであり、英雄でした。あの若さで魔法学の様々な分野で偉大なる功績を残され、魔法学の大前進による国益の増大をもたらし、世界最大の魔法大国へとこの国の地位を一気に押し上げました。また、彼女は優れた教育者、人格者でもありました。我が国には学術・文化の発展こそが何よりも重要であると国王に強く進言され、その結果として『プリングスハイム法』をはじめとする極めて重要な法律の制定に携《たずさ》わられました。その功績の全てが、今のこの国の発展の礎《いしずえ》となっております。故に――私は、あの方を誰よりも尊敬しております」

ナターリエ・プリングスハイムの功績を一つずつ挙げていく彼の目は、彼女への敬意に満ち満ちていた。つまり、彼が彼女の大ファンなのは間違いないようだ。

しかし、照れるじゃないか！　こんな、面と向かって誉《ほ》め殺しとは。ましてやこんな、超タイプの男性からなんて……。まあ、彼には私がそのナターリエ・プリングスハイムであったことなど、知る由《よし》もないのだが。いずれにせよ、彼ほどの人物にそんなに誉められると、どうにもむず痒《がゆ》い。

だが、そうだとしても彼の反応は少々過剰ではないだろうか。だって、もう十七年も前に亡くなった「ナターリエ・プリングスハイム」の名を出しただけで、普通そんなに驚くものだろうか？

「それで……その謎の男のことは、外見など少しも覚えてらっしゃらないのですか？　背の高さや髪色、声色など、どんな些細《ささい》なことでも構いません。その男の特徴がわかれば是非――」

そういえば、それくらいのことは少し思い出せる気がする。というのも、こうして彼と話しているうちに、さらに少しだけ昨日の記憶が蘇ってきたのだ。

「そうですね、そういえば……背は高かったと思います。髪はフードで隠れていましたが、白髪《しらが》の――ご年配の方だったかと。顔は全く思い出せませんが、声はどこかで聞いたことのあるように感じました。あと……そうだわ、貴方の目と同じような色だった――」

そうだ、そうだった！　まさにこんな目の色だった。彼は今もまだ私の前に片膝をついた状態なわけだが、そのためこの位置からだと目にちょうど光が入り、その色がよりはっきりと分かった。

そのおかげで今、思い出したのだ。この神秘的な暗色。これは何色と言えばいいのだろうか――

改めて見ると、なんだかとても不思議な目……なんだか、吸い込まれそう。

私が彼の目をじっと見つめていることに気づいて、彼も不思議そうに私の目を覗《のぞ》き込んできたが――、そこでバチッと私たちの目が合った。

まさに、その瞬間だった。なぜか身体に電撃が走ったような感覚がした。急に鼓動が速くなり、そして彼の瞳から目が離せなくなった。声が、全く出ない。

代わりに、磁石《じしゃく》が引き付けあうように、少しずつ互いの顔が近づくのを感じる。目が逸《そ》らせないまま、なんだか頭もくらくらして――いつの間にか伸びてきた彼の手が、私の頬に触れる。

身体が熱い。互いの息がかかる距離まで近づき――思わず目を瞑《つむ》る。ああ、いったいどうしたというのだろう。このままだと、私たち――。

私の手にしていた本が床に落ちた。その大きな音で同時にはっと我に返る。私たちはその近づき過ぎた顔をさっと逸らし、後退《あとずさ》りした。

今のは……何だったのか。

今、彼の息をすぐそこで感じる距離まで近づいていたのだ。あのままだったら、いったい私たち、どうなってしまっていたのだろう？　それに――。

「失礼いたしました！　今のはいったい……」

彼は後ろを向いたまま、私に謝罪した。彼にも、何が起きたかわからないようだった。

「こちらこそ、ごめんなさい！　あ、あの！　先程お伝えした目の色のことですが、確かではないのです。今、ふっと思い出した気がしたのですが、貴方の目を見て不意にそう思い込んだのかも――勘違いかもしれない。ええ、きっと私の勘違いですわ！　ですからどうかお忘れくださいませ」

今の一連の出来事をなかったことにするように、私は急いで付け足した。

両手で頬に触れる。顔が熱い。鼓動も、まだものすごく速い。

――それにしても、いったい今のはなんだったのか。彼のほうも、大いに動揺しているらしい。

あ、そういえば、彼には女嫌いという噂があった。今ので気分を悪くなさってはいないだろうか。

本来であれば、殿方とあんなに顔を近づけるなんて、淑女《しゆくじよ》としてありえない行為だ。しかし彼は彼で私の頬に優しく手を添え、そして……。

あれは夢だったのだろうか。もう少しで――キスしてしまうかと思った。いや、実をいうと……ほんの少しだけ、唇が触れた。

――あれは、キスなのだろうか。それともぎりぎり、キスではないだろうか。ナタ―リエは無論のこと、アマ―リエも殿方とキスなんてしたことがなかったから、正直よくわからない。なぜ急にあんな――。

今となってははっきりわからない。わずかに触れた唇の感触がまだ残っている気がするし、それに彼の手が触れた頬が今もすごく熱い気がするが――全てが白昼夢だったのかもしれない。

思い出したと思った目の色のことも、もはや自信がなくなった。

たぶん、このまま彼と話し続けるのはよくない。彼といると、どうも何かがおかしい。いったい私はどうしてしまったのだろう。

ただ、白状《はくじょう》しておくならば――さっきのは、全然嫌じゃなかった。というか、正直言ってすごく素敵な気分だった。

それというのも……一目見た瞬間から分かっていたことだが、彼は私のドストライクのタイプなのだ！　見た目も雰囲気もしぐさもなにもかも、心の中で密かに思い描《えが》き、ずっと憧れていた殿方そのものだ。ただまあ、こんな人が実際に存在するなんて、夢にも思わなかったが。

ナターリエの頃には、そういう発想をそもそも持ち合わせていなかった。恋愛対象だとか外見がどうとか、「いつか素敵な殿方と……」とか、一度もそういう目で男性を見たことがなかったのだ。

その点で、アマーリエはかなり違う。現実の恋愛にこそまだ疎いものの、恋愛小説で描かれるような「ときめき」とか「素敵な恋」に憧れる、ごく普通の女の子らしい一面を持っている。

ただちょっと理想が高かったのと――ローゼンハイム公爵令嬢としての誇りと自負心から貞操《ていそう》観念が強く、醜聞《しゅうぶん》などはもってのほか。もし普通に恋をするにしても、決して恋で身を滅ぼすような愚かな女にはなるまいと心に決めていた。

それゆえ、異性との距離間には常に警戒していた。実際、私の公爵令嬢としての立場を狙ってか、(自分で言うのもなんだが) 私の容姿が好ましいのか、いずれにしても私に言い寄って来る男性というのは、相当数いた。

だからこそ、そういった方々におかしな誤解を与えたり、変に期待させたりしないよう、常に毅《き》然《ぜん》とした態度でもってお断りしてきたのだ（そのせいか、裏ではいつのまにやら「高嶺《たかね》の花」ならぬ「高嶺の薔薇」と呼ばれるようになってしまった。またもローゼンハイムだけに……）。

それでも、本当はいつか素敵な殿方と出会い、素敵な恋をして、できることならその方と一緒になりたいと願っていたし、理想の男性とかそういうのも時々こっそりと想像していたのだ。

言ってみればオズワルド様は、そんな私の理想が想像を上回《うわまわ》って実体化したような人物なのだ。

だから本当は、もうはっきりとわかっている……。こんな状況下にあるにもかかわらず、私は彼にすっかり惹《ひ》かれてしまっているのだ。なんてことだろう！

でも本当に彼は反則的なのだ。美しく整った顔立ち、気品溢《あふ》れる物腰、優しく、しかし芯のあるテノールボイス……そのどれもが、私を激しく動揺させる。街中でしばしば目にしているはずの魔法騎士団の着用する軍服も、彼が身につけているとそれだけで特別素敵に見えて、思わずうっとり見惚れてしまう。

いやいや今はそんな場合ではないだろう――そんなことはわかっているのだが、彼の横顔を見ているだけで顔が熱くなる。あんなことがあって恥ずかしくて目も合わせられないのに、できることなら本当はずっと彼を見つめていたいなんて……。

こんなことナターリエでもアマーリエでも初めての体験だが、恋愛小説が大好きなアマーリエには、少なくともはっきりわかる。これは、まるっきり恋の症状そのものだ。

――どうやら私は、彼に一目惚れしてしまったらしい。

冷静になれ、アマーリエ！　今は、ナターリエだったころの冷静さと鈍感さを取り戻さねば！

そう幾度《いくど》も自分に言い聞かせるのだが、彼が新しい表情を見せるたびに、その都度しっかり動揺してしまう自分がいる。

正直、彼にはうまく嘘をつける気がしない。さっきのように、本当なら言わなくていいことまで話してしまう。彼に懇願されると、上手《じょうず》に誤魔化したり、断れたりする気がしないのだ。

幸い今は彼も相当動揺しているので、これ以上なにも聞いてこないかもしれない。それでもこれ以上ここで彼と二人きりで話すのは危険だ。口にすべきでないことまで口にしてしまいそうだから。

ああ、私ともあろうものが、なんということだ。よし！　ここを出よう。それしかない！

「魔法騎士団長様、もしよろしければ、私はもう戻ってもよろしいかしら。実は大ホールのほうに侍女を待たせておりますの」

もうなんでもいい、このままだと私への不信感は残ってしまうだろうが、これ以上の失言と失態をする前に、ここを一旦去らないと！

「あ、その本はもういいのですか？　まだお読みになっていないのでは？」

「あ……」

「魔法書庫の貸し出しは、上級魔法使い以外許されておりません。わざわざそれを読みにいらしたのでしょう？　ちなみにそれは……」

「あ、もういいのです、返します！」

私が急いで棚にそれを戻そうとすると、背後から彼が覗き込んできた。背後に感じる彼の気配にさえ、私はドキドキしてしまう。いやいや、そんな場合じゃないだろう！

「それは——『転生魔法』の解説書？　——いったい、どうしてそんなものを……」

彼は不思議そうに呟いた。それも仕方ない、「転生魔法」など、半分伝説のようなものだ。

「あの、これはただ……あ！　『王子と魔女』という小説はご存じですか？　あれに『転生魔法』が出てくるのです！　それで、本当にそんなこと魔法でできるのかなと気になりまして……」

「――できませんよ。『転生魔法』なんて、全くの嘘です。ありえません」

彼は冷たく言い放った。不思議なほど、はっきりと。

しかし「転生魔法」は、呪文や発動方法こそ不明だが、魔法学の世界においてその存在は決して否定されていない。

そもそも、この私が戻した「転生魔法」の解説書が自分の師であるリースリング博士の著作であることは彼も見てわかっているはずである。

それなのになぜ彼はそんなにはっきりと否定するのだろう？　あるいは、博士から『転生魔法』について何か否定的なことを直接聞かされたのだろうか。

「リースリング先生にお聞きになったのですか？」

私は気になったのではっきりと聞いてみた。すると彼は静かに答えた。

「そんな馬鹿げた話、先生にわざわざ伺《うかが》うまでもありません。ないものはないのです。だってそうでしょう？　本当にそんなものがあるのなら、どうして誰も使わないのです？」

……これは取り付く島もないというやつだ。彼にとって「転生魔法」はオカルトの一種でしかないのだろう。

しかし、実際に私は転生してきたのだし、謎の人物ではあるが、私の転生を知る者が少なくとも一人いる。ということは、「転生魔法」によって転生したと考えるのが妥当ではないだろうか？

つまり、否定派の彼には申し訳ないが、「転生魔法」は実在するはずだ。とはいえ「自分がまさにその『転生魔法』で転生してきた人間なので、転生魔法は実在すると思います」――なんてことをここで彼に言えるはずもないが。

「ところで……このあとは、なにかご予定があるのですか？」

先程のどこか冷たく厳しい様子はもうすっかり消えており、こちらの機嫌でも伺うようなとても優しい口調で彼はそう言った。

「ええと、特に予定があるわけでないのですが、侍女が待っており――」

彼は何か考え込んでいる様子だったが、まもなく再び口を開いた。

「それでは侍女の方には先にお屋敷にお戻りいただき、貴女はどうか私と少しご一緒していただけないでしょうか。まだ、このまま貴女をお屋敷にお返しするわけにはいかないのです。ですが、魔法騎士団長の名にかけて必ず本日中に、安全にお屋敷にお返しするとお伝えください」

嘘でも予定がある、と言えばよかった。しかしいずれにしてもまたこの件で呼び出されるのなら、可能であれば今日中に、できればひっそりと方を付けられたほうがよいのかも……。

さらに一方で、もうしばらくのあいだ彼と一緒にいられるかもしれないということに喜んでいる自分がいることに気づき、自分で自分に呆《あき》れてしまう。

――だが、それが恋というものだと、私は小説で知っている。

「承知しました。ご一緒いたします」

「感謝いたします」

彼は非常に礼儀正しくそう言った。

私たちは再び魔法で魔法書庫から出ると、彼は先に入り口に馬車をつけて待っていると言って、すぐに行ってしまった。

私はすっかり動転していた。ああ、とんでもないことになってしまった。いったい全体、どこに行くことになるのか。さすがに王宮でいきなり尋問とかではないと思うけれど……。

ローラにオズワルド様のことを伝えるか悩んだが、言うと家の者に伝わってなにやら面倒なことになるかもしれないと思い、彼のことは何も言わずにただ外の空気を吸いたくなったから散歩してくる、と言って出てきてしまった。

私はこれまでにも一人になりたい時はローラに図書館などで待っていてもらい、一人で散歩することがしばしばあった。令嬢の一人歩きは本来誉められたものではないが、王都はそもそも治安《ちあん》がよくて、この辺りには警備隊もしっかり配置されている。だから大通りを散歩するくらいなら一人でも特に危険はない。まあ、そもそもローラは本を読んでいると他のことがどうでもよくなるので、それを伝えたときも、二つ返事で了解し、「どうぞお気をつけて」とだけ言ってまたすぐ本の世界に戻っていったわけだが……。

王立中央図書館を出ると、正面に馬車が停まっていた。出てきた私にすぐ気づいた彼はすばやく馬車から降りると、とても礼儀正しい作法で私を馬車に乗せてくれる。

そのとき私は彼の手を借りて馬車に乗ったのだが、たったそれだけのことが、これほどまで心臓をドキドキさせるものなのだろうか。

その行為自体はお父様であろうが誰か他の殿方であろうが、馬車に男性と乗るときにはよくある当然のことだ。しかし、彼に同じことをされるだけで、これほどまでに心臓の音がうるさいとは。

これから、いったいどこへ向かうのか。そこでなにを、どういうふうに言い訳すればよいのか。まだ何ひとつよいアイデアが浮かばないのに、私にはなぜかそんなことどうでもよく感じられて、たったいま触れた彼の手の温《ぬく》もりだけが、そして正面に座っている彼のその姿だけが、私の意識を占有してしまう。そして思い出すのはさっきの――。

と、彼はさっと居住まいを正すと、すぐに本題に入った。

「本来であれば、上級魔法使い以外が魔法書庫を利用していたという事実は、国王陛下及び魔法大臣に即刻の報告義務があります。特に私は魔法騎士団長ですので、その義務を怠《おこた》ることは規律違反として処罰《しょばつ》の対象となるでしょう」

現実的な話になって、ようやく頭がはっきりしてくる。やはり、そうなのか。国王陛下と魔法大臣への報告……そうなれば、ローゼンハイム家の魔力のことは、どうしたって公になるだろうな。実に厄介だ。

「ただ、先程貴女も仰った通り、ローゼンハイム家の魔力のこと、そして個人的にはリースリング先生との繋がりが気になっているのです。いくら貴女に強い魔力があったとしても、誰か他の上級魔法使いが教えない限り、魔法書庫の場所やその入り方を知りようがありません。貴女にそのことを教えたのはリースリング先生なのでしょう？　だとしたら、それもまた、本来であれば規則違反です。私がそのまま国王陛下や魔法大臣に事実を告げれば、先生にも何かしらの処罰が下される。

私は、できるならばそれは避《さ》けたいのです。リースリング先生が処罰されることも、ローゼンハイム家のことでこの国に混乱が起きることも。今から、リースリング先生のもとを訪ねるつもりです。リースリング先生がどうして貴女のことを秘密にしたのか、先生に直接お伺いするつもりです。それも、国王陛下や私にまで。そして、魔法書庫のことを貴女に教えた理由。規則のことも、先生はよくご存じのはずなのに」

やはりそうか。もしかすると、彼ならそうするんじゃないかと思っていた。

しかしこれは、私が想像したなかではかなりましな、あるいはかなりいい流れだ。うまくいけば、最もいい形で私はこの窮地《きゆうち》をやり過ごせるかもしれない。

いずれにせよ、リースリング先生が私がナターリエの転生者であるとすぐに気づき、話を合わせてくれることが大前提になるが……。

それにしても、魔法騎士団長であり、また騎士団の規律と国の法律に特別厳しいということでも有名なグリュンシュタイン魔法騎士団長が、本来であれば即時報告が必要な事案に対し独断でこのような行動に出たことは、それだけで驚くべきことである。今回の行動が公になれば、たとえ魔法騎士団長であろうと、厳しく処罰されても仕方のない行為なのだ。それだけ、リースリング先生を守りたいということなのだろう。

……リースリング先生とお会いするのは、十七年ぶりと言うことになる。もちろん、アマーリエとしてお会いするのは初めてだ。

当時すでにご高齢であったから、大きな魔力を有することで常人より寿命の長い先生であっても――さらに老《ふ》けたはずだ。こんなことを言うと、先生はちょっと怒るかもしれないな。そんなことを考えて、少し笑ってしまった。

私たちは師弟関係でありながら、そんなことを言い合っては遠慮なく笑い合える、本当に打ち解けた関係だった。

私がまだ子どものとき、先生はその才能にいち早く気づき、私を訓練してくれた。魔法学について基礎から全て教え込んでくれたのも、リースリング先生だ。そして人嫌いの先生が信頼されている数少ない方の一人でもある国王陛下とのご縁も、先生が繋いでくれたものだ。

ナターリエだった頃の私の祖父は早くに亡くなったが、リースリング先生が本当の祖父のように私を可愛《かわい》がってくれた。こんな特殊な状況ではあるが、先生なら必ず私のことを信じてくれるはず。だからきっと、大丈夫。

「どうされましたか？」

ほんの一瞬とはいえ、急に一人で微笑んだ私を見て、不思議に思ったのだろう。

「あ……失礼いたしました。リースリング先生のことで少し、思い出し笑いをしてしまいました」

彼は、やはり不思議そうに私を見る。

「そういえば、リースリング先生とはどうやってお知り合いになられたのですか。先生は、あまり人との交流を好まれないため、先生がよほど信頼する方のご紹介でもないと、そもそも先生と知り合うことは難しいはずです。ましてや貴族の令嬢など、本来であれば先生が一番苦手とする存在のはずですが」

確かにその通りだ。先生は大の人嫌いだが、貴族のことは特に毛嫌いしている。

それでも、確かローゼンハイム家のことはそんなに嫌っていなかった。中途半端に魔法が使えるよりは全く使えない方が可愛げがある、それにあそこは平和主義で面倒を起こさないからいい、とそう言っていた。

ああ、あのときはまさか、自分がそのローゼンハイム公爵家の令嬢として転生することになるなんて、夢にも思わなかったのに。

「私は、本当に偶然、先生と知り合いましたの。そう——森のなかにある小さな泉が好きで、私はよくそこに一人でこっそり行っておりました。そこで、偶然知り合ったのです、先生のお宅はあのすぐ近くでしょう？」

「魔法の泉ですね。ですが……あんな森の奥にある泉に、よく一人でいらしたのですか、公爵令嬢の貴女が？」

まあ、確かに公爵令嬢は一人で森など彷徨《うろつ》かない。これは、私がまだナターリエだった頃の話だ。その頃はまだ父も男爵の爵位をいただいていなかったから、ただの平民の娘だった。そんな頃に、先生と私は出会ったのだ。

これは前世の子どもの頃の記憶、今となっては随分と昔のことだ。それにもかかわらず、当時のことが鮮明に思い出される。

まだ幼かった私の、泉での一人遊び。あの頃、独学で覚えた魔法を使い、虹色の蝶《ちょう》をいっぱい飛ばして遊んでいた。透き通る虹色の翅《はね》が日の光でキラキラ輝いて、とても綺麗なのだ。

そこにリースリング先生が突然現れ――光り輝く虹の城を出現させた。虹の城の周りを虹色の蝶が舞って、本当に美しい光景だった。

あれが、私と先生との出会いだった。先生はあのとき私の才能を一瞬で見抜き、そして私に魔法学の全てを教えてくれた。先生は、私に道を開いてくれた。先生との出会いによって、私の人生は驚くほどの速さで様変《さまが》わりしたのだ。

――前回は二十五という若さで死んでしまったが、先生のおかげで、本来であれば一生かかっても得られない経験ができた。

「――私、ただお散歩が大好きですのよ」

私は、ただそう答えた。先生のこと、そして、前の人生のことを思い出してしまい、それ以上、言葉が出なかった。

彼は、まだ不思議そうにこちらを見ていたが、しかしそれ以上、何も言わなかった。

しばしの沈黙が続く。――少しずつ、森に近づいてきた。人気が減り、のどかな風景が広がって、優しい日の光が暖かく世界を包み込む。そういえば、森に行くのも随分《ずいぶん》久しぶりだ。

金色の光が、馬車の窓から差し込む。彼の漆黒《しっこく》の髪が、光に透けて虹色に輝いた。彫刻のように美しい顔。まるで、大人の天使のようだ。

――あ、今気がついた。オズワルド様は誰かにとてもよく似ている。私がよく知る誰かに。

でも誰だろう、こんな美しい方。一度でも会ったら、忘れるはずないのに――。

ただ、とても懐かしい。そして――胸がぎゅっと苦しくなる。

「ローゼンハイム嬢、どうかなさいましたか？　今度はなぜか、少し悲しげな表情をなさっている」

私の表情の変化に、本当によく気のつく方だ。とはいえ、今どうして自分が悲しくなったのか、その理由がわからない。

「いえ、なんでもありませんの。ただちょっと――」

すると彼は、私の正面から私の隣にさっと移動し、私のおでこに触れた。

「魔法騎士団長様!?」

「うーん、やはり少し熱い気もする。本当に大丈夫なのですか？」

いやたぶん、これは貴方が側にいるからです……。

「あ、あの、私はいたって健康です！　ですからどうぞ、ご心配なく！」

オズワルド様におでこを触られたことで、より一層顔が熱くなってしまった。加えて鼓動も一気に速くなる。そりゃそうだ。こんなの、どうしようもなくドキドキするに決まっている！　それに、これ以上近づかれるとこの速くなった鼓動までバレてしまいそうで――すごく恥ずかしい。

大丈夫と言っているのに、オズワルド様はなぜか元の席に戻らない。そのせいで、私の頬はすっかり上気してしまっているのだが。本当に、私はどうかしてしまっているに違いない。

「ローゼンハイム嬢、あの、先程から私のことを『魔法騎士団長様』とお呼びになりますね」

「え？　ええ」

「あの……もしよろしければ、ただ、オズワルドとお呼びいただけませんか？」

——意外だ。名前で呼び合うなんて、初対面では基本的にありえないことなのに。実はこの人、かなりフランクな人なのか？

とはいえ、本当は彼を役職よりは名前で呼びたい。実際巷でも、憧れのスーパースターである彼のことは親愛を込めて皆「オズワルド様」と呼んでいるから、私も脳内では最初から勝手に「オズワルド様」呼びだったわけで。

でもそれ以上に……私も彼には他人行儀な「ローゼンハイム嬢」などという呼び方ではなくて、「アマーリエ」と名前で呼んでもらいたい。だったら、答えはひとつだ。

「わかりましたわ、オズワルド様。それでは、私のこともアマーリエとお呼びいただけますか」

「もちろんです、アマーリエ嬢！」

彼はとても嬉《うれ》しそうに言った。よほど役職名で呼ばれるのが好きじゃなかったのだろう。

だが、「アマーリエ嬢」か。私としては「嬢」をつけられると、なんだか少しよそよそしい感じがするのであまり好きじゃないのだ。うん、せっかくなら——！

「よろしければただ、アマーリエと。私の友人はみんなそう呼びますし、オズワルド様のほうが私より年も上ですから」

「あ……それでは——アマーリエ」

すごく真面目《まじめ》な顔でそう言うと、なぜかふっと窓の外を向いてしまった。あれ？　これはもしや……照れているのか——!?

その途端、急にこちらもすごく恥ずかしくなってしまった。

と、ここで今更、ある事実に気づく。確かに私の友人たちはみな、私のことをただ「アマーリエ」と呼ぶ。だが考えてみると、それはみんな女性なのである。お父様以外の男性から「アマーリエ」と呼ばれたのは、実は初めてなのだ。

うっかりあんなお願いをしてしまったが、敬称もなく名前を呼ばせるなんて、まるでとても親密な間柄みたいではないか！　私ったら、いったいなんて大胆なお願いを――！

……でも、そんな私のお願いをオズワルド様は断りもせずに受け入れ、本当にただ「アマーリエ」と呼んでくださったのだ。うわあ……どうしよう。なんだか顔が、めちゃくちゃ熱い。そして、ものすごく嬉しい――。今になって、ついさっき彼が呼んだ私の名前が頭の中で何度もエコーして、それがずっと、とても甘く響いている。

ああ、本当に不思議。恋愛小説で読んだ通り、いや、それ以上かも。ただ名前を呼ばれただけで、こんなにドキドキするなんて――。

またしばらく沈黙が続く。彼は今も私の横に座ったままで、馬車が揺れるたびに彼の肩が少し触れ、なんだか変な気分になる。

恋すると、みんなこんなだろうか。経験がない分、何もかもが初めてな感覚でよくわからない。だけど、「恋は人を馬鹿にする」というのはもうよく理解した。

ガタン！

馬車が、大きく揺れた。馬が何かに躓《つまず》いたらしいが、他のことに気を取られていた私は、姿勢を大きく崩しそうになった。

その時――彼が、素早く私を抱きとめてくれた。

ただ……その揺れに驚いたのもあったが、彼の腕に包《くる》まれるようにしてその逞《たくま》しい胸板にぐっと抱き寄せられたことが、私の鼓動を恐ろしいほどに高めた。

「あ、ありがとうございます……」

慌てて私は姿勢を正そうとした。が、なんだかおかしい。身体が、彼から離れない。

――それもそのはずだ、彼が、私を強く抱き寄せたまま、全く離してくれないのだ。

ちょうど互いの胸のあたりが触れ合っていて、それが言いようもなく恥ずかしい。

ううっ、この激しい自分の鼓動が彼に直接伝わってしまうことが気まずすぎる。……でも、オズワルド様はいったいどうしたのだろう？

不思議に思って彼の顔を下から覗き込むと、彼は顔を赤くしながら、自分でもひどく困惑している様子だった。そして私が見上げた目と彼の目が合ったとき――。

まただ！

なぜかこうして彼と目が合うと、身体に一瞬電撃が走る。そして――全く目を逸らせなくなってしまう。

そのうえ身体の奥底から、何かよくわからない感情というか――変な感覚というか、そんなものが湧き上がってくる。これはいったい……？

そういえば、オズワルド・グリュンシュタインは社交の場も好まない、女嫌いの職務一筋の人間という噂だった。

でも、彼と出会ってから、彼からそんな印象は一度も受けない。むしろここまでのやりとりでは、とても紳士的で礼儀正しく、柔軟性と人間味のある人物であるように感じていた。やはり、人の噂など当てにならないものだと、そう思った。

ただ、今のこの状況は……謎だ。なぜ彼は、私を抱き寄せたまま離してくれない？　こうなってくると実は女嫌いというのはデタラメで、本当はいわゆる「女たらし」というやつなのだろうか。

そもそも初対面なのに名前で呼んでほしいと言ったり、私を助けるための行動だったとはいえ、未だにこうして私を抱き寄せたまま離さないなど、貴族の作法《さほう》としてはありえない。

いつもの私なら、初対面で名前呼びなんて同性でもしないし、こんなふうに私を抱き寄せたまま離さない、なんてことがあれば（幸いにしてこれまでそんな目にあったことはないが）、思いっきり突き飛ばして逃げるだろう。

でも――彼だと拒めない。どうして、って思うけど、嫌じゃないもの。

それに彼はとてもそんな「女たらし」には見えない。とても落ち着いていて、真面目で、所作《しょさ》にも気品に溢れてて……それにちょっとしたことでも照れて、すぐに顔が赤くなる。これが全部演技なら、大したものだ。

ただもし彼が実はそういう人だったとしても……すごく恥ずかしいけど、それでも構わない気がしているのが、自分で恐ろしい。それならいっそ、彼に騙《だま》されてみたいかも――なんて。

いっそ、このまま時が止まればいいのに……なんて馬鹿なことさえ考えてしまう。

と、次の瞬間、私をしっかりと抱き寄せたまま、彼の顔が急に近づき――。

今度ははっきりと、彼の唇が私の唇に触れているのがわかる。

私は、そっと目を瞑る。高鳴る鼓動がとてもうるさい。

しばらくのあいだ触れていた唇が、そっと離れる。

頬が、燃えるように熱い。でもそのまま離れることはできなくて、離れたいとも思えなくて……

視線が再び絡み合い、ただじっと、まるで魅入《みい》られたかのように見つめ合う。

外の音も、何も聞こえなくなる。ここがどこで、いったい今どういう状況なのか、それすらもうわからなくなる。でも、それが少しも気にならない。まるで、世界中に私たち二人だけになってしまったみたい。そしてそのことに、私はたとえようもない安心感を覚えていて。

もう一度、彼の唇が私のそれに重なる。優しく、触れるだけのキス。それなのに、私はその感覚に心からうっとりしてしまう。

ああ、ずっと彼と、こうしていたい。キスがこんなに甘いものだなんて、知らなかった——。

急に馬車が止まり、私たちはハッと我に返る。

——今のは……今のはなんだったの!?

頭がまだ朦朧としてよくわからない。でも今のは——今度こそは、正真正銘、本当のキスだった。

……というか、キス以上の何かだった。

抱き寄せていた私の身体を解放したオズワルド様の表情を見れば、彼が私以上に動揺しているのがわかった。なんというか、自分のしてしまったことが到底信じられない、というような様子だ。

まあ、私も全く同じ心境なわけだが——。

彼は私の目を見ないし、そして私も彼の目を見ることができない。先程のことがどうにも現実のように思われず、未だにふわふわと宙に浮いたような気持ちだ。

それにしても、先程馬が躓いたのは、まだ森に入るよりかなり前だったはず。そこからこの到着地点である魔法の泉まで、馬車でもなかなかの距離があったはずだ。

それなのに……私たちはいったいどれくらいの間、あんな状態だったのだろう？　そんなに長い時間が経《た》ったようには感じなかったのに。まさか、誰かに見られなかっただろうか……!?

ああ、なんということだ！　アマーリエ・ローゼンハイム公爵令嬢ともあろうものが、たとえ相手がかの有名な魔法騎士団長様だとしても、ついさっき出会ったばかりの殿方とキスをしてしまうなんて——！

先程のことを考えると、恥ずかしくて死にそうになる。しかし御者《ぎょしゃ》も変に思うだろうから、このまま馬車から降りないわけにもいかない。私が降りる準備ができたことに気づいた彼はさっと馬車を降りて、スマートにエスコートしてくれた。そんな彼も、顔は真っ赤だけれど……。

馬車から降りた私は、気持ちを落ち着けようと深呼吸する。

——ああ、魔法の森の匂いだ。

他の場所は木々が鬱蒼《うっそう》と茂《しげ》っているが、この魔法の泉の辺りだけは木々が遠慮して、美しい空がよく見えている。

懐かしい場所。アマーリエとしては初めて来る場所だ。

「アマーリエ……あの、さっきのは……本当に申し訳ない——なんと謝罪してよいか」

やっと話しかけてきた彼の頬はまだ少し赤く、先の自分の行動に心底困惑《こんわく》している様子だった。

私はどう答えてよいかわからず同じく顔を赤くする他なかったが、ふと、いいことを思いつく。

そっと目を閉じ、以前よりも少し時間をかけ、「集中」、そして「統一」。よし。

「魔蝶《パピリオ》」

ぶわっと、辺り一面に虹色の蝶が舞った。私がナターリエだった頃に最初に使った魔法。自分で考えた、私の思い出の魔法だ。

「おお……なんて美しい――」

彼は感嘆の声を上げた。

「素敵な魔法でしょう？　私の、最初の魔法です」

「素晴らしい――！　だが以前、どこかでこの景色を見た気が――」

彼がまだ何かを言いかけたそのとき、向こうから大きな声が響いた。

「ナターリエ！」

それに驚いたのは、私よりもむしろオズワルド様のほうだった。

「何？　先生、今なんと――！」

声のするほうから、長く白い髭《ひげ》を蓄えた一人の老人が現れた。彼こそ、私たちの共通の師であるヨハネス・リースリング博士である。

「これはいったい――」

「リースリング先生！　あの……私です、アマーリエです！　『ビブリオの会』以来ですわね！」

さあ、賭《か》けだ！　これで伝わらなければもう終わりだ。実際私たちは初対面なわけだから、ここで先生に「どちら様？」と言われてしまえば、万事休《ばんじきゅう》す。

しかし、私には自信がある。この魔法も好都合だ。先生も知る、ナターリエの最初の魔法と――私と先生の二人で結成した二人だけの読書会、『ビブリオの会』。きっと、理解してくださる。

リースリング先生は一瞬目を大きく見開いた。そして数秒の静寂《せいじゃく》の後、私の側に立つオズワルド様の方にも少し目をやり、そして――。

先生は、笑った。

「おお、なんだ、君だったか！　誰かと思ったわ！　それにしてもなぜ……オズワルド、お前が彼女と一緒に来るとは。いったい何が――」

やった！　さすがはリースリング先生である。私のメッセージはしっかりと届いた。これなら、きっと大丈夫。これで全て、うまく進むだろう。

「先生、ではやはり先生は本当にアマーリエを――ごほん、アマーリエ・ローゼンハイム公爵令嬢のことをご存じなのですね！」

ローゼンハイム、と聞いた瞬間に、リースリング先生の顔にほんの一瞬だけ、だがはっきりと驚きの色が浮かんだのを私は見逃さなかった。

「あ……ああ！　もちろんだ。私は、アマーリエのことをよく知っておる」

「では、どうしてこれまでこんな重要なことを私に教えてくださらなかったのですか！」

「それは――まあ、こんなところで立ち話もなんだから、家に入りなさい」

リースリング先生は、静かにそう言った。この状況にどう対処すべきか、今、必死で考えているのだろう。

実を言うと、こういう無茶を先生にさせるのはこれが初めてではない。前世でも私はなにか困ったことになると、すぐにリースリング先生を頼ったものだ。

私が魔法でいろいろやらかしたときも、まだ幼い頃に、やはり許可なく魔法書庫に入ったときも(これは規則を破って勝手に私に呪文を教えた先生が悪いのだが)、先生はいろんな理屈をつけて、上手く誤魔化してくれたものだ。

懐かしい先生の家に入る。十七年前と、いや、それよりもずっと前に私が初めてこの家に来たときと、全く変わらない。同じ家具、同じ香り。

「それにしても――いったいなぜお前たちが一緒におる?」

リースリング先生は、とても不思議そうだ。

「実は、私たちは今日知り合ったのですが――」

と、その言葉で改めて、まだ本当に出会ったばかりなのだということを思い出す。そうだ、今日初めて会ったのだ。それなのに私たちは――。

なぜか顔が熱くなってしまう。ちらっとオズワルド様のほうを見ると、彼の顔もやっぱり赤くなっている。先生はそんな私たちの変な反応にすぐ気づいたようで、微妙な顔をしている。

……恥ずかしい。どうか、先生にはバレませんように!

「あの、実はア……ローゼンハイム公爵令嬢は、魔法書庫の中にいらっしゃいました」

先生はやはり一瞬だけ驚いた顔をしたが、すぐに意味を理解した。

「ああ、それは驚かせてしまったな。すまなかった、実は、私が必要な本があったので、代わりに取りに行ってもらった」

「先生！　ですが、それは規則違反ですよ！　確かに先生には魔法書庫から自由に本を借りる権利がありますが、それを上級魔法使いでもない彼女にやらせるなんて！」

「ああ、そうだったかな。すまんかった。もう私も年だからな、細かいことは覚えておれんのだ」

リースリング博士は悪びれもせずに言った。

「ですが！　万が一このことがバレたら、たとえ先生でも許されないのですよ！」

「ああ、ああ、わかったわかった、そうガミガミ言いなさんな。ほら、彼女だってすっかり困っておる。あんまり小言を言う男は、女性には好かれんよ」

オズワルド様は露骨《ろこつ》に顔を赤くして、黙り込んでしまった。そんな彼の反応に、私は思わず吹き出しそうになってしまった。でも、リースリング先生がこんな風にからかうなんて、オズワルド様と先生は本当に親しい仲のようだ。

「わかりました。今回だけは、見なかったことにします。ですが、今後はもう絶対にだめですよ。もし魔法書庫にお越しになるのが面倒なのでしたら、アマーリエにではなく、私に言ってください！」

先生は悪戯《いたずら》っぽく笑って、承諾《しょうだく》した。

「ところで先生、先生はどうして彼女のことを私に秘密になさったのです？」

「ああそれは……ええと――」

「ローゼンハイム家のことを考えてくださったからでございます！　リースリング先生は、魔力のない名家が魔力を持っていると明らかにされることで、この国が混乱するのを避けようとされ……でもオズワルド様は魔法騎士団長でいらっしゃいますから、本件について国王陛下への報告の義務がございますでしょう？　だから貴方にまで知らせると、無駄な気苦労をかけると……そう思われたんですよね、先生？」

ちょっと不自然なくらいの助け舟だが、まあ今はこうでもするしかない。

「ん、まあ、そういうことだ。ほれ、わかるだろう。お前は頭コチコチの超堅物だからな。わしが黙っとれと言えば黙っとるだろうが、負担になるだろ、国王陛下に誓約した身でそういった秘密を背負《せお》わされるのは」

オズワルド様は頭コチコチの超堅物と言われて、少しムッとしたようだった。

「ところで――今日来たのは、その確認のためか？　もう用は済んだかね？」

「まだです。わざわざ来たのに、そんなにすぐ追い返そうとしないでください」

「いや、そんなつもりではないが……」

先生は笑いながら言った。

「それで、ほかにはなんだね？」

「……実は彼女が借りようとしていた本――いや、結局あれは先生が必要とされていたのでしたね。ええと、それについてなのですが――」

「ん、なんの本だったかな？」

「いやいや、先生がご入用だったのでしょう!?」

「ああ、まあ年寄りだからな、仕方ないじゃないか」

リースリング先生は昔からすぐ、ボケたふりをする。面倒なときはもちろん、なにか誤魔化したいとき、人をからかうときにもするのだ。私はすっかり慣れっこだったが、オズワルド様もそのようだ。

「はあ……まあいいです。先生の著作である『転生魔法』の書です。思い出しましたか？」

先生はまたちらっと私の方を見て、何か言いたげだった。

「ああ――そうだった、そうだった！　あれを借りてきてほしかったんだ。まあ、自分で書いたものだから探せば家の中にもどこかにあるんだろうが、あんなありさまの書斎から探すのは至極面倒だからなあ」

そう言いながら、先生は笑った。

「ああ、そうだオズワルド、おまえにひとつ頼みがある」

「なんでしょうか」

「実は最近、薬草庫《やくそうこ》の窓にガタが来とるんだ。ちょっと修理してくれないか」

「ご自身ですぐできるじゃないですか」

「なんでも魔法でやろうとするなと、昔から言っとるだろう。自分の手でやるんだ。特別な薬草が保管してあるんだから、しっかり頼むぞ。道具は全て、外の倉庫にあるからな」

「……今ですか？」

「なんだ、今は嫌か？」

彼は私のほうをチラッと見た。私はこのやり取りが微笑ましくて、また少し笑ってしまった。

「……いえ、やります」

「よし、頼んだぞ！　手を抜くなよ。魔法は駄目だぞ！」

「全く、人使いの荒い……」

ぶつぶつ言いながらも、彼は行ってしまった。

さて……どこから話そう？


「本当に……お前か？」

「……はい、先生。ナターリエです。本当に――お久しぶりです」

すると、先生は私を強く抱きしめた。先生は――泣いていた。

私は嬉しかった。先生が、すぐに私だと気づいてくれたこと、そしてまたこうして再び先生に会えたこと――。

どちらも奇跡だ。

「ああ――ナターリエ！　しかしどうして……！」

「どうも、転生したようです」

「ああ、そのようだな。しかし……なぜ今までわしを訪ねて来なかった？」

「実は、前世を思い出したのが昨日のことで……」

「なに、昨日!?」

「そうなのです。昨夜、ある方が急に私――つまり、アマーリエ・ローゼンハイムを訪ねてきて、私はその方と少しお話をしたようなのですが、その際に――」

「――！　いったい誰なのだ、それは!?」

「それが、どうもその方も魔法使いだったようで、それが誰だったかは思い出せないのです」

「……なんと。では、覚えておる限りで構わん、その者はなにを言っとった？」

「一つは、『自分が何者か思い出せ』、もう一つは、『一週間後に、そなたの墓を訪ねよ』でした。他は正直なところ、よく思い出せません。ただ少なくとも、最初の『自分が何者か思い出せ』という言葉は、記憶封印の暗示を解く鍵だったように思います。事実その瞬間、全てを思い出したのです。それも、まるで昨日のことのように」

リースリング先生は深く考え込んでいる様子だったが、しばらくして先生は再び口を開いた。

「うむ、少なくともその者はお前が何者であるか知っているのだ。では、その者がお前に『転生魔法』を使ったのだろうか……しかし、どうやって？　わしも若い頃は長らく『転生魔法』の研究をしとったのだ。しかし、どうしてもその方法だけはわからず、もはや忘れ去られた、『死んだ魔法』なのだと思った。だが実際にナターリエ、お前が転生してきたということは――それも、言い伝え通り、その記憶をしっかりと残して転生してきたということは、やはり転生魔法は実在し、今なおその使い手は確かにおるということだ」

先生は明らかに興奮なさっているようだ。当然だ。もう完全に失われたと思っていた伝説の秘術、「転生魔法」が現存することを知ったのだ。研究者の血が騒がぬはずがない。

「――ただ、用心しなさい、昨日お前を訪ねた者が誰なのか、そして、どうして今になってお前の記憶の封印を解いたのか、それがわからん。本来であれば、転生魔法で転生すれば、記憶はそのまま残るものだ。しかし今になってその記憶が戻ったということは、早い段階で――たぶん、お前が生まれてすぐにも、その者が一度、お前の記憶を封印しているはずだ」

「そうなのですか!?」

知らなかった！

「ああ、これは信頼に足る複数文献での記述が証明しておる。そうでなければ、『転生魔法』を使っても、あまり意味がないからな。記録によると、過去に『転生魔法』を使用したほとんどの者は、家族や恋人を転生させている。それは、再びその者と一緒になりたいからだ。記憶を失い、全くの別人のようになってしまえば、せっかく転生させたとしても無意味だ」

確かにそうかもしれないな。しかし、いったい誰が、なんの目的で私を転生させ、そして記憶を一時的に封印し、そしてなぜ――今になって解いたのだろう？

「……ところでな、先程から気になっとるのだが、お前――つまり、あの『ローゼンハイム家』のご令嬢である今のお前が、どうして魔法が使えるのだ？　それも魔法書庫に侵入できるほどの高度な魔法を？」

私は先生に、今日王立中央図書館の魔法書庫で調べてわかったことを全て報告した。そしてその際にオズワルド様と出会ったことも。

「いやはや、実に驚嘆すべきことばかりだ！　しかしそうか。そうなると確かに、この事実は公にすべきではないだろうな。うむ、いずれにせよこのまましばらく様子を見よう。それで……二つ目の、『一週間後に、そなたの墓を訪ねよ』だったか。お前はそれに従《したが》うつもりなのか？」

「ええ、もちろんです！　私を転生させ、私の記憶を封じたその魔法使いが誰なのか、私は絶対に知らなければなりません。そして、その目的も」

「危険かもしれないぞ」

「ですが、もしその方がその気なら、記憶を封印したり、またそれを解いたりといった面倒なことをせずに、私に直接危害を加えたはずです。そうしなかったということは——なにか私にやるべきことがあって、それを私に伝えたいのだと思うのです」

「うむ、そうかもしれんな。しかし、油断はするな。お前の能力をもってすれば、本来であれば自分の身を守ることなど容易《たやす》いはずだ。しかし、不意を突かれると、魔法を使う暇がない。たとえばあの時のように、毒殺などで——」

リースリング先生は口を噤《つぐ》んでしまった。私が殺されたときのことを思い出したに違いない。

「……すまない。あの時は、本当に信じられなかったのだ。何もかも、素晴らしく順調だったのに。かの王太子殿下も、すっかりお前に懐いてらしたというじゃないか。あの方も、あのままであれば素晴らしい魔法使いに、そして素晴らしい国王になられただろうに。それがあんな……あんな愚かな男の浅ましい考えによってお前は毒殺され、そのせいで優秀だった王太子殿下まで――。本当に辛い日々だったよ、お前が逝《い》ってしまってから。あれからちょうど一年後だったか、オズワルドが私のところにやってきたのは」

「そうなのですか？　そんなに前から？」

「ああ。あいつは今二十七だから、その時は十一だったかな。すでに、周囲の誰も敵わぬ優れた魔法使いになっておった。故に、確かにあの者を指導できるのは、やはりわししかおらんかった」

「ではもう十六年も？　そんなに長い付き合いなのですね」

「ああ。当時のわしはお前を失った悲しみに打ちひしがれていたが、あの子はそんなわしを再び暗闇から救い出してくれた。あの子は、本当に優しい子だ。周囲には誤解されやすいがな」

そうだったのか。オズワルド様は、私が死んだことで傷ついた先生の心を癒《い》やしてくださったのか。

「ところでな……実は先程からそれがすごく気になっとったんだが――お前たち二人の間に、何かあったか？」

なっ……！

自分でもわかる。今、私の顔はきっと、真っ赤になっている。

まずい、まずすぎる！　これじゃ、勘の鋭《するど》い先生に全部わかってしまう！

でも――顔色を隠す呪文なんて、知らない！

「ほほう、これはまた、驚いた！　いや、しかし信じられんな！　あのお前が――超がつくほど、そっちのことに疎かったお前が、まさかあいつに……」

「ちょ……ちょっと先生！」

「しかしお前たち、今日会ったばかりだと言っとらんかったか？　こんな年寄りでさえ、『ローゼンハイム公爵令嬢は高嶺の薔薇』との評判を耳にしておったが」

「……」

と、このタイミングでオズワルド様が戻ってくるのが窓から見えた。

「あ、あの！　私ちょっと、外の空気を吸ってきます！」

「……逃げおったか」

二章

運命の人

私が薬草庫《やくそうこ》の窓の修理を終えて急ぎ先生の家の中に戻ると、アマーリエが慌《あわ》てた様子で入れ替わりに外へ出ていき、中ではリースリング先生が妙《みょう》に嬉《うれ》しそうな顔で立っていた。

「先生、終わりましたが、あの、アマーリエ……ローゼンハイム嬢《じょう》は、どちらに？」

「少し外の空気を吸いたいそうだ。どうも、馬車で酔《よ》ったらしくてな」

「馬車で酔った」――その言葉で、私は先程《さきほど》の出来事をまたはっきりと思い出してしまった。顔が……熱い！

「なっ……！　おいおい、オズワルドまさかお前も――」

「え！　なんのことです!?」

「……いやしかし、だとしたら信じられんな、どういうことだ？　(――馬車のなかで何があったのだ、若人《わこうど》らよ……)」

先生がなんの話をしているのかよくわからないが、しかし今日は本当に驚くべき、決して忘れることのできない一日だった――。

午前中、私はいつものように魔法騎士《きし》団長として団員たちの訓練《くんれん》を行っていた。

すっかり慣れ切った訓練ではあるが、こういった基礎的《きそてき》な日々の積み重ねこそ、実は最も人を鍛《きた》えてくれるものだ。

朝の空気が気持ちいい。――そんな当たり前のことをふと感じられるようになったのも、つい最近だ。

それだけ、時が経《た》ったのか。それでも、決して癒《い》えることのない傷が、今も疼《うず》く。

と、不意《ふい》に、ありえない感覚が私を襲ってきた。なんだこれは……何かの間違いか？

――いや、違う！　勘違いではない！

「クラウス、すまないがここを任せる！」

「え……団長！　なにごとですか!?」

答える間も惜《お》しんで、私は王立中央図書館へと急いだ。

クラウス・ディートリッヒ魔法騎士団副団長はさぞ驚いたことだろう。たとえ毎日の基礎訓練だとしても、私が任務を放り出して行くことなど、今まで一度もなかったのだから。

その強大な魔力を感知《かんち》したのは、間違いなく魔法書庫のあたりである。私の魔法感知能力はずば抜けているらしい。そもそも「感知魔法」は特殊《とくしゅ》能力系で、上級魔法使いのなかにさえ、わずかでもその力を持つものは少ない。

「感知魔法」とは、相手の使用する魔法を予《あらかじ》め察《さっ》知《ち》する能力、相手の使用した魔法を解析《かいせき》する能力、そしてそれがどこから発せられたかを感知する能力である。このどれかひとつでも持っていれば魔法騎士として非常に有利であるが、私は唯一その全ての能力を最高レベルで有しているらしい。

通常、感知できる魔力は一定距離範囲内。それを超えて感知可能な場合というのは、その魔法を発動した人間の保有する魔力量がそれだけ膨大《ぼうだい》であることを意味する。

今回の魔力は、王宮にある魔法騎士団の訓練場からかなり離れた、市街地の中心部にある王立中央図書館の魔法書庫から感知された。これだけ離れた距離にありながら私に感知できる魔法を発動するということは、その者が王家の魔力にかなり近いレベルのそれを保有する、ということ。

現在、我が国の上級魔法使いでも、このレベルの魔力を有するのはたった二人。

本日は儀式のために一日中王宮内にいらっしゃるご予定の国王陛下《へいか》と、王太子《おうたいし》である――

私だけだ。

私の本当の名前はアレクサンダー、ゾンネンフロイデ王国の王太子だ。ただし、あの忌《い》まわしき事件を経《へ》て、九歳の頃からその正体を隠してグリュンシュタイン公爵《こうしゃく》家の長子《ちょうし》、オズワルドとして生きてきた。

もちろん、本来なら到底《とうてい》許されることではない。しかし私はあることを成《な》し遂《と》げる目的のもと、グリュンシュタイン公爵家の協力を得て、時がくれば必ず王太子に戻ることを条件に国王陛下より特別な許可をもらっている。

私は魔法騎士団長としての日々の職務を全《まっと》うしつつ、その職務の合間を縫《ぬ》って、ひとつの真実を追い求めているのだ。

その期日は、刻一刻《こくいっこく》と近づく。だが、未《いま》だに私はその目的を果たせていないのだ。

――私の心にぽっかりと空いた穴が埋まることは、もう二度とないのだろう。

それでも私からあの人を永遠に奪い去った「真の黒幕」を捕らえるまでは、私は決して諦《あきら》めない。

全ての真相を明らかにし、彼女のために復讐《ふくしゅう》を果たすという、その目的を達成するまでは——！

魔法書庫の前に着く。規則では、無断で立ち入ったものは処罰《しょばつ》される。しかし、これまで一度もそのようなことは生じなかった。

なぜなら、魔法書庫のことを知るのはこの国の上級魔法使いのなかでも、国王陛下が自分の命を預けてもよいと考えるほど、特に信頼している者のみだからである。

また、万が一にもその場所と呪文が漏《も》れたとしても、ここに入れるのはこの複雑かつ高難易度《こうなんいど》な魔法を使えるものだけ。つまり、今この中にいるのは、それほど優《すぐ》れた魔法使いだということだ。

まして、あれだけの魔力を有するものが……もし危険な存在であれば、この私でも無事でいられる保証はない。

しかし、行くしかない。今行かなければ、もっと危険なことになるかもしれないのだから。

「集中」、そして「統一《とういつ》」……よし。

今までにない緊張感で、魔法書庫の中へ入る。

「イフタムヤーシムシム」

身体《からだ》が魔法の光に包まれ、思わず目を閉じる。

次に目を開くと——。

そこには、一人の女性がいた。

それも——かなり若い。

予想もしなかった。女性の魔法使いも少なくはないが、上級魔法使いは現在、年配のご婦人が二人だけだ。しかしあの後ろ姿を見る限り――。

「ここで何をしている」

その女性の背中がびくっと震える。ここに無断で入ってはならないことは知っているらしいが、少なくとも、すぐさま私に攻撃してくるつもりはないようだ。彼女から殺気《さっき》は微塵《みじん》も感じられない。

「あの、ちょっと書を探しておりまして……」

そう言いながらようやく振り返った彼女を見て――次に硬直《こうちょく》したのは、私のほうだった。

身体中に電撃《でんげき》が走る。もちろん、彼女が魔法を使ったとかではない。だがはっきりと、そんなふうに感じたのだ。

その瞬間、世界中の時が止まったような――あるいは止まっていた時間が動き出したような――これまでに感じたことのない、奇妙《きみよう》な感覚がした。

次に彼女にかけるべき言葉が見つからない。なんというか、聞きたいことがありすぎて、逆に何も言えなくなってしまった。

君は誰《だれ》だ？　なぜここにいる？　いや、そんなこと、もはやどうでもいい。身体が急に熱くなる。

そしてありえない感覚が――私が感じるはずのないある感覚に、一気に襲《おそ》われた。

――彼女が欲しい。

……！

「彼女が欲しい」だと――!?

ありえない！　ありえないのだ、私には！

あれは「呪《のろ》い」であり、それによって永久に私を罰《ばっ》し続けるはずなのだ。それなのに私は今――！

私は、呪われている。かつて禁忌《きんき》の魔法を使用した代償《だいしょう》として、私はその身に「呪い」を受けたのだ。しかもそれは私の願いを叶《かな》えることのないまま、ただその呪い――異性に抱くはずのその「欲求」を完全に喪失《そうしつ》するという代償だけを、私に残していった。

その事実に、私は悲嘆《ひたん》すべきだっただろうか。しかし私が王太子であるという立場ゆえにそれが重大な問題であることを別にすれば、嘆く気になど到底なれなかった。むしろ、その呪いを自分が受けたことを心のどこかで喜んでいたような気さえする。

だが今……私は、確かに感じたのだ。目の前にいるこの見知らぬ女性に対して、本来なら決して抱けるはずのない、その「欲求」を。ありえない。だが、それならこの感覚はいったい――？

まさか私がそんなことで驚愕《きょうがく》していることなど露《つゆ》ほども知らぬこの女性は、まさかここに誰か来るとは思ってもいなかったらしく、呆然《ぼうぜん》とした面持《おもも》ちで私の方を見ている。

だがそれにしても、なんと美しい人だ……！

驚きに見開かれた薄紫《うすむらさき》色の瞳《ひとみ》は夜明けの空を思わせ、陶器《とうき》のように白い肌に思わず触れたくなるような薔薇《ばら》色の頰《ほお》と唇《くちびる》、そして、長く豊かな亜麻《あま》色《いろ》の髪――この世のものとは思えぬ愛らしさに、おとぎ話の妖精を見つけてしまったような深い感動を覚えた。

……触れたくなるような、か。やはりこれは異常だ。だが確かに今、私はそう感じている。目の前の見知らぬこの女性を前に、私は彼女に触れたいという欲求を抱いた。その美しい髪に、頰に、そして唇に、その手を伸ばして触れてみたいと……確かに、そう思っているのだ。

魔法騎士団に所属するようになってから、宴席《えんせき》や行事などでさまざまな女性と出会う機会があり、そのなかには、国内外でも特別美しいと言われている女性たちもいた。

正直なところ、はじめのうちはこの呪いが解《と》ける可能性も信じていた。いつか素晴らしい女性に出会えばもしかすると――いわゆる、動物としての自然な感覚が生じてくるのではないかと密《ひそ》かに期待したのだ。

しかし、そんな奇跡が起きることはなかった。どんな女性と出会っても、また、多少の会話を交わしても、私の心はほんの少しも動かなかったのだ。

それどころか――正直言って、儀礼的《ぎれいてき》に話しかけることすら嫌だった。話していても少しも楽しくないし、彼女たちの媚《こ》びるような話し方も視線も、その全てが厭《いと》わしいものに感じられた。

そんな私をはじめのうちは人付き合いが悪いだの、女嫌いの変わり者だの揶揄《やゆ》する者も多かった。

まあ私の魔法使いとしての実力を前にして、そいつらも最終的には何も言わなくなったが……。

そんなわけで今や私は女性に対し、そうした期待を一切抱かなくなっていた。だがそれも仕方のないことだ。どうしたって、彼女と比較してしまう――。

「比較する」こと自体、本当に愚《おろ》かで浅はかだということは百も承知《しょうち》だ。なにより、彼女に失礼だ。

彼女は本当に特別で、あんな人にはもう二度と出会えないことくらい、私にもわかっている。

それでも私の心はずっと、彼女だけを求めていた。あたかも、遠すぎて届かない、永遠に手に入らぬたったひとつの星に手を伸ばし続ける、愚かな羊飼いのように。

しかし今、そのありえないことが起きている。

目の前にいる……この名前も知らぬ女性に、私の心は一瞬にして奪われてしまったのだ。

まさか、ただ一目見ただけでこんな――まるで、運命の人にでも出会ったかのような……。

「運命の人」――！

そうだ、この言葉ほどしっくりくるものはない。間違いない、私は彼女を探していたのだ。

ずっと、心のどこかで彼女を探し求めていた！

「誰……なんだ？」

私はやっと、声を発することができた。そうだ、君は誰なんだ？　どうか君の名前を私に教えてほしい――！

「申し遅れました。私、アマーリエ・ローゼンハイムと申します」

アマーリエ……ローゼンハイム!?

ありえない、ローゼンハイムだと!?　ローゼンハイム家は、魔力を持たない一族ではないか。

見るからに上位貴族であるこの女性を私が知らなかった理由がわかった。彼女はローゼンハイム公爵家の一人娘で、社交界デビューもまだのはずだ。

私も自己紹介したが、私の名を聞いて彼女もかなり驚いているようだった。確かに、私は自ら社交界に顔を出すことはほとんどないし（一応、魔法騎士団長としてどうしても出席が必要なものには全て出ているのだが）、世間ではどうやら私は超レアキャラ的な扱いだから、それも仕方ない。

しかし、そんなこと今はどうでもいい。私が知りたいのは、さきほどの強力な魔力の発動についてと——アマーリエ・ローゼンハイム、彼女自身のことだ。

私は彼女がどうやってここに入ったのか、そしてなぜここにいるのかなどを尋《たず》ねた。私の質問に対し丁寧《ていねい》に答える彼女の話し方からは、洗練《せんれん》された知性、特に、高い論理的思考力《ろんりてきしこうりょく》と思考の柔軟性《じゅうなんせい》が感じられた。それは、今まで話してきた貴族の令嬢《れいじょう》たちにはあまりないものだった。

いつしか私は魔法騎士団長としてではなく、ただ一人の男として、彼女のことをもっと知りたいと思っていることに気づき、自分で大いに呆《あき》れた。

しかし、どうしようもないではないか。彼女と話していると、とにかく楽しいのだ。彼女が口にする驚くべき内容に対する興奮もさることながら、それ以上に彼女との会話が純粋に楽しかった。彼女の反応、表情や声の変化ひとつひとつにも、強く惹《ひ》きつけられる。ただ彼女が目の前で話しているだけで、いや、ただそこで微笑《ほほえ》んでいるだけでも、非常に魅力的に感じてしまうのだ。そのような状況ではないとわかっているのに、彼女の美しい声にただ耳を傾《かたむ》け、その愛らしい表情がくるくると変わるのをずっと観察していたくなる。ああ、この感覚、妙に懐《なつ》かしい——。

しかし、次に彼女が発したある名前を耳にしたとき、私は一瞬、我《われ》を忘れてしまった。

「ナターリエ・プリングスハイム」——彼女は確かにそう口にしたのだ。そうだ、それは私が永遠に失った、私の最愛の人の名であった。

我に返ったときには、あろうことかアマーリエ・ローゼンハイム公爵令嬢の両肩を強く掴《つか》んで、問い詰めてしまっていた。

ああ、私はなんてことをしているんだ。いつもそうだ、ナターリエのことになると、私は平静を保てなくなってしまう。

跪《ひざまず》いて非礼《ひれい》を詫《わ》びたが、彼女は私の異常な反応に驚いていたようだ。

それもそのはず、ナターリエ・プリングスハイムはこの国ではもはや英雄《えいゆう》か聖人のような扱いである。中央広場など、至る所にその名が記されている。逆に言えば、もう耳に馴染《なじ》みすぎて、今更その名前をなぜそんなに気にするのだ、と彼女も思っていることだろう。

あの頃は、辛《つら》くて堪《たま》らなかった。ナターリエの名を町で王宮で耳にするたび、彼女は死んだのだという現実を突きつけられて、深い悲しみに襲われた。

今でこそようやく慣れてきたが、今回のように怪しげな魔法使いがその名を口にしたとすれば、話は別である。

ナターリエを殺害した「真の黒幕」――そう、国防大臣は真の首謀者《しゆぼうしや》ではなかった――は、今ものうのうと生きているのだ。

そしてそいつは、口封《くちふう》じの魔法を使って、あの愚かな国防大臣を殺した。――間違いなく、上級魔法使いレベルの者である。

ローゼンハイム公爵令嬢の言う「謎《なぞ》の魔法使い」は、高度魔法系の記憶操作《そうさ》術まで使えるらしい。魔法使いとしての能力は明らかに最上位クラスである。

怪しげな行動をとる上級魔法使いがナターリエの名を口にしたなど、どうあっても情報を聞き出さねばならないと思った。そのせいで、気が急《せ》いてしまった。

ローゼンハイム公爵令嬢の話によると、その男は彼女に「ナターリエ・プリングスハイムの墓を訪ねよ」と言ったそうである。

もしかするとこれは大きなチャンスだ。真の黒幕のなんらかの手がかりが掴めるかもしれない。もちろん、これを逃す手はない。

とはいえ、先程の反応はよろしくなかった。彼女はやはり、私のナターリエに対する異様なまでの執着《しゅうちゃく》を不審《ふしん》に思っている様子だ。

私の彼女に対する個人的な感情を伝えるわけにはいかないが、魔法騎士団長としての彼女に対する尊敬の念を伝えておく分には問題ないだろう。

そう思って彼女のことを口にすると、改めて彼女の偉大さを思い知らされる。

誰が信じられるだろう、彼女はあの数多《あまた》の功績を二十五年——つまり、今の私の本当の年齢である二十五歳で亡くなるまでに、全て成し遂げたのだ。

彼女のことを思い出すと辛くなる。だが——やはり誇《ほこ》らしいのだ。

彼女が残した研究成果も、法律も、記念にその名を冠《かん》する建物も……その全てが、彼女が確かに生きていた証《あかし》なのだから。

それにしても、なぜその魔法使いはナターリエの墓に彼女を行かせたいのか。あの墓のある公園は確かにとても美しいが、普通は待ち合わせに使うような場所ではない。

可能性として考えられるのは、人目を避《さ》けたいということだ。あそこは王都の中心部から少し離れているので、普段は人気《ひとけ》がない。国際レベルの大規模イベントか、年に一度のナターリエの命日に行われる国家行事の際に人が集まるだけだ。

だからこそ私は、そこを彼女の埋葬《まいそう》場所として選んだのだ。私が頻繁《ひんぱん》に墓参りに訪れても、あまり人目につかずに済むように。

少なくとも、もう少しその魔法使いについての情報がほしい。なにか、ちょっとしたことでもわかれば、それが誰であるか絞りこむためのヒントになるかもしれない。

その人物がこの国の人間か、あるいは外国人なのかわかるだけでも、大きな収穫《しゅうかく》だ。もしこの国の人間であれば、魔法使いは全て登録されているし、各人の魔力レベルも国が把握《はあく》済みなのだから。

――まあ、この目の前の令嬢は例外だが。

それで私がその謎の魔法使いの話し方や外見に何か特徴がなかったかを尋ねると、彼女は何かを探るように私の目を見つめてくる。彼女の薄紫色の美しい瞳に、うっかり見惚《みと》れそうになるが……。

「そうだわ、貴方《あなた》の目と同じような色だった――」

私の目？　あ、つまり、「オズワルドの目」か、と気づく。

私の目は本来母譲《ゆず》りで青く、髪は父譲りの金色である。が、この国の王太子が金髪碧眼《へきがん》であることは非常に有名だ。故に、正体を隠すために魔法で黒髪と暗色《あんしょく》の目にしている。

ではつまり、その魔法使いの目はオズワルドのような暗色だったのか――。

そう考えていたとき、彼女が私を覗《のぞ》き込む目と、私が彼女を見上げる目がバチッと合った。

その瞬間――再び電流が身体中に走ったかと思うと、今度は恐ろしいほどの欲望が、私の身を、そして心を支配した。

彼女に――キスしたい。無意識に、その手を彼女の頬に伸ばす。滑らかな、やわらかい肌。

本の落ちた大きな音で我に返ったときには、私の唇は彼女のやわらかな美しい唇に触れていた。

はっとして身体を離したが、その甘美《かんび》な感触は恐ろしいほどはっきりと記憶に残っていた。

なんてことをしてしまったのだ！　魔法騎士団長ともあろう者が、うら若き公爵令嬢の唇を同意もなく奪ってしまうとは――！

鼓動《こどう》が、恐ろしいほど高まる。

彼女が何か言っているが、耳の中に心臓があるかのように彼女の声が遠くでエコーしてしまい、よく聞こえない。

彼女が今、その美しい手で恥ずかしそうに触れている頬は、赤く染まっている。そうだ、私はほんのつい先程あの頬に触れ、そしてあの可憐《かれん》な唇を奪ったのだ。

その途端《とたん》、強く、恐ろしい衝動《しょうどう》に襲われる。もう一度、あの唇にキスしたい。今すぐ押し倒して、そしてそのまま彼女を――。

「魔法騎士団長様、もしよろしければ、私はもう戻ってもよろしいかしら。実は大ホールのほうに侍女《じじょ》を待たせておりますの」

彼女のその言葉に、ハッと我に返った。

今――、私はなんてことを考えていたんだ……。どうにもおかしい、こんなことあり得ないのに！

知識としては、知っていた。人間にはそういう欲求があり、特に男はこの欲求が女性よりも強く、場合によっては相手の同意を得ずにそうした行為《こうい》を強要《きょうよう》する卑劣《ひれつ》な罪を犯す者がいることも。

だがこれまで、私はそんなものとは完全に無縁《むえん》だった。しかしそれは、別に私が禁欲的《きんよくてき》だとか、潔癖《けっぺき》だとか、そういった理由からではない。

そう、これは呪いなのだ。私がかつて使った禁忌の魔法の呪いであり、一生解けぬはずなのだ。

それなのに今、もし彼女がここから出たいと言い出さなければ、もしかすると私は自制心を失い、彼女に襲いかかっていたかもしれない！

なんという浅ましさ、弱さよ！　そうした経験がないからなのか、初めて感じるこの猛烈《もうれつ》な衝動に、危うく完全に打ち負かされるところだった。仮にも「騎士」として恥ずかしい！

自責《じせき》の念によってようやく理性を取り戻したものの、彼女のほうはあまり見ないように心がけた。目に映るだけで、その理性が揺《ゆ》らいでしまいそうなのだ。

ああ、私はこんなにも弱い人間だったのか。鍛えねば――この脆弱《ぜいじゃく》な精神を！

慌てて目を逸《そ》らした際に、彼女が先ほど落とした一冊の本が目に入った。私が来たとき、彼女はその本を手に取ったばかりのようだった。何を読むつもりだったのだろうか。

彼女は落としてしまったその本を拾い上げると、その本を書棚《しょだな》に戻そうとする。しかし私は彼女がなんの本を読もうとしていたのかが気になり、後ろから覗き込む。

それは、リースリング先生の『転生魔法』の解説書だった。

どうして――こんなものを。私の心が、急にずしりと重くなるのを感じた。

『転生魔法』――それは、「決して使ってはならぬ」と言われた『禁忌の魔法』。にもかかわらず、幼い私はそれを使い、失敗してしまった。そしてその失敗により……私は最愛の人に、二度と会えなくなったのだ。

彼女はこの魔法が『王子と魔女』という小説に出てくるので、気になっただけだという。

ああ、それなら知っている。読んだことはないし内容も詳しくは知らないが、クラウスが一度、話していたのだ。「転生と運命の再会、女の子たちはそういう恋に憧《あこが》れるんですよ」と。

私が、絶対に手にすることのない物語だと思った。自分には決して起こらなかったその「奇跡」を見るのは、その結末が幸せであればあるほど辛い。

しかし、この話のおかげで、私の頭はクールダウンしたようだ。冷静に、このあとのことを考えねばならない。

彼女をこのまま屋敷《やしき》に帰すわけにはいかない。だが、彼女の魔法書庫への不法侵入《ふほうしんにゅう》を国王陛下に報告するわけにもいかない。そんなことになれば、まず間違いなく彼女は国防省による尋問《じんもん》を受けることになってしまう。第一、リースリング先生も関わっているなら……。

――そうだ、これだ。リースリング先生！　先生が関わっているなら、先生にまず確認すべきだ。先生は私の師であるし、魔法書庫に入ることができる、限られた上級魔法使いの一人。つまり……私が国王陛下への報告を先延ばしにする、自分自身への十分な言い訳になる！

先生に確認するなら、当然彼女にも同行していただかねばならない。ひとまずどこへ向かうかは伏《ふ》せた上でご同行を願ったところ、彼女は承諾《しょうだく》してくれた。

この状況で「ああ、まだ彼女と一緒にいられる」などと内心喜んでいるのは、どこのどいつだ。

私たちは一旦《いったん》別れる。私は知り合いの司書《ししょ》に「急用ができたので今日は休む」とクラウスへの伝言を頼み、それからすぐに一台の馬車を手配した。

約束通り来るだろうかと一抹《いちまつ》の不安を感じながら入り口で待っていたが、まもなく彼女が姿を現した。そのことに自分でも笑えるほど安堵《あんど》しているのに気づきつつ、共に馬車に乗り込んだ。

だがこの状況での馬車での移動――これは、思ったよりかなり危険な選択だったかもしれない。というのも、彼女をエスコートするためにその手を取っただけで、私は一瞬よからぬことを想像したのだ。

馬車は、危険だ。危険すぎる。ただでさえ私はこの初めての感覚、つまり、目の前のこの美しい女性に対して自分が抱いてしまっている劣情《れつじょう》を大いに持て余しているのだ。それなのにこの状況で、こんな狭い密室空間で、彼女と二人っきりなど――！

いっそ移動魔法でも使えばよかったと後悔しかけたが、自分以外の存在も一緒に転移させる場合、身体をある程度互いに密着させねばならない。そんなことをしたら、それこそ私の理性の危機だ。やはり馬車でよかったのだと、自分に言い聞かせる。

それなら彼女にさっさとこのあとの行き先を伝え、「無」になろうと決める。そうだ、無になれば、私の人生に突如現れたこの超難敵《なんてき》に理性が翻弄《ほんろう》される心配もないはずだ。だからこそ私は着席早々、これからリースリング先生を訪ねるつもりであることを彼女に告げた。

彼女は一瞬驚いた様子だったが、その後はむしろ、少し安心したように見えた。もしかすると、このまますぐに国王陛下のもとにでも連れていかれると思っていたのかもしれない。

さて、彼女から了承《りょうしょう》を得た後は、しばらくの沈黙が続いた。

その間、私はできるだけ彼女のほうを見ないように心がけた。だがどうしても無性《むしょう》にその存在が気になってしまい、結局チラチラと視線を向けてしまう。これでは逆に、不自然だろうに。

と、彼女が急に微笑《びしょう》を浮かべた。私に微笑みかけたわけではない。それは、なにかを思い出したような微笑みだった。彼女にどうしたのかと尋ねると、案の定、思い出し笑いをしていたらしい。

それもリースリング先生のことで。

先生が人嫌いであることは有名だ。国王陛下のことは信頼されているが、他の貴族とは基本的に顔も合わせない。そんな先生が公爵令嬢である彼女を受け入れたことは、驚きだ。

ちなみに、リースリング先生は私が本当は魔法騎士団長オズワルド・グリュンシュタインではなく、王太子アレクサンダーであることをご存じない。

私と先生が初めて会ったのは、ナタ一リエが死んだあとだ。

グリュンシュタイン家も公爵家であるから、私も最初に弟子《でし》入り志願に行った際は、「貴族の坊やのお遊びに付き合う暇などない」と言って、門前払《もんぜんばら》いをくわされた。それも、一度や二度ではない。

だが、私がナタ一リエの墓参りに何度も何度も来ていることに気づくと、先生のほうから私に声をかけてきてくれた。その日、先生は初めて私を自宅にも入れてくれ、ナタ一リエとの思い出話も聞かせてくれた。そのあとで私は先生に再び弟子入りを志願し、後日いくつかの試験を経て正式に先生の弟子になることができたのである。

ナターリエの死後、私はしばらく、抜《ぬ》け殻《がら》のようになっていた。自暴自棄《じぼうじき》になり、王太子として学ぶべきことも為すべきことも、全て放棄《ほうき》していた。

そんなとき、ナターリエが死のほんの数日前、誕生日プレゼントとして贈ってくれた本のことをふと思い出したのだ。

本当は彼女の側《そば》でゆっくり読むつもりだった、彼女からの最後の贈り物であるその大切な本を、私は深い悲しみのなかで紐解《ひもと》いた。

それは、リースリング先生の『魔法学を学ぶ者へ』という書だった。内容は主に、魔力を有するものが為すべきこと、いわゆる「ノブレス・オブリージュ」の精神について論じられていた。

強い魔力を持つ者は、決してそれを驕《おご》ってはならない、魔力を持たない者や自分より少ない魔力しか持たない者を助けることで、社会と人々に還元する責任および義務があると、何度も強調されていた。

そして最後のページには、ナターリエから私へのメッセージが記されていた。

「親愛なるアレクサンダー王太子殿下《でんか》。お誕生日おめでとうございます。私の師の本を贈ります。貴方がいずれ、いかなる王よりも素晴らしい王になられることを私は確信しております。どうか、学び続けてください。そしてその高い志《こころざし》でもって、民を導いてくださいますよう――貴方を心より愛するナターリエより」

私は泣いた。涙が止まらなかった。そして深く反省した、全てを諦めようとしたことを。天より与えられたこの力を呪い、この世界を呪って、生きることさえも諦めようとしたことを。

そのとき、私は誓《ちか》ったのだ、必ずや、自分のこの力でもって人々を守らんことを。そして、必ずやナターリエを死に追いやった悪党《あくとう》を一人残らず捕らえることを。

だから私は魔法騎士団へ入団し、そのためにオズワルド・グリュンシュタインとなったのであり、また、リースリング先生への弟子入りを志願したのだ。

リースリング先生に初めて会ったとき、先生もまたナターリエの死に打ちひしがれていた。その姿は、実の子を失った親のようだった。

私はそんな先生を見て、この人の側にいたいと思った。私と同じ、彼女を失った深い悲しみの中にいる先生となら、再び立ち上がれるかも知れないと思った。


馬車の中で私が勝手に過去を思い出している間、アマーリエもまた、なにか昔を思い出しているようだった。だがその切なげな眼差《まなざ》しに、それ以上なにも聞けなかった。

しばらくの沈黙が続いた。日の光が馬車の窓から差し込んで、眩《まぶ》しい。

ふと、彼女がいつのまにかこちらをじっと見ているのに気づいた。ただ、その表情がどうにも悲しげで、心配になった。もしや、体調がよくないのだろうか。

私はさっと彼女の隣に移ると、彼女の額《ひたい》に触れた。「魔法騎士団長様!?」と彼女は驚いた。

そうか、今私が何も言わずに額に触れたせいだ。女性には少し失礼だっただろうか。

しかしやはり、少し熱い。日射病《にっしゃびょう》になるほどの日差しではないと思うのだが——と、彼女の顔を改めて見ると、先程よりも頬が……赤い？

彼女は恥ずかしがっているようだ。その初々《ういうい》しい反応と頬の染まった横顔を見て、なんとも言いようのない感情に襲われる。

——それにしても、魔法騎士団長様、か。

初対面では役職か爵位《しゃくい》等で呼び合うのが礼儀だから仕方ない。しかし、この距離感が、どうにももどかしい。

気づくと、私は大胆にも「オズワルド」と呼んでほしい、と彼女に頼んでいた。

本来であれば少し礼儀知らずな申し出だが、彼女はそれを承諾してくれた。それどころか、彼女のことも「アマーリエ」と呼んでほしいと、そう言ったのだ。

私は非常に嬉しかった。ただ名前で呼び合うだけだが、彼女との距離が縮まった気がして、それだけで驚くほど心が浮き立った。

子どものようなことで喜んでいるのは百も承知だが、それでも本当に嬉しいのだから仕方がない。

と、ここで急に馬車が大きく揺れた。馬が何かに躓《つまず》いたらしい。

その衝撃で、アマーリエは体勢を大きく崩してしまった。

咄嗟《とっさ》に私は彼女を抱き寄せ——。

そこからのことは——正直、穴があったら今すぐにでも入りたい。

ただ、どうしても抗《あらが》えなかったのだ。

彼女をその腕に抱いたとき、やわらかなその身体が私に触れ、その驚いた表情と、恥ずかしそうにその身をすぐさま離そうとする彼女の様子に――私は身悶《みもだ》えした。

頭ではわかっているのに、私の身体は一向に彼女を解放しようとはせず、むしろ彼女を逃がすまいと無意識に力を入れていた。

彼女の困ったように恥じらう表情が、私のなかの強い欲望を煽《あお》り立てる一方で――この可憐で、どこまでも純粋な美しいものを汚《けが》してはならないという意識が強く働く。

その狭間《はざま》で私は一人悶えていたが、彼女の瞳がこちらを再びしっかりと捕らえたとき、すでに私はその唇に口づけていた。

どこまでも甘く、やわらかなその唇に、私は一度、二度と、自分の唇を押し付けた。

馬車が止まったことで、私はやっと我に返った。

ようやく解放した彼女は目を潤《うる》ませて呆然としていたが、何も言わなかった。

猛烈な罪悪感《ざいあくかん》に苛《さいな》まれる。自分よりかなり年上の男に、無理やり何度も唇を奪われたのだ。相当大きなショックを受けているに違いない。私はいったい、なんということを……！

最悪だ。最悪なのに――思い出すだけで幸福な気持ちになる。これは「最悪」じゃない、「最低」だ。……私は最低野郎だ。

馬車から降りて、ようやく私は彼女に謝罪した。もちろん謝罪したところで到底許されることではないのだが。

彼女は、何も言わなかった。ただ恥ずかしそうに困った顔をしていて――それがまためちゃくちや可愛《かわい》かった。ああ、もう自分を本気でぶん殴りたい。

と、急に辺り一面に虹色の蝶《ちょう》が舞う。それは、とても美しい魔法だった。彼女のほうを見ると、その蝶の中で女神《めがみ》のように優しく微笑んでいた。

先程のことで彼女が怒ってはいないらしいことに、心底よかったと思ってしまう情けない自分が嫌になる。それにこの魔法だって、彼女の私に対する気遣《きづか》いじゃないか。「大丈夫、さっきのことは気にしていませんよ」と。

年若い彼女のほうにそんな気遣いをさせてしまうとは、男として失格だろ……。

だが、不思議だ。私はこの光景《こうけい》を以前どこかで——と、私は何かを思い出しそうになったのだが、直後に響いたリースリング先生の声で、完全に飛んでしまった。

「ナターリエ」と先生はアマーリエを呼んだ。私は、耳を疑った。だが、先生は確かにそう言ったのだ。

しかし、近づいて来た先生は、もう二度とそのことには触れなかった。アマーリエをナターリエと呼び間違えたのか？　聞き返すこともできなかった。

そのあと先生に話を伺うと、アマーリエから聞いていた通りであった。また、確かに彼女とリースリング先生はすでにかなり親しい間柄だということがわかった。

その後、先生は唐突《とうとつ》に、私に手作業で薬草庫の窓の修理をしろと依頼してきたというわけだ。彼女と二人で何か話したかったのだろうが……にしても先生は、本当に人使いが荒い。

もちろん、私は言われた通り全て手作業でやった。先生に雑用をやらされるのには慣れている。

ただ今日は作業の間、先程の馬車の中での一件ばかり思い出してしまい、ずっと心ここに在《あ》らずの状態だったわけだが――。

薬草庫の窓の修理を終えて先生の家に戻ると、何故か顔を赤くしたアマーリエが私と入れ替わりに慌てて外へ出て行った。彼女の行き先を尋ねた私に対し、先生は逆にこう尋ねてきた。

「オズワルド、何かわしに報告すべきことはないか？」

「……報告ですか？　そうですね、薬草庫の窓は、次はもう取り替えたほうがいいかと思います。補強《ほきょう》はしておきましたが、次に壊れたらもう――」

「そんなことは聞いておらん。お前の――呪いのことだ。自分でもおかしいとわかっておるだろう!?」

私はようやく先生の言っている意味がわかって、赤面《せきめん》した。

「今日会ったばかりだというお前たち二人に何があったかは知らんが――お前があの子を見る目は、明らかに男が意中《いちゅう》の女を見る目だった。まさか、あの子に惚《ほ》れたのか？」

……なんてダイレクトに聞いてくるんだ、この人は。それにしても、私はそんなにわかりやすかったのだろうか。

「はい……そのようです」

「なに！　いやしかし――そうだ、惚れただけか!?　それとも、それ以上の……つまり、彼女に対して、欲情《よくじょう》したのか!?」

「ちょっ……先生!?」

「大事なことなのだ、正直に答えなさい！　恥ずかしいことではない！」

いや、恥ずかしいでしょう！

――だが、確かに自分でもおかしいとわかっている。ありえないのだ。いずれにせよ、私の呪いについて相談したことのある先生には、正直に伝えておくべきだろう。

「……はい」

「本当に欲情したのか、お前が⁉」

「そう何度も仰《おつしや》らないでください」

「だが……それは本当に欲情だったか？」

「さあ、正直わかりません。はじめての感覚だったので」

「――答えづらいだろうが、正直に答えなさい。彼女を見て、何をしたいと思った？」

「……！」

「彼女に対し、何か御しがたい衝動にかられんかったか⁉」

「あ、あの――」

ええい、ままよ！

「キスしたいと思いました。あと――彼女を押し倒したい……とかも」

「はあ。それは立派に欲情だな……。おいまさか、しとらんだろうな⁉」

「えっ⁉」

思わず赤面する。先生は呆れ顔で言った。

「そのことは……もう聞かぬ。だが、これは驚くべきことだぞ！　お前の呪いは、あれで間違いないはずだ。何が起こったのか」

先生も相当な衝撃を受けているようだった。

「私の呪いは一流の魔法医にも一生解けないだろうと言われました。それが突然、解けることはあるのでしょうか」

「――強力な呪いでも、なにか条件が揃《そろ》えば解ける可能性はある。そもそもの呪いの原因が何かわかれば調べられるかもしれんが、お前さんは頑《かたく》なに呪いのかかった理由を言わんからな……」

リースリング先生に「転生魔法」の話をするわけにはいかないので、なにか呪いにかかっている、ということ以外は伝えていないのだ。

「それは……本当に申し訳ありません。では、何かがトリガーとなって解けたか、あるいは――別の呪いだった、ということでしょうか」

「お前の症状は呪術学的《じゅじゅつがくてき》にも典型的なものだった。今更別のもの、と言うことは考えづらい」

もはや、恥ずかしさも通り越してしまった。こうなればもう、先生にはっきり聞いてみるか。

「ただ正直、どうしてよいかわからないのです。お恥ずかしながら、制御の仕方がわからなくて」

「うむ。まあ、急に思春期《ししゅんき》が到来したようなものだろうからな。一般的には運動などがよいらしいが――しかしお前さんにこんな話をすることになろうとは」

「……すみません」

「だが、呪いがもし解けたなら、めでたいことではないか！　お前の特別強い魔力が、お前の代で途切れるのはもったいないと思っていたからな！」

「――先生!?」

「はっはっは！　まあ、いいじゃないか！　だがな、あの子は――アマーリエは私にとっても大切な子だ。傷つけることは許さんぞ！」

（先生、アマーリエのお父上のような口振《くちぶ》りだ……）

――しかし、運動か。よし、明日からはトレーニングをさらに追加しよう。

三章

初めての恋

森の木々の間を抜けてきた風はひんやりと心地《ここち》よく、火照《ほて》った頬《ほお》の熱を優しく冷ましてくれた――のだが、先生のお宅に再び戻ったら赤面《せきめん》しているオズワルド様と悪戯《いたずら》っぽく笑うリースリング先生の二人とがっつり目が合い、冷ましたはずの熱はいとも簡単に戻ってきてしまった……。

その後私たちは三人で今回の件についていろいろ話した。特に魔法書庫への無断侵入《むだんしんにゅう》については、この国の特別魔法顧問官《こもんかん》であるリースリング先生に免《めん》じて不問に付《ふ》してくださるとのこと。

その理由についてオズワルド様は「本件を陛下《へいか》にご報告することになれば必然的にアマーリエが魔力《まりょく》を持つという事実についても言及《げんきゅう》する必要が出てきますから。今回私が見ないふりをするのはあくまでローゼンハイム家が魔力を有することを明らかにすることで生《しょう》じる混乱《こんらん》を防ぐためです！　くれぐれも、次もまた私が見逃すだろうなどとはお考えにならないでください！」と、厳しい口調《くちょう》で先生に言っていたが……実際のところ、やはり師《し》であるリースリング先生を庇《かば》ったのだろう。

やはり意外だな。騎士団《きしだん》の規律《きりつ》と国の法律を厳格《げんかく》に守ることで有名な彼が、いくら恩師《おんし》のためとはいえこのような重大事を秘密にすることを承諾《しょうだく》するとは。それだけ、リースリング先生との信《しん》頼《らい》関係が強いのだろう。その事実が、私には妙《みよう》に嬉《うれ》しく感じられた。

それからこの件、つまり私が魔法を使えるというこの事実については私たち三人だけの秘密とし、この件に関して今後何らかの進展《しんてん》があった際は、必ず三人で共有することを取り決めた。

そしてもうひとつ。一週間後に私の──つまり、ナターリエ・プリングスハイムの墓に行く際に、オズワルド様が護衛《ごえい》として同行くださることになってしまった。

大丈夫だろうか。もし私の記憶を封印《ふういん》していた人物、つまり、私の前世を知る人物とコンタクトを取れる機会なら、オズワルド様がいると不都合があると思うのだが……。

もちろん最初は、はっきりとお断りしたのだ。魔法騎士団長であるオズワルド様は大変お忙《いそが》しい方であるから、このようなことにお時間をお割きいただくのは申し訳なさすぎると申し上げて。

だが、公爵令嬢《こうしやくれいじよう》である私が身元もわからぬ魔法使いの男と、それも、普段《ふだん》はほとんど人気《ひとけ》のない公園で一人で会うなど言語道断《ごんごどうだん》だと、オズワルド様は食い下がった。それならきちんと護衛もつけますと伝えたのに、「護衛なら魔法騎士団長である自分ほど役に立つ者はいないでしょう。やはり私が同行します」と平然《へいぜん》と言うのだ。

いやいや、そりゃあ確かに魔法騎士団発足《ほつそく》以来最強と言われるオズワルド・グリュンシュタインが護衛についてくださるなら、怖いものなしですよ？　戦地での彼の武勇伝《ぶゆうでん》はこの国の国民なら誰でも皆よく知っているから、彼がついているというだけで危険のほうが尻尾《しつぽ》を巻いて逃げるだろう。

とはいえ──いや、だからこそだ。そんなすごいお方をこんな私的な用件に付き合わせるというのは大いに気が引けるではないか！

しかし「申し訳ないから」とどんなにお断りしても、オズワルド様は「同行させてください」の一点張《いってんば》りで、「もし来るなと言われても当日勝手に参ります」とまで言われてしまったので、仕方なくご一緒いただくことにしたのだった。なお、そんな私たちのやりとりをリースリング先生はやけに楽しそうにご覧《らん》になっていた……。

話し合いを終えてのリースリング先生宅からの帰り、私たちはまた馬車で二人きりという状況《じょうきょう》になった。

馬車が動き出して早々、オズワルド様が口を開いた。

「本当に驚《おどろ》きました。先生との付き合いは長いですが、私以外の人間に対してあのように接《せっ》される先生を見るのはとても新鮮《しんせん》でした。それにあんなに嬉しそうなリースリング先生のお顔を見たのも、今日が初めてですよ」

それを言うなら、私も本当に驚いたのだ。リースリング先生はオズワルド様に対して完全に心を開いているようだったから。二人のやりとりを見て、リースリング先生を誰よりも——少なくとも十七年前の時点では絶対に誰よりもよく存じ上げていた私だからこそ、先生がオズワルド様のことを心から信頼していることが、はっきりとわかった。

リースリング先生の人を見る目は確かだ。そんな先生がオズワルド様を認めているということが、なぜだかすごく嬉しかった。でも、どうして私はその事実をこんなに嬉しいと感じるのだろう？

「アマーリエ」

その優しいテノールが私の名を呼ぶたび、心臓《しんぞう》がどきんとなる。恥《は》ずかしさと嬉しさが混ざって、でもやっぱり嬉しさの方が優《まさ》っているのを確かに感じながら、私は返事をした。

「はい」

「これはただの好奇心《こうきしん》ですが……アマーリエはある日突然《とつぜん》、ご自身に魔力があることにお気づきになった、そうですね？」

「ええ、その通りですわ」

「そのことについて、貴女《あなた》はどうお感じになりましたか」

「どう感じたか……」

「あるいは——その魔力をこれから先、どのように使いたいとお考えですか？　もちろんお答えになりたくなければ、無理にお答えいただく必要はありません。これは魔法騎士団長としてお伺《うかが》いしているのではなく、あくまで個人的な好奇心から、貴女にお尋《たず》ねしているのです」

予想外の質問に一瞬《いっしゅん》、戸惑《とまど》う。しかし、なんと答えるべきだろうか。そもそも私は「突然魔法が使えるようになってわくわくしているご令嬢」、というわけではないのだから。

記憶を取り戻す前の、つまり昨日までの私が、自分には魔力があり、これからさまざまな魔法を使えるということを知れば、ものすごく喜んだと思う。やはりどこかで魔法が使える人たちのことを羨《うらや》ましいと思っていたし、もし自分も魔法が使えたらなんて想像したことは、何度もあったから。

——だが、前世の記憶を思い出した私は、魔法を使えることが意味することをよく知っている。

魔法は特別な力で、素晴《すば》らしい力であることに間違《まちが》いない。しかしそれゆえに使い方次第《しだい》では大変危険なものにもなるのだ。

前世、私が魔法大臣として最《もっと》も手を焼いたのは、魔法を悪用する輩《やから》を取り締まることであった。

我が国において魔法は「善《ぜん》なる目的」のためにのみ利用が認められており、その他の魔法の使用は固く禁じられている。特に他者に害をなすような魔法の使用は全面禁止、その使用が発覚すれば、たとえ未遂《みすい》であっても厳罰《げんばつ》が下される。

これはとりわけ魔力を持たない人々、あるいは、より僅《わず》かな魔力しか持たない人々を守るための大切な規定だ。これが守られなければ、より強力な魔力を持つ者たちが持たざる者たちから搾取《さくしゅ》する構図《こうず》が、簡単に出来上がってしまう。そんなことが文明社会において許されてよいはずがない。

このゾンネンフロイデ王国では、魔力であれ財力であれ、より多くを持つ者たちが持たざる者を守り助ける責務《せきむ》があるという「ノブレス・オブリージュ」の考え方に基づいた政治が行われている。

前世の私は元々が平民の出であったから、「ノブレス・オブリージュ」という言葉を知ってはいたものの、財力や権力のある貴族たちの義務であるという認識《にんしき》だった。しかし、リースリング先生と出会い、先生が私に魔法を教えてくださることになったとき、先生は私になにより先にこの「ノブレス・オブリージュ」の精神について、教えてくれた。

先生は、魔力を持つということには責任を伴うのだと言った。私たちの持つ魔力は、善なる目的のために使うことで多くの人間を助けることができる。しかしそれで他の持たざる人間を見下《みくだ》すようなことがあってはならないのはもちろんのこと、大きな魔力を持つにもかかわらず、それを有益《ゆうえき》に活用しないこともまた同様に無責任なのだと、先生は言った。

オズワルド様からの問いかけを受けて、私はそのことを思い出した。そうだ、私は再び魔法が使えるようになったのだ。その上、以前よりも大きな魔力を有するという。それならもちろん――。

「魔法が使えるようになったことをとても嬉しいと感じています。だからこそ、それに伴う責務を今後はしっかりと果《は》たしていきたいと思っています」

「責務、ですか」

「ええ。魔力を持つ者は、持たざる者を守り助ける責任と義務がありますから」

オズワルド様はなぜか、とても嬉しそうに微笑《ほほえ》まれた。

「リースリング先生の教えですね」

「ええ、そうですわ。先生に魔法を教わるようになってすぐに、先生が魔力を持つ者の負《お》っている責務について、お話しくださいました。オズワルド様もリースリング先生から伺ったのですね」

「いえ……あ、まあ結局《けっきょく》そういうことになるかな。私の場合はある別の方を介して、先生の著作である『魔法学を学ぶ者へ』を読むことになりました。それで……」

「あれをお読みになったのですね！　私も深く感銘《かんめい》を受けた本ですわ」

オズワルド様はまた優しく微笑まれたが、その笑顔がほんの少しだけ悲しげに見えたのは、私の気のせいだろうか。

「オズワルド様？」

「――貴女で、本当によかった」

「えっ？」

「いえ、こちらの話です」

そう言って笑う彼の笑顔はなんだかとても優しくて……でも、やっぱりどこか切なく見えた。

それにしても、『魔法学を学ぶ者へ』……か。あまりに思い出深い本だ。前世の私の死の数日前、王太子殿下《おうたいしでんか》が八歳となられるお誕生日《たんじょうび》の贈《おく》り物《もの》としてあの本を選び、お渡ししたのだった。

殿下は当時から国民のことを第一に考え、自身が王太子として負っている責務を果たすことに対しても、それを重圧《じゅうあつ》として疎《うと》まれるどころか嬉々《きき》として受け入れているような方だった。

『王太子という立場に生まれることができて、本当によかった。おかげで私は、この国をよりよくするためにいくらでも尽力《じんりょく》することができるんだ！　ナタ―リエ、貴女はずっと私のとなりにいて、私と共にこの国をよりよい国にするために力を貸してくれ！　わかったな？』

輝《かがや》くような笑顔で殿下が私に言った言葉が、鮮明に蘇《よみがえ》る。本当に聖人君子《せいじんくんし》のような方だったから、ノブレス・オブリージュについて今更《いまさら》お教えすることもないと思っていた。それでも私があの本を殿下に贈ったのは、リースリング先生と殿下を引き合わせたいと思っていたからでもある。

結局、実際に二人を引き合わせる前に私は死んでしまったが。もし、もっと早くあの二人を引き合わせることができていれば、何か変わっただろうか。私がいなくなっても、リースリング先生がアレクサンダー王太子殿下の支えとなってくださったかも知れないのに――なんて、そんなことを今更考えたって仕方《しかた》ないのだけれど……。

本の話になった流れで古典文学《こてんぶんがく》の話になった。オズワルド様は文学にも大変造詣《ぞうけい》が深く、難読《なんどく》と言われる作品からマイナー作品に至《いた》るまでよくご存じで、しかもただ読んだだけでなく、内容理解と解釈《かいしゃく》の面でも驚くほど見識《けんしき》が高く素晴らしい視点《してん》を持っていて、すっかり感動してしまった。

前世の私は、学問に関しては何にでも貪欲《どんよく》だった。文学も例外ではなかったが、しかしここまで深い話ができる相手はリースリング先生くらいだった。だからだろうか、こうしてオズワルド様と思いっきりお話しできるのが、楽しくって仕方ない！

――ただ、この心臓のドキドキだけは、どうにかしてほしい。彼がふとした折に見せるちょっとした仕草《しぐさ》、たとえば髪をかき上げるだとか、真剣《しんけん》な表情から急に見せる笑顔《えがお》だとかにいちいちドキッとさせられてしまうのは、本当に困りものである。

そのうえ、この声だ！　彼の優しい、でも芯《しん》のある綺麗《きれい》なテノールボイスはずっと聴《き》いていたくなるほど心地よい。詩の一文でも引用されようものなら、それだけでうっとりと聴き惚《ほ》れてしまう。本当に、天はオズワルド様に何物《なんぶつ》を与えたのやら……。

そんなわけで今、彼との会話の楽しさに興奮《こうふん》する頭と彼の素敵《すてき》さにやられてるこの心臓のせいで、私はすっかりおかしい。

かといって、この会話を止《や》めて沈黙《ちんもく》が落ちるのも……困る。だってもしこの馬車の中で沈黙などに包まれれば、まず間違いなく往路《おうろ》でのあの一件を思い出してしまう！　こうして二人での会話を驚くほど自然に楽しめているおかげでなんとか忘れていられる（少なくとも忘れたふりができている）が、かといってさっきの「あれ」がなかったことになるわけではない。

少しでも気を抜《ぬ》くと、彼の綺麗な唇《くちびる》に視線《しせん》がいってしまう。あれがさっき自分のそれとぴったりくっついたのだと思うと恥ずかしくて死にそうなのに、そのときの感覚があまりにも素敵で――。

……ダメだ、やっぱりこの会話を途切《とぎ》れさせるわけにはいかない！　もしまた沈黙などが訪《おとず》れようものなら、私は今度こそ恥ずかしさで死ぬ。

そんなわけで柄《がら》にもないほど饒舌《じょうぜつ》になった結果、私はあることを口にしてしまった。それは——

三日後の、私の社交界デビューの舞踏会《ぶとうかい》のことだった。

この国ではその年十六になる貴族の令嬢たちは皆、王宮で開催《かいさい》される舞踏会にて社交界デビューを果たす。これは令嬢たちにとって、人生の一大イベントである。

貴族の令嬢にとって、よりよい婚姻《こんいん》を結ぶことは彼女たちに課された、非常に大きな役割である。舞踏会に参加し、そこでその存在感を示しておくことは、のちの婚姻に多大なる影響《えいきょう》を与えることになる。舞踏会への参加は、貴族の令嬢として生まれた者の義務であり、チャンスでもあるのだ。

ただ、我がローゼンハイム家はすでに揺《ゆ》るぎようのない地位と大きな権力を持つうえ、両親ともにこれ以上家名《かめい》を上げたいというような野心《やしん》が全くない。そのため、一人娘の私へのそういうプレッシャーは、幸いにしてゼロ。むしろ、恋愛結婚だった両親のように、お前も好きな人と結婚しなさい、と言ってくれている。

そんな感じで両親がかなり緩《ゆる》いため、私、つまり記憶が戻る前のアマーリエも、あくまで婚約や結婚などは自分にはまだまだ先の話だと思っていた。

ましてやナターリエの記憶が戻った今、舞踏会など正直なところどうでもいい。

そんなことよりも今は、私がなぜ転生したのか、そして、これが例の謎《なぞ》の魔法使いによる「転生魔法」のせいなら、私はこれからなにをするのが正解か、一人でゆっくり考えたかった。

——もちろん昨夜までは年頃の少女らしく、華やかな大人の世界に仲間入りできるこの日を友人たちと指折り楽しみにしていたのだが。

しかし、単なる場つなぎの会話として、社交界デビューの話を持ち出した結果――あろうことか、オズワルド様にパートナーを申し込まれてしまったのだ！

あまりに予想外のことで、私は言葉を失った。そして、困惑《こんわく》した。

嬉しくないのではない、いや、彼にパートナーになってもらえれば、それはもちろんめちゃくちゃ嬉しい。だが……。

実は、この国では社交界デビューの際にパートナーが同行するのは、一般的ではない。

もちろんパートナーにエスコートされて参加する令嬢もいるにはいるが、それは相手が婚約者や恋人であるという場合のみに限られる。

それゆえ、未婚の令嬢が社交界デビューの際にパートナー同伴《どうはん》で参加するということは、「この女性にはすでに私という相手がいるのでアプローチするな」という暗黙《あんもく》のメッセージをパートナーの男性が発している、と受け取られてしまうのである。

……たぶん、オズワルド様はそのことをご存じないのだ。

例の噂《うわさ》でも、彼はそもそも社交の場に姿を現すことが少ないうえ、いつも一人で他の方々と距離《きょり》を取っているというから、仕方ないのかもしれない。

だからこそ、オズワルド様は私にこんなことをお申し出になったのだろう。

それが、怪《あや》しい私を監視《かんし》しておくためなのか、同じリースリング先生の下で学ぶ者に対する気遣《きづか》いなのかはわからない。

そこで、私はやんわりとそのことを伝えることにした。私にはその義務がある。

そうでないと――かの有名なオズワルド様がパートナーを連れて舞踏会に出たと、すぐさまこの王都、いや、この国中に知れ渡ってしまうだろう。

そして、その相手が誰だったかも――。

「あの……オズワルド様からパートナーのお申し出を受けるなど、恐悦至極《きょうえつしごく》に存じます。――ちなみに、他のご令嬢でパートナーをお連れになるのは、婚約者か恋人がいる場合だけなのですよ」

やんわり言うつもりが、わりとダイレクトに言ってしまった。でもまあ、これで「意味」は伝わるだろう。……少し残念《ざんねん》だが。

「アマーリエにはすでに婚約者や恋人がいらっしゃるのですか？」

ん？

「いえ、おりませんが……」

「では、問題ないでしょう」

「え？」

「それとも、私がパートナーではお嫌ですか？」

「そんなはずありませんわ！　オズワルド様からのお誘《さそ》いを断る女性などおりません！」

「では、決まりですね」

彼は満足げな笑《え》みを浮かべた。

――いやいやいや！　わかってないぞ、この人！　あんなにダイレクトに言ったのに、意外と天然なのか⁉　とはいえ、「ほら、もう決まりだ！」みたいな顔で笑うオズワルド様を見ていると、もうこれ以上なにも言えません。
それに正直に言えば、そりゃあ好きな人と舞踏会に行けたら最高ですよ。ましてや、記念すべき社交界デビューだ。
そんなの――断れません。
というわけで、オズワルド様からの申し出を受けることになった私は、すっかり日も暮れてから屋敷に戻ってきたわけだが……。

帰るやいなや、玄関《げんかん》には泣きじゃくるローラと、それを落ち着かせようとしつつ事情《じじょう》を聞く両親の姿があった。

「アマーリエ！　いったい、今の今までどこに居《い》たんだ⁉　みんな、心配したんだぞ！」

私の帰宅《きたく》に気づき、父が駆《か》け寄《よ》ってきた。と、急にその場で硬直《こうちょく》する父。

それもそのはずだ、私の隣には、私を玄関まで送り届けると言って聞かなかった、魔法騎士団長の姿があったからだ。

「グリュンシュタイン魔法騎士団長⁉　貴方《あなた》が我が家にお越しになるなど、いったいどうなさったのだ⁉」

父は驚愕《きょうがく》している様子だ。その後ろに立つ母とローラも、突然の魔法騎士団長様登場にすっかり面食《めんく》らっている。

なお私、つまりアマーリエの父であるエルンスト・ローゼンハイムは国王陛下と個人的に親しく、王宮への出入りもしばしばあるので、オズワルド様とも面識《めんしき》がある。

「ローゼンハイム公爵、こんな時間までご息女《そくじょ》をお返しできず、申し訳ございませんでした。もう少し早くお返しするはずだったのですが」

「いや、貴方が一緒だったのであれば安心だが——しかしいったい、何があったのです？」

来ました。実はこれ、馬車の中で相談したのだ。時間が遅くなったので、なにか今日一日の言い訳を考えなきゃと。私の魔力の件に触《ふ》れないように。

そうしたらオズワルド様は、いい考えがあるので、私に一任《いちにん》くださいと。

というわけで、ここからは魔法騎士団長様のお手並《てな》み拝見《はいけん》です。

「ローゼンハイム公爵、実は彼女に無理を言って、今日一日、共に過ごしていただきました」

……え？

オズワルド様!?　なんかめちゃくちゃ誤解《ごかい》を生むような言い方してません!?

案《あん》の定《じょう》、両親も、さっきまで泣いていたローラもぽかんとした顔でこちらを見ている。

いやいやいや！　それじゃ私たちがデートでもしてきたみたいに聞こえるでしょう!?

(確かにキスはしたけども!!)

この人は——ど天然なのだろうか。そういえば、リースリング先生がオズワルド様は「周囲に誤解されやすい」と言っていた。

てっきり、例の噂などのせいで周囲が勝手に彼を誤解しているのだろうと思ったのだが、もしやこの天然発言がいろんな誤解を生んできたのか!?

「それから、三日後の舞踏会のことですが、先程、パートナーとしての参加をアマーリエに認めていただきました。アマーリエの社交界デビューですし、大切なことですので、ご両親には報告《ほうこく》をしておいたほうがよいかと思い――」

おーい。なぜさらに誤解されるような情報をここでぶち込むんですか！

あーあ、ほら、完全に誤解されちゃいましたよ。私たち、恋人になりました宣言《せんげん》したと思われてますよ。

それになぜ今、名前呼びしました？　ここで名前呼びは、もう確定《かくてい》ですよ。いったい、どうするんですか……。

困惑してオズワルド様のほうを見ると、なぜかドヤ顔！　ほら、今日一日のこと、上手《うま》く誤魔化《ごまか》せたでしょ？　――じゃないですよ!?

もう、どうやってこの誤解を解けばいいかわからない……。

呆然《ぼうぜん》と立ち尽くす私たちに丁寧《ていねい》な別れの挨拶《あいさつ》をしたあと、「三日後、こちらにお迎《むか》えにあがります」と言い残して、オズワルド様はそのまま去っていった。

なんという……爆弾《ばくだん》を投下《とうか》していくのだ、オズワルド様。

そのあとのことは――あまり思い出したくない。

すっかりそういう関係だと思い込んだ両親の、まさかあの魔法騎士団長と娘が！　的な目が辛《つら》い。

それどころか二人とも、どこか誇《ほこ》らしげなのだ。あの魔法騎士団長をものにするなんて、さすが我が娘！　的なご様子。いやいや、誤解なんです。

しかも私のことを気遣ってか、なぜか直接的に聞いてくれないので、訂正《ていせい》もできない（自分から話題を振《ふ》る勇気はない）。

ローラもローラで、もうすっかりその気になっている。さすがに私の両親の前では静かにしていたが、私の部屋で二人きりになると質問攻めだ。

その上、私がいくらそんな関係じゃないと否定《ひてい》しても、全くの無駄《むだ》だった。

「お嬢《じょう》様！　魔法騎士団長様は、噂の何百倍も素敵な方ですね！　そんな方から愛されるなんて、本当に夢のようじゃないですか！　小説みたいです！」

「だから、なんども言っているじゃない！　私たちは決してそんな関係では……！」

「嘘《うそ》です！　だって、社交界デビューの舞踏会でパートナーですよ!?」

「だから違うの！　オズワルド様はその意味をたぶんご存じなくて……」

「そんなこと、ありえません！　貴族でなくとも、みんな知っていることです！　それにお二人が名前で呼び合っているのも、すごく素敵でした！　まさに恋人同士、って感じで！」

「ああもう！　そういうんじゃないんだってば！」

「では、お嬢様はあの方のこと好きじゃないんですか？」

「うっ――それは……」

「もう！　顔をそんなに真っ赤にして、好きじゃないとか言わないでくださいよ!?　誰《だれ》も信じませんからね！」

……だめだ、こりゃ。


さて翌日。私はもっと困ったことになっていた。

それというのも――昨日の馬車での一件、つまり、私たちのキスシーンを目撃《もくげき》したという人がいたらしい。

女嫌いで有名な我が国のスーパースター、オズワルド様の「熱愛報道」に、たった一日で世間《せけん》は沸き立っていた。

まさか、あれを見られていたとは……今度こそ、恥ずかしくて死ぬ。

幸いにも（――というべきか？）、オズワルド様とどこかの若いご令嬢が、というふうに伝わっていたので、私であることはバレていない。

とはいえ、うちの家族にはバレバレである。ローラにも、「昨日散々否定しておきながらやっぱりそうじゃないですか！」とめちゃくちゃ冷やかされて、最悪だ。

しかし心配なのは、オズワルド様だ。魔法騎士団長ともあろうお方が、突如《とつじょ》訓練を抜け出したと思ったら、ご令嬢とデートしていた（誤報《ごほう》）というのだから。

どうにか訂正して名誉挽回《めいよばんかい》して差し上げたいが、私たちがキスしたのは事実だし、正直言って、あれをどう言い訳すればよいのかわからない……。

それに、あと二日で舞踏会。そこで私のパートナーとして彼が現れれば、噂のお相手が私だということが一瞬でバレてしまう。

ただでさえ家族から完全に誤解されているのに、これではもう世間にも言い逃れできなくなる。仕方がないので、どうにかしてオズワルド様と接触し、パートナーの件を白紙に戻してもらえるように頼んでみることにした。

オズワルド様だって、こんな噂が立った状態で私と舞踏会に出かけることなど望まれないはず。だが、ご自分から申し込まれた手前、あちらからなかったことにはできないだろう。となると、私のほうからお断りするしかあるまい。ああ、ナタ一リエの記憶を取り戻してからたった一日で私はなんて状況に陥《おちい》ってしまったのだ……。

オズワルド様は今日も一日、魔法騎士団の訓練場のある王宮にいるはずだ。しかし、私は王宮に自由に出入りすることはできない。そこで、恥を忍んで父にオズワルド様への伝言を頼んだ。

内容はもちろん、今回の噂を受けて、パートナーの件を白紙にしてほしい、ということだ。父は残念そうではあるが、噂のこともあるからと、引き受けてくれた。そして午前の訓練の終わる頃合いを見計らって、王宮へ赴《おもむ》いた。

すでに噂になってしまったオズワルド様には申し訳ないが、相手が誰かわからなければ噂もそれ以上広がらないで済むはず。

それに現時点でも「オズワルド様に限ってあり得ない、よく似た別人だったに違いない」という意見が多かったので（我が家は別）、上手くいけば、ただの見間違いだったということで噂も勝手に収まるかもしれない。

しかし、こんな状況にありながら、内心ではオズワルド様と一緒に行けなくなったことを残念に思っている自分がいて、自分で呆《あき》れてしまう。

父は用件だけ伝えたら、すぐに戻って来るはずだ。オズワルド様のお返事だけ聞いたら、午後はまた図書館で調べ物（さすがに魔法書庫に入るつもりはない）でもしようと思っていた。

——だが、それは甘かった。

父が帰ってきたとき、私は目を疑《うたが》った。オズワルド様がご一緒だったからだ……。

オズワルド様は、見るからに機嫌《きげん》が悪そうだった。無理もない、たった一度の過《あやま》ちで熱愛だのなんだの騒がれて、不愉快極《ふゆかいきわ》まりないだろう。

そして顔を見るなり私と二人だけで話がしたいと言うので、応接間で二人きりで話すことになってしまった。

私はひとまず、謝罪せねばと思った。

「オズワルド様——今回の噂のこと、本当に申し訳ございません」

「……どうして、アマーリエが謝るのです？」

「だって……昨日のことで、あのようなおかしな噂が立ってしまったのですし——」

「その件は、貴女のせいではないでしょう？　私が勝手に……無理矢理したことですから。貴女が怒るならわかりますが」

「ですが——！　私が魔法書庫に無断で入ったから貴方は訓練を放り出して私のところにいらしたのですし、それを伏《ふ》せておくために貴方がその——仕事を放り出して誰かと不埒《ふらち》なことをしていたと思われたのでは、あまりに申し訳なくて……」

「そんなことは別に、どうでもいいのです」

「でも、昨日のことをたとえば騎士団員の方に誤解されては──」

「問題ありません。もう、きちんと説明しました」

「えっ！　──説明、ですか？」

「はい。正直に言いました。噂は事実で間違いないが、もう二度と職務を放り出していったりはしないので、どうか許してほしいと」

……やはり、オズワルド様はやることが違う──って、なに普通に認めちゃってるんですか!?

「あの、団員の方々は何と……？」

「皆、むしろ喜んでいましたよ。ようやく団長にも春が来たのか、と」

「誤解されたままでよろしいのですか!?」

「……」

なぜか彼は答えない。が、少し間をあけて彼は言った。

「アマーリエは嫌でしたか？」

「えっ」

「だから、パートナーの件を白紙に、と？」

「いえ、その……だってもし──今、私のパートナーとして舞踏会に参加したら、オズワルド様の今回の噂の相手が私だと、皆に知られてしまいます」

「やはり――それはお嫌ですか？」

「あ、あの、嫌とかそういう訳ではないですが――でも、オズワルド様はこの国の魔法騎士団長でいらっしゃいますし、いろいろお困りになるかと……」

「では、貴女が嫌な訳ではないのですね？」

「えっ――ええ、まあ……」

「では、是非《ぜひ》約束通りにご一緒させてください」

あれ？　いや、そうでなくて――って、なんか機嫌が直ってる……？

「よかった！　それでは明後日《みょうごにち》、お迎えに参ります。それと――これをどうぞ」

彼は私に一冊の本を差し出す。それは、私が昨日読もうとしていた、リースリング先生の『転生魔法』の書だった。

「この本をお読みになりたかったのでしょう？　もうこれからは、勝手に入ってはいけませんよ。必要なときは、私に言ってください」

「えっ、よろしいのですか!?」

彼は優しく微笑んだ。私は、彼の優しさとその笑顔にすっかりやられた。

結局なんの問題も解決していないことに気づいたのは、彼が帰ってから父に、「結局、舞踏会へは魔法騎士団長様と一緒に行くのだな？　よかったじゃないか！」と言われたときだった。

これはなんだろう、なんかモノで釣《つ》られた感もあるが――。

だが何にしても、ご一緒するのは決定事項になってしまった。ああ、父親からのこのやたら温かい眼差《まなざ》しが辛い……。

とはいえ、オズワルド様の持ってきてくれた『転生魔法』の書は、とても参考になった。

たとえば、「転生魔法」で転生すると必ず記憶を保持《ほじ》できるということが書かれてあった。これは信頼できる複数の文献《ぶんけん》に同様の記述があるため、まず間違いないそうだ。

次に、「転生魔法」は極秘《ごくひ》のため、口伝《くでん》のみで伝承《でんしょう》されているらしいこと。つまりこの口伝がどこかで途切れれば、「転生魔法」は失われるということ。

先生は、もはやこの口伝が途切れたことで「転生魔法」は「死んだ魔法」になった――つまり、もはやこの世に現存《げんそん》しなくなったのだと、考えていたようである。

そしてとりわけ興味深かったのは、「転生魔法」での転生先は、必ず「同一家系内」に限られる、ということである。

ああ、これではっきりした！　やはり、ローゼンハイム家がグレート・ローゼンハイムの代で分家したのが、プリングスハイム家だ！　千年前にケーラ山に入ったグレート・ローゼンハイムが、プリングスハイム家の始まりだったのだ。

本来であれば、私はプリングスハイム家に転生するはずだった。しかしプリングスハイム家は、ナターリエの代で途絶えてしまった。そのために私の転生先は、本家であるローゼンハイム家になったと考えられる。

魔力の遺伝そのものは有名だが、家系と魔力にはそれほどまでに強力な繋《つな》がりがあるものなのか。

これは……かつての魔法学者としての血が騒《さわ》ぐ。

しかし、ということは私の転生を知る謎の魔法使いは、ローゼンハイム家とプリングスハイム家の繋がりも知っているのか。本当に、いったい何者なんだ……？

そして最後に、この魔法の使用は「禁忌《きんき》」とされている、ということ。

禁忌――。

ナターリエの墓で会うだろうその魔法使いは、つまり禁忌を冒してまで、私を転生させたのか。

――いったい、そこにどんな目的があるというのだろう？


そして翌日、私は今日こそがっつり図書館で調べ物をしようと思っていたのに、母とローラにしっかり捕まってしまった。

「明日が舞踏会なのに、図書館に行こうだなんて全くこの子ったら！　本当に貴女、何の準備もしないつもりだったの!?」

明日やればいいと思っておりましたが、駄目《だめ》ですか……。

そんなわけで今日は一日中、母とローラに舞踏会の準備をさせられることになってしまった。

だが、こうしていつものようにこの二人と過ごしていると、全てが夢のようにも感じる。

私はただのアマーリエで、ナターリエとしての前世の記憶は、何かの小説で読んだ物語にすぎないような――。

しかしふとしたことで、これが単なる夢ではないことを思い知らされる。

「王宮舞踏会は、国王陛下と王妃《おうひ》殿下も必ずご参加になる、特別な舞踏会ですからね。本来ならば王太子殿下もご参加になって、お妃《きさき》様候補《こうほ》となるご令嬢との交流を深める大切な場でもあるのよ。でも――きっと、今年も難しいのでしょうね」

「もう二十五歳になられるというのに……いくら幼い頃の事件のせいだとしても、長すぎます！」

二人の言葉に、私の胸は急に何かが詰《つ》まったように苦しくなった。

「そうねえ、アマーリエが生まれるちょうど一年前だったから、もう十七年になるわ。だから貴女たちは一度もお会いしたことがないのよね……。私は、国王陛下に王宮にお招きいただいたとき、一度だけお会いしているのよ」

「すごくお綺麗なお方なのですよね？」

「本当に美しい王子様でしたよ。それはもう、天使のように！　それにとても聡明《そうめい》で、私がお会いしたときはまだほんの七歳くらいでいらっしゃったけど、その時点ですでに上級魔法使いも顔負けの魔法をお使いになって！」

「そんな王太子殿下があの事件のために未《いま》だに外にも出られないなんて、本当にお可哀相《かわいそう》です！　あんな忌《い》まわしい事件がなければ、明日の舞踏会にだって当然いらっしゃったでしょうに！」

「そうね……あらアマーリエ、貴女どうしたの!?　顔色がすごく悪いじゃない！」

母の言葉に、我に返った。

「大丈夫、なんでもないの。ただちょっと、疲れてしまったみたい。少し外の空気を吸ってきます」

心配そうな二人を残し、屋敷の庭に出る。どこか呆然とした心地のままで、私は庭の花壇《かだん》の間をゆっくりと歩いた。

──ああ、やはりあれは夢でもなければ、昔読んだ小説でもないのだ。

幼い王太子殿下が最後に私を見つめていたあの目を──私を呼ぶあの声を──今もこれほどまではっきりと思い出せるのだから。

私がこうやってアマーリエとして生まれ変わり、優しい父と母、ローラや他の友人たちと楽しく過ごしている間も、王太子殿下はあの事件のためにずっと一人で苦しんでいらっしゃるというのか。

──王太子殿下。本当にお美しく、愛らしく、そして優しい方だった。天使がいるのならまさに殿下のようなお姿をしているだろうと、そう思っていた。

そのうえ王太子殿下は若くして学問に秀《ひい》で、知識欲も旺盛《おうせい》。しかし決して慢心《まんしん》せず、常に謙虚《けんきょ》に誰よりも努力されていた。

……もう二十五歳になるのだ。本来なら今頃は、オズワルド様のようなとても素敵な男性に成長していたことだろう。

そしていつの日か必ず、最高の王となるはずの方だったのだ。

もしあのとき私の側《そば》にいなければ──あるいはあれほど私に懐《なつ》いていなければ、少しは殿下がお受けになるショックも少なく済んだのだろうか。

私が身《み》の程《ほど》を弁《わきま》えずに、親しくしすぎたのだろうか。それが結果的に王太子殿下を苦しめることになるなんて──。

「アマーリエ？」

優しい声が背後から聞こえた。驚いて振り返ると、そこにはオズワルド様が立っていた。

「あっ……どうしてオズワルド様がここに――？」

「――少し用があって、近くに来たので寄ったのだが……アマーリエ、貴女――なにか辛いことでもあったのですか？」

オズワルド様の顔を見たら、急にすごく安心してしまった。

すると一気に力が抜けて、涙がぽろぽろと溢《あふ》れ出してしまった。自分でもどうして急に泣き出してしまったのかわからず、恥ずかしいのに涙が止まらなかった。

次の瞬間、力強く、しかし優しく包み込まれるのを感じた。オズワルド様が私をぎゅっと抱きしめてくださったのだ。

すごく温かく、安心する。そうしたらなぜかもっと涙が溢れてきて、止まらなくなってしまった。

ここまで無視してきたナターリエのいろんな感情が一気に押し寄せて、もう堪《こら》えようがなかった。

私が泣いている間中、オズワルド様は何も聞かずに、ただ優しく抱きしめてくださっていた。

それはまるで、一人ぼっちで迷子になっていた幼い子どもが、ようやく見つけてもらったような不思議な安心感だった。

ようやく私が泣き止んだのを確認すると、オズワルド様はそれでも私を強く抱きしめたまま、尋ねられた。

「――何があったのです？」

私は、どう答えていいかわからなかった。

「もし言いたくなければ、無理には聞きません。だが、何か私にできることがあれば教えてほしい」

なにか答えるべきだ。しかし彼にどう説明できるというのだろう？　まさか前世のことで罪悪感に苛《さいな》まれて泣いていたなど、言えるはずないのに。

……ただ、こうして彼の腕に抱かれていると、胸に詰まったそのとてつもない悲しみや憤《いきどお》りが、嘘のように和らぐのだ。それどころか、安堵感《あんどかん》と幸福感で胸が満たされていく。

――好きな人に抱きしめられると、皆、そんなふうに感じるものなのだろうか。

「オズワルド様……もう少しだけ、このままでいさせてくださいますか？」

「――もちろんです」

失礼だとはわかっていたが、今はただその胸に抱かれる心地よさに甘えていたくて、恥ずかしさも忘れ、そんなお願いをしてしまった。

そんな私を彼は何も聞かず、ただとても優しく包んでいてくれた。

私は小さな子どもに戻ったみたいにすっかり安心しきって、オズワルド様の胸に抱かれ続けた。

……お母様がいらっしゃるまでは。

なかなか戻らない私を心配して、外に出てきた母が庭で見たのは、絶賛抱擁中の恋人たち(誤解)。

「あの……、貴方たちがラブラブなのは私としては構わないのですが、ここですと多少、人の目もありますので……」

私たちはバッと離れる。

「お……お母様！　あの、これは誤解――！」

「あら、貴女泣いていたの!?　そんなに目を腫《は》らして……魔法騎士団長様にそんなに会いたかったのねえ……！」

「そ、そういうのでは……！」

「あ、あの、お屋敷《やしき》の庭先で大変失礼いたしました。アマーリエ、もう大丈夫ですか？」

「……はい。ありがとうございます」

今更ながら、オズワルド様に抱きしめられていたことが恥ずかしくなった。ましてや、その腕のなかであんな風に泣くなんて……。

「それでは、私はもう行きます――」

オズワルド様は慌《あわ》てて帰ろうとしたが、母に引き止められてしまった。

「お急ぎでないなら、どうぞうちにお寄りください！　すぐ、お茶も用意させますから。この子も喜びますわ！」

……どうしてこうなった。

私たちは変な気を遣われた結果、応接間でやはり二人きりでお茶を頂くことになってしまった。

あんなことのあとで、二人きりになる気まずさよ。しかしなんにせよ、まずはお礼を言わなければ。

「先程は――本当にありがとうございました」

「いえ……でも、本当にもう大丈夫なのですか？」

「すっかり落ち着きました。あの、あんなこと、普段はないのですが」

「もしや、明日の舞踏会のせいですか？　やはり、私と行くのが――」

「いえ、それは違います！　そのことは、全く関係ありませんわ」

彼はほっと安心した様子だ。

「……無性《むしょう》に悲しいときというのは誰しもあるものです。そんなときは、泣くのが大きなストレス解消になるといいます」

「オズワルド様でも、そんなときがあるのですか？」

「――ありますよ。過去のある記憶が、ふいに私の心を掴《つか》み、とらえて離さなくなる」

魔法騎士団発足以来最強とまで言われるオズワルド様でも、そんなときがあるのか。

いや、だからこそ、戦場での辛い経験も多いに違いない。そんなとき――オズワルド様は独《ひと》りでお泣きになるのだろうか。

「では――今度オズワルド様が泣きたいときには、私が側で慰《なぐさ》めて差し上げます」

思わず口に出して言ってしまった。するとオズワルド様は、とても優しく微笑まれた。

「ありがとう」

――お会いするのはまだ三回目。でも不思議と、もうずっと昔から知っているような気がする。一緒にいると、すごく落ち着く……。

「ああ、そうだ」

オズワルド様は突然、懐《ふところ》から小さな箱を取り出すと、それを私に差し出した。

「これを貴女に」

「私に、ですか？　ええと、開けてみても？」

「もちろんです」

突然の贈り物に驚きつつその箱を開けると、そこには太陽をモチーフとして精緻《せいち》な細工《さいく》が施《ほどこ》され、中央に大きく美しい青い宝石の輝く素晴らしい髪留めがひとつ入っていた。この太陽のモチーフはゾンネンフロイデ王国および魔法騎士団の紋章《もんしょう》でもある。

「気に入っていただけるとよいのですが」

「このように素敵なもの、気に入らないわけがございません！　本当に、素晴らしい髪留めですわ！　ですがとても精巧《せいこう》な作りですし、この宝石も……、非常に高価なものなのではございませんか？　このようなものをいただくわけには――」

「舞踏会でパートナーを務める男として、贈り物のひとつくらいさせてください。本当なら当日のドレスもお贈りしたかったところですが、ドレスはもうご準備なさっているでしょうから」

そんなことを言いながらふわりと笑うオズワルド様を前に、私はぼーっとなってしまう。まさかオズワルド様から贈り物をいただけるなんて夢にも思わなかったし、ましてこんな素敵なもの――。

「本当に……ありがとうございます。とても嬉しいです」

これではパートナーというか、本当に恋人同士みたいではないか。そんなことを考えてしまったせいで、ただでさえおかしな速さで動いていた心臓がさらにおかしくなってしまう。その上……

「アマーリエ、よろしければ一度、貴女がこれをつけているところを見せていただいても？」

「えっ？　あ、もちろんですわ！　ではすぐに侍女《じじょ》を呼びますので――」

「これくらいなら私でもできそうです。少し、髪に触れてもよろしいですか？」

「えっ!?　あっ、はい！」

すでに髪留めを手に取って準備しているオズワルド様を前に、思わず承諾してしまった。

「それでは」と言ってオズワルド様は微笑み、そっと私の髪を優しく持ち上げて、髪留めをつけてくれた。ほんの一瞬のことだったが、私の鼓動《こどう》は速くなりすぎて、逆にこのまま止まってしまうのではないかと――。

「――ああ、とてもよく似合っている。本当に美しい」

そんなことを言いながら本当に嬉しそうな顔で笑うオズワルド様を前に、今度こそ本当に心臓が止まってしまったのではないかと思ったわけで。

私はもう一度オズワルド様にお礼を言ったわけだが、彼はその間もずっと本当に嬉しそうなお顔で私を見つめるものだから、髪留めの青い宝石とは対照的に私の顔は真っ赤になっていたはずだ。

この間に紅茶が少し冷めてしまったので、屋敷の者に言って新しいものを用意させることにした。

その際、オズワルド様が部屋の隅《すみ》に置いてあるクラヴィーアに気づいた。

「……すごくいいクラヴィーアだ。アマーリエはクラヴィーアを弾《ひ》くのですか？」

「嗜《たしな》み程度に、少しだけ。オズワルド様はよくお弾きになるのですか？」

「好きなんだ、この音色《ねいろ》が。……少し、弾いても？」

「もちろんです。是非聞かせてくださいませ」

クラヴィーアはいわゆる鍵盤《けんばん》楽器だが、この国では調度品《ちょうどひん》としても人気のため、有名な工房《こうぼう》で作られたものは資産価値《しさんかち》もとりわけ高い。我が家にあるこのクラヴィーアは、その中でも最上のもの。

我が国の世界的に有名なクラヴィーア職人が手掛け、使用されている木材なども最高級品である。一目でこのクラヴィーアの価値を見抜かれるとは、オズワルド様はよほどクラヴィーアがお好きなのだろう。

——それにしても、クラヴィーアをお弾きになるのか。魔法騎士団員としては意外な趣味《しゅみ》だが、オズワルド様にはぴったりとしか言いようがない。

魔法騎士団員は魔法での戦いがメインであるが、もちろん剣術《けんじゅつ》などの武闘能力《ぶとうのうりょく》も必要なため、肉体もしっかりと鍛《きた》え上げる。そのため、体格のよい団員が多い。

そのなかで、オズワルド様の繊細《せんさい》で優美《ゆうび》とも言えるその美しい肢体《したい》は、それだけで特別目を引く。知らなければ、誰も彼を騎士団員とは思わないだろう。

それでも、先程のように抱きしめられると、その鍛え上げられた身体に驚かされる。やはり大人の男性なのだ、と改めて思う。

——急に、さっきのことが恥ずかしくなってきた。男性から抱きしめられるなど、お父様くらいしか経験がない。それは、ナターリエだった頃も同じである。

あえていうなら、幼い王太子殿下がよく抱きついてきたことくらいだろう。普段は年齢の割にすごく大人びていたのに、二人だけのときは急に甘えん坊になることがあった。それが本当に可愛《かわい》らしくて、私もすっかり甘やかしてしまった。

ああ、今は王太子殿下もすっかり大人になって、本来なら結婚していてもおかしくない年齢のはずなのだ。

それなのにご結婚はおろか、婚約発表やお妃様候補の話すら出ない。それほどにお身体《からだ》の状態がよろしくないということなのだろうか……。

いずれはお妃様選びが始まるだろうが、我らがローゼンハイム家には全く縁のないことなので、その点、非常にありがたく思っている。

というのも、魔力は父方からのみ受け継ぐものなのだが、「魔力のない女と結ばれることでその子どもの魔力が弱まる」という、古くからの民間伝承があるためだ。

王家をはじめ、ほとんどの貴族たちはそんな非科学的なことは信じていない。だが、これを未だに信じている民は意外と多いのである。そんなわけで、王家の強い魔力の存続を期待している国民からの余計《よけい》な反感を防ぐため、ローゼンハイム家や他の魔力を持たない貴族は、そもそも最初からお妃候補を立てない。これはもはや、この国の不文律《ふぶんりつ》なのである。

実を言うと、私はそのことに内心すごくほっとしている。家柄《いえがら》と年頃だけでいえば、私は確実に王太子妃の超有力候補となってしまう。だが、万が一にも私が王太子妃として選ばれてしまったら、それこそ堪《たま》らないではないか！

ナターリエの記憶の戻った私にとって、王太子殿下は本当に特別な存在だ。この命に代えてもお守りしたい大切なお方であり、これは一生変わらないだろう。だが、結婚となると話は別……。

王太子殿下は——無礼を承知で言えば、私には天使のように可愛い弟のような存在だ。

もちろん今は二十五歳になっているから今の私よりも九つも年上だが、どうしたって八歳の頃の王太子殿下が可愛らしく私に甘えてくる姿を思い出してしまう——。

第一、王太子殿下だって、いくら懐いていたとはいえ、前世で自分の専属《せんぞく》魔法指導官だった人と結婚なんてしたくないだろう。万が一でも気づいたら、大きなショックを受けるかもしれない。

だからこそ、私が王太子妃になる可能性のないローゼンハイム家に生まれたのは本当にラッキーだったと思っている。

でも……結婚か。今まで、真剣に考えたことがなかった。だけど、もし——。

鍵盤に指を置いたオズワルド様のほうへと、そっと目をやる。そしてすぐに、自分がなんとも身勝手な恥ずかしい妄想《もうそう》をしてしまったことに気づき、顔が熱くなった。

その直後、そんな私の雑念《ざつねん》を吹き飛ばすほど美しいクラヴィーアの音が、部屋中に響き渡った。

なんて温かく優しい音色——。クラヴィーアの音は弾く人の心を映すというけれど、あれは本当かもしれない。心に染み渡る美しい響きに、先程の彼の優しい抱擁《ほうよう》を思い出す。

私はただその音色にうっとりと聴き惚れた。とてもお上手《じょうず》なのだけれど、上手い人にありがちな奇《き》を衒《てら》ったところが全くない。素直で、とても純粋な旋律《せんりつ》だった。

そういえば、この曲——。一度、王太子殿下と一緒にクラヴィーア演奏《えんそう》を聴く機会があったが、その時に聴いた曲だ。それは宮廷音楽家による演奏だったが、ちょうどその少し前に殿下と二人でシェーン湖畔《こはん》に行ったときのことを鮮明に思い出させてくれる、とても美しい演奏だった。

シェーン湖畔に行ったのは、殿下の魔力の「集中」の訓練のためだが、その練習と勉強の合間に殿下と二人でその美しい湖畔でピクニックのようなこともしたのだ。二人でゆっくりとお昼を食べ、ティータイムを楽しみ、二人でいろんなお話もして、たくさん笑って——。その日は夜までずっとそこにいて、草原に寝転んで満天の星空も眺《なが》めた。忘れがたい、とても美しい思い出の一日だった。

演奏会の後、私は殿下に「あのシェーン湖畔での一日を思い出す、とても素敵な曲でしたね」と告げると殿下はとても嬉しそうに笑い、「私も同じことを思ったのだ」と言った。

今この曲を聞くまですっかり忘れていた。でも、彼の奏《かな》でるこの旋律と美しい音色が、当時の優しい記憶と温かな感情まで、はっきりと私に思い出させてくれた。とても優しく、愛《いと》しい記憶だ。

演奏が終わったとき、私は心からの賛辞《さんじ》とともに、是非もっと聴かせてほしいと彼に頼んだ。彼は笑顔で「喜んで」と言うと、次の曲を弾き始めた。

その曲もまた、素晴らしかった。有名な曲で、これまでに何度もこの曲が演奏されるのを聞いたことはあったが、彼の演奏はそれらとは全く違う、不思議な優雅《ゆうが》さと高貴《こうき》さを纏《まと》っていた。

その後、彼に連弾《れんだん》を誘われ、私は彼の隣に座った。

彼と一緒に弾くのは、とても楽しかった。最初の曲が終わった後も、他の簡単な曲を一緒に弾いたり、私が弾ける曲に彼が即興《そっきょう》でアレンジを入れてくれたりした。

音楽に合わせて少しふざけあってみたり、わざとリズムや調を変えたりして――私たちは何度も何度も心から笑い合った。

彼は、とても無邪気《むじゃき》に笑う。完璧《かんぺき》を絵に描いたようなオズワルド様にこんな子どもみたいな一面があるんだと思うと、なんだか無性に嬉しくなる。

こんなに楽しくて、ドキドキして幸せな時間、私は知らない。もうナタ一リエの頃の悲しい記憶なんてなくしたまま、ずっとこうして貴方と笑い合っていられたらいいのに――。

鍵盤の上で一瞬、お互いの指が触れる。それだけのことなのにびくっと肩が震《ふる》えて、演奏を止めてしまった。

少し指が触れただけだったのに、オズワルド様を意識しすぎてしまっているせいなのか、大げさに驚いてしまった。そのことに気恥ずかしさを感じつつ、彼の様子を窺《うかが》うと、私をじっと見つめる彼の目と出会った。

目が、離せなくなる。何も言葉が出てこなくて気まずくなりそうなものなのに、なぜだか少しも気まずさは感じなくて、代わりにものすごく心臓がうるさい。うるさいのに、なぜだろう。その感覚をとても心地よいと思ってしまう。

ただじっと、お互いを見つめ合う。静寂《せいじゃく》がこの室内を支配し、そのせいで私の激しく高鳴る鼓動がオズワルド様に伝わってしまうのではないかと心配になるほどだ。

ふいに、また指に何かが当たる。それが彼の指であることはなんとなくわかったけれど――私は今後は、その指から逃げなかった。そのまま、私たちはお互いの手のひらをそっと重ね合う。

優しく重なる手。大きな手のひらからはっきりと感じる、彼の温《ぬく》もり。その手のひらから私の鼓動がやはり伝わってしまいそうで、でもその感覚があまりにも心地よくて――。

私の指と指の間に、彼の指が重なる。指同士が絡み合い、お互いの手をそっと、優しく包み込む。

オズワルド様が顔を少し斜めに傾《かし》げて、ゆっくりと近づいてくる。私は、自然と目を閉じた。

「旦那様がお帰りですので、こちらにお通ししてもよろしいですか？」

甲高《かんだか》いノックの音とともに外から聞こえたローラの声に、はっと目を開ける。目の前には、ものすごい至近《しきん》距離にオズワルド様の顔があって――！

お互いものすごい速さで立ち上がると、ぶわっと赤面した。心臓もバクバクと大きな音を立てている。

――ま、また、オズワルド様とキスしてしまうところだった！

「アマーリエお嬢様？」

「――っ、どうぞ！」

その上、いつもより声が少しうわずってしまった。ドアが開き、父と母が並んで入ってきた。

「おおー！　グリュンシュタイン魔法騎士団長！　まさか本日も、貴方にお会いできるとは！」

父はやけにハイテンションで言った。なんとなく、いろいろ察した上で気遣われている感が――すごく嫌だ。

「ローゼンハイム公爵、お邪魔《じゃま》しております。公爵夫人、長居《ながい》をしてしまい申し訳ございません」

「いえいえ！　魔法騎士団長様でしたら、いくらいてくださっても構わないですわ！　ところで、ずいぶん長い間、クラヴィーアの音が聞こえておりましたわね。少し遠かったのではっきり聞こえていたわけではないのですが、とてもお上手なのですね」

「公爵夫人よりそのように仰っていただき、光栄です」

「また是非、私どもにもお聞かせくださいね」

「喜んで」

彼は嬉しそうに微笑んだ。

「しかし、明日はいよいよ舞踏会ですな！　我が娘にとっては、社交界デビューという人生の一大イベントですが、まさかパートナーとして貴方がご一緒くださることになろうとは、本当に夢にも思わなかった！　娘のこと、どうかよろしくお願いいたしますぞ！」

「もちろんです。どうか何もご心配なさらないでください」

なんかもう親公認の恋人、というか、ほぼ婚約者みたいな扱いになってしまっているような……。

でも、それは誤解――！

……いや、正直、よくわからなくなってしまった。

前回までは、はっきりと「誤解」だと言い切れた。もちろん私自身はオズワルド様を好きだが、オズワルド様は私をそんな風に見るはずがないと思っていた。馬車の中でのキスだって魔が差したとか、きっとなにかの間違いだったのだろうと、そう思い込もうとしていたのだ。

でも、さっきのは――すごく自然だった。連弾をして、ふざけ合って、それがとても楽しくて、一緒に笑い合って、すごく幸せで……それで、キスしそうになった。まるで小説の中で恋人同士がするみたいに、ごく自然な流れで。

ただの、愚《おろ》かな勘違《かんちが》いかもしれない。小説の中でも、誰かを好きになって、相手も自分のことを好きだと思っていたら全然違うってことがよくある。

そういう登場人物を見ると、なんて恥ずかしい勘違いをするのだと、こちらが気恥ずかしくなる。これは共感性羞恥《きょうかんせいしゅうち》、と呼ばれるものらしい。まあ、どうでもいいが。

――恋をするのは初めてだ。アマーリエとしても、ナターリエとしても。だからこそ慎重《しんちょう》になるべきだとわかっている。勝手に舞い上がって、あとで思い切り傷つくのは、怖いから。

でも、オズワルド様の優しさに触れるたび、これは勘違いではなくて、本当に私のことを特別に思ってくれているのではないかと信じたくなってしまう。

「傷つくのが怖い」、でも「彼を信じたい」……だと!?

これ、恋愛小説で読んだ、あれじゃないか!

自分がすっかり「恋する乙女脳《おとめのう》」になっていることに衝撃《しょうげき》を受ける。ナターリエもアマーリエも決してそんなタイプじゃなかったのに!!

オズワルド様はその後しばらく両親と話して、そのまま帰って行った。私はようやくまた母とローラの隣で明日の準備の続きを始めた。

……自分でもわかっている。ナターリエの記憶が戻った以上、ましてや、誰かの手によってその記憶が戻された以上、必ず何かが起こる。あるいは、何かを起こす必要があるはずだ。

もう、あの頃と無関係ではいられない。ただの公爵令嬢アマーリエ・ローゼンハイムには決して戻れないのだ。

それなのに――今の私は、オズワルド様のことばかり考えてしまう。

彼が帰った今も、夜寝る前も、目覚めても、そして夢の中でさえ――私は彼のことばかり考えてしまう。あの優しい笑顔が頭を離れず、彼が私の名を呼ぶ声が耳でエコーし、彼の口づけの甘さを思い出しては、頬を染《そ》めるのだ。

全く！　恋なんてしている場合ではないはずなのに、どうしてこんなことになったのか……！

シャキッとしろ！　アマーリエ！

頬を叩《たた》いて正気《しょうき》を取り戻そうとしたが、頬に触れた途端《とたん》、彼の手が優しく触れたときのことを思い出して、ぼーっとしてしまった……馬鹿か、私は。

「ところで……こちらの髪飾りはどうなさったのです？　もしかしてオズワルド様がお嬢様に!?」

ローラが目をキラキラさせて、私に尋ねる。

「ええ、今日いただいたの」

「やっぱり！　お嬢様に本当によくお似合いですわ！　愛されてますねえ、お嬢様！」

すごく満足げに言うローラのその言葉にどう反応すべきか悩むが、オズワルド様からこのような贈り物をいただいて嬉しくないはずもなく、はっきり否定できぬまま赤面していたら、それをまたローラにからかわれてしまった……。

「では、この髪飾りは大切にしまっておきますね！」

「あっ、ちょっと待って。その、まだしばらく手元に置いておきたいのだけど、いいかしら」

「ふふふっ、もちろんですよ！」

ニヤニヤしているローラから髪飾りを受け取る。なんとも言えぬ気恥ずかしさを感じるが、実際いただいてからじっくり眺めるまもなく髪につけてもらってしまったので、どんなものか今一度、よく見てみたかったのだ。

ローラが出て行った部屋の中で、ベッドに腰掛けてその髪飾りを見つめる。やっぱり、とっても素敵だ。繊細な金細工も見事だし、何よりこの青い宝石が、とっても綺麗。

——ふと、王太子殿下の笑顔が頭に浮かぶ。ああ、そうか。この青は、殿下の瞳の色とそっくりなのだ。偶然の一致だろうが、なんだか嬉しくなる。この髪飾りが側にあると王太子殿下が側にいてくださるような、そんな気がして。

お慕《した》いするオズワルド様からいただいた、私の大切な王太子殿下を思い出させてくれるその素敵な髪飾りを、私はその夜、ずいぶん長いあいだ見つめていた。

四章　出会いか、再会か

そして迎えた、舞踏会《ぶとうかい》当日。

私は時間に余裕《よゆう》をもって全ての準備を済ませ、母とローラ、そして他の侍女《じじょ》たちにすっかり着飾らされた状態で、パートナーであるオズワルド・グリュンシュタイン魔法騎士《きし》団長様の迎えを待つばかりだった。

「本当に、とっても綺麗《きれい》よ、アマーリエ！」

お母様が優しく抱きしめてくださり、私もぎゅっと抱き返した。

今夜のドレスは、母がずいぶん前から気合を入れて準備してくれたものだ。曰《いわ》く、社交界デビューで娘にどんなドレスを着せるかというのは、世の貴族の母親たちにとっては人生の重大事のひとつだそうだ。

薄紫《うすむらさき》を基調《きちょう》とした今流行《はやり》のシフォンのドレスだが、母が王都で最も有名なデザイナーに特注してくれたこともあり、流行の中に伝統美を感じさせてくれる素晴らしいデザインだ。

一見すると決して派手ではないのだが、刺繍《ししゅう》の見事さなど、見れば見るほどその美しさに気づかされるこのドレスは、さすがはトップデザイナーの作品であると感動してしまう。

なお、普段《ふだん》は下ろしている長い髪は結《ゆ》い上げ、そこにオズワルド様からいただいたあの髪飾りをつけている。瞳《ひとみ》の色に合わせて全体的に薄紫色を基調としたコーディネートということもあり、髪飾りの青い宝石がとてもよいアクセントになっているのも嬉《うれ》しい。

「今日で貴女《あなた》も、大人の仲間入りね。私たちにはいつまでたっても小さな可愛《かわい》い赤ちゃんに思えてしまうのに……でも、こんなに美しい貴女を見たら、もう立派なレディだということを実感するわ。それに今夜の貴女には、最高のパートナーが付き添ってくださるもの。ああ、本当に楽しみだわ！　貴女の晴れの日が、忘れられない最高のものになることを祈っているわ」

そう言うと、母はまた私をぎゅっと抱きしめてくれた。

なお、今夜の会にはもちろん私の父と母も参加するのだが、私とオズワルド様のほうが少し先に出発することになっている。

正直なところ、このあとが不安で堪《たま》らない。なんといってもあの噂《うわさ》——つまり、オズワルド様の「熱愛報道」は結局全く消えることはなく、むしろ噂に尾ひれがついて、世間を一層《いっそう》賑《にぎ》わせている始末だ。

ローラが他の娘たちから聞いてきた話では、今日オズワルド様が舞踏会に参加されることはすでに周囲に知れ渡っているらしい。

もちろん、私のパートナーとして参加するということは、うちの者たち以外は誰も知らない。

とはいえ、あの衝撃の「熱愛報道」からほとんど日をあけずに渦中《かちゅう》のスーパースターご本人の登場ということで、この舞踏会に対する世間の注目度は最高潮《さいこうちょう》に達しているとのこと。

……最悪じゃないか。今更ながら、なぜあの噂が出たとき、あのままちゃんと断らなかったのか、と深く後悔する。

しかしこのまま二人で参加したら、対外的にも完全に後に引けなくなってしまう！　何もご存じないオズワルド様のためにもなんとかしないと……。

そんな私の心配をよそに、ぴったり時間通りに現れたオズワルド様は、眩《まぶ》しいほどの笑顔を輝かせていらっしゃった。

どうもこの方は、今から起こる（ご自身が巻き込まれる）だろう事態《じたい》について、やはり全く理解されていないらしい。

どうかそんな屈託《くったく》のない笑顔を私に向けないでください！　ああ、申し訳なさすぎる……。でも私は私なりに一生懸命、貴方《あなた》に忠告《ちゅうこく》したんですよ（泣）!?

はあ……それにしても本当に――反則だ。正装のオズワルド様は素敵《すてき》すぎる。

噂では、オズワルド様は今までは舞踏会への参加時にも、それが義務としての参加であることを強調するかのように、魔法騎士団長の制服を着ているとのことだった。

しかし今日は完璧《かんぺき》なタキシード姿である。私のパートナーとして参加するため、今回はきちんとタキシードを着てくださったのだ。

上品で洗練《せんれん》されたそのピークドラペルのタキシードは、王室御用達《ごようたし》のテーラーの最高級品で間違いないだろう。公爵《こうしゃく》である父も礼服を仕立てるときはいつもあそこだから、型から特定できるようになってしまった。

ラペルピンは私に贈ってくれた髪留めと同じ王国と魔法騎士団の紋章《もんしょう》でもある太陽をモチーフにしたデザインで、つまりお揃《そろ》い……！　ただ、真ん中の宝石だけ違って薄紫色である。

もしや、私の瞳の色に合わせてくれたのだろうか。そうだったら嬉しい……いや、嬉しすぎるのですが!?

おおっと、興奮のあまり少々取り乱してしまった。……にしても、ローゼンハイム家の血を濃く継《つ》ぐ父も相当なハンサムだと思うのだが、オズワルド様の正装は恐ろしい破壊力《はかいりょく》だな!?

この気品《きひん》と風格《ふうかく》では公爵の子息《しそく》のレベルを超えて、もはやどこぞの国の王子様にしか見えない。圧倒的《あっとうてき》なオーラというのか、品格の差というのか……。

恋をすると相手が王子様に見えるというが、彼の場合は、ほら、隣にいる母とローラ、その他侍女たちまでもが圧倒されて、すっかり硬直《こうちょく》しているじゃないか！

――これは、彼を見ただけで失神《しっしん》する人が出てもおかしくないと思う。

そんな完璧を超越《ちょうえつ》した彼が私の前に跪《ひざまず》き、私の手を取ると、優しく口づけて言った。

「愛《いと》しきアマーリエ・ローゼンハイム公爵令嬢《れいじょう》、オズワルド・グリュンシュタインがお迎えにあがりました」

「オズワルド様にパートナーとしてご一緒いただけること、身に余る光栄でございます。本日はどうぞよろしくお願い致します」

愛しきアマーリエ……なんて素敵な響きだろう。

――じゃなくて！　駄目だ、やはりこの方、超絶誤解を生みやすいタイプのようだ。このまま舞踏会でもこんな感じだったら、完全にアウトだ――。

よし、これはもう一度、恥を忍《しの》んではっきり伝えなくてはならない。この社交界デビューにおける「パートナー」の意味を。そうしたらオズワルド様もきっと……。

彼は私を馬車に乗せると、見送る母たちに深々と礼をし、また後ほど会場でお会いしましょう、と言った。母はすごくすごく嬉しそうだ。

ごめんなさいお母様、私たち、一緒に入場するの止《や》めるかもしれません……。

馬車でまた二人きり。しかも今日はなぜか最初から私の隣に座るオズワルド様。その上、すごく素敵な笑顔で私を見つめてくる。……切り出しづらすぎる。

「アマーリエ……君はいつも美しいが、今日の君は一段と輝いている。ああ、あの髪飾りもつけてくれたんだね。とてもよく似合っている」

反則なド直球の誉《ほ》め言葉に、社交《しゃこう》辞令《じれい》だとわかっていてもすごく嬉しくなる。

「オズワルド様こそ、おとぎ話のなかの王子様のようですわ」

「そう？　アマーリエにそう言われると嬉しいな」

……いやいや、こんなやりとりに普通にドキドキしている場合ではなくて――！　っていうか、なんか今日の彼、会話の距離感が近くないでしょうか？

「あの……オズワルド様、大事なお話がありますの」

「……どうかしたの？」

「すごく言いづらいことなのですが、やはりオズワルド様は私のパートナーとして参加されるのはおやめになったほうがいいのではないかと思うのです」

「今更《いまさら》——どうしてそんなことを？」

彼の声のトーンが落ちる。ご気分を悪くされただろうか。無理もない、せっかくタキシードまで着てご準備くださったのに、急にこんなことを言われれば誰だって——。

「大変失礼なことを承知《しょうち》の上で申し上げますが、オズワルド様は社交界デビューでの『パートナー』の意味するところをご存じないのではないかと思って……あの、それはつまり——恋人か、婚約者であることを意味するのです」

「……」

「もし本日私のパートナーとして参加されれば、オズワルド様は今後、周囲から私の——つまり、そういう存在だと見られてしまうことになります。……もしそのことをご存じなかったのでしたら、私は構いませんのでどうかお一人で——」

私の言葉は、そっと私の唇《くちびる》の上に置かれた彼の人差し指によって遮《さえぎ》られてしまった。彼の予想外の行動に、私はすっかり驚いてしまう。

「これが私の答えだ、アマーリエ。あとは、君次第だ」

そう言うと、彼は私の手を取り、しっかりと握った。

「もし君が嫌なら、今、この手を振り解《ほど》いてほしい。そうしたら私も——今日のところは我慢する。無理強《じ》いはしない。でももし君が嫌でないなら——」

その後、私たちは無言だった。鼓動《こどう》は高鳴り、頭はぼーっとして、頬《ほお》が熱く燃えるようだった。

そんな二人の手はずっと、強く繋《つな》がれたままだった。

そして私たち二人はしっかりと手を繋いだまま、大舞踏会ホールに入場した。

ホールにはもうすでにほとんど全ての招待客が集まっていた。彼らは、オズワルド様登場の瞬間を見逃《みのが》すまいと、今か今かと待っていたのである。

――そんな彼らの前に、私たち二人はしっかりと手を繋いだ状態のまま、晒《さら》されることになってしまったわけで。

人々が私たち二人の姿を認めた瞬間、場内には異常なまでのどよめきが起こった。会場の至る所から悲鳴《ひめい》や歓声《かんせい》があがる。

さらに、私たちの入場を知らせるラッパの音が響く。

「ローゼンハイム公爵令嬢、アマーリエ・ローゼンハイム様、グリュンシュタイン公爵令息《れいそく》、オズワルド・グリュンシュタイン様をパートナーとしてこの度、初のご参加となります」

うわあ……はっきりパートナーと紹介されてしまった。

このアナウンスに一瞬、会場が静まり返った。例の「熱愛報道」のお相手確定の瞬間である。

ホール中の全ての視線が私たち二人に集まる。私はすっかり萎縮《いしゅく》して、全く動けなくなってしまった。

違うんです――いや、違わないんですけど、でもまだそういう段階ではなかったはずで……！

と、ここでオズワルド様は私の腰《こし》に優しく手を回すと、ぐっとご自分のほうにお寄せになり――

私の頭に優しくキスをした。

いや、ちょっ⁉　これでは、完全なる恋人宣言――！

次の瞬間、会場が揺《ゆ》れるほどの歓声があがり、そして拍手喝采《かっさい》が起こった。

かの有名なオズワルド・グリュンシュタインがようやく特別なお相手を選んだとして、皆が祝福しているのだ。

一部の令嬢たち、つまりオズワルド様の大ファンなのだろう方々が、崩《くず》れるようにしてその場にへたり込んだ。

しかしそれ以外の人々は、この驚くべき瞬間に居合《いあ》わせられたことを大いに喜んでいるようで、その歓声はなかなか止まなかった。

こんなつもりでは……！

いや、ここに一緒に来た時点で、そういう目で見られることになるのはわかっていたけれど――でもこれじゃ、社交界デビューじゃなくて、わざわざ交際《こうさい》宣言しに来たみたいじゃない！

やはり、何としてでも一緒に来るべきではなかったんじゃ……？　だってもう、これでは言い逃れしようがない――！

でも好きな人からあんなこと言われたら、いったいどこの誰《だれ》がその手を振り解ける⁉　あんな状況で、冷静な判断なんてできるわけない！　変な壺《つぼ》でも大金出して買っちゃうでしょ……（涙）。

困惑《こんわく》しつつオズワルド様のほうを見ると、とても満足げな笑顔を向けられる。

――傍《はた》から見れば、長らく密《ひそ》かに想い合った末、やっと二人のことを公表できて嬉しそうな魔法騎士団長と、この状況に恥じらう初々《ういうい》しい公爵令嬢――とかに見えるんだろうか？

まさか、たった三日前に王立魔法書庫への不法侵入《ふほうしんにゅう》で出会った二人とは誰も思うまい。

未《いま》だに自分の状況を受け入れきれない私の手を引き、彼は颯爽《さっそう》とホールのなかへ入っていく。

すると人々がさっと場所を空け、私たちをさらにホールの中央へと通してくれる。

私としては、あとはもう是非《ぜひ》端《はし》っこでできるだけひっそり隠れていたいのだが――。

と、急に数名の男性が私たちのところに集まってきた。彼の部下の魔法騎士団員たちのようだ。

「団長！　お話しくださったご令嬢は、アマーリエ・ローゼンハイム公爵令嬢でいらっしゃったのですね！　はじめまして、私、魔法騎士団の副団長を務めております、クラウス・ディートリッヒです。この者たちも同じく魔法騎士団員でございます。以後、お見知り置きを！」

代表で挨拶《あいさつ》をなさったこの男性は、ディートリッヒ伯爵《はくしやく》家の当主《とうしゆ》だ。オズワルド様より十ほど年上であり、容姿《ようし》も人当たりもよいので、誰からも好かれている。もちろん、魔力のほうも素晴らしい。ただ――ちょっとお喋《しやべ》りだ。

なぜ私がそんなことを知っているかというと――彼は「はじめまして」と言ったが、実は私たちは初対面《しよたいめん》ではないからだ。いや、アマーリエとしては確かにそうなのだが、ナターリエとしては何度も会っている。

まだ私がナターリエだった頃、彼は魔法学を学ぶ学生だったが、私の特別講義《こうぎ》に何度も参加していた。いつも大変鋭《するど》い質問をしてくるし、難易度《なんいど》の高い魔法をすぐに習得《しゆうとく》する優秀な学生だったのを記憶している。

また、その容姿と人当たりのよさから、若い頃はずいぶん浮《う》き名《な》を流していた。しかし私の死後にある女性と結婚してからは、すっかりよき夫に落ち着いたようである。

——あ、彼がいるということは彼女もきっとこの近くに……いた！　現在、すでに四十二歳になっている伯爵夫人エーリカ・ディートリッヒ。彼女は、私がナターリエだった頃の——親友だ。

彼女は今は、すっかり上品な美しい貴婦人《きふじん》になっていた。当時からは想像もできない彼女の姿に面食らってしまう。

——しかしまさか、エーリカがあのクラウス・ディートリッヒと結婚するとは夢にも思わなかった。本来、一番苦手なタイプだったはずなのに。

エーリカは貴族令嬢のなかでは一風《いっぷう》変わった女性だった。みんな当時は彼女を変わり者と呼び、彼女はそんな周囲の言動を全く気にも留めていないようだった。

裏表のないとてもはっきりとした性格で、結婚はしたくない、もっと勉強がしたいといって大学院で学んでおり、少なくとも二十五歳の時点では未婚だった。——私もそうだったとはいえ、普通の貴族令嬢としては異例のことである。

ナターリエは、父が男爵《だんしゃく》の爵位《しゃくい》を受けたことで新参《しんざん》貴族令嬢となり、あるときから社交の場への参加も余儀《よぎ》なくされた。

しかし新参貴族なうえ、天才魔法使いとしてすでに有名だったために、いろんな意味で圧倒的《あっとうてき》なアウェー感があり、社交の場はどうにも居心地《いごこち》が悪かった。

しかしエーリカと出会ってから、そんな社交の場も苦痛ではなくなった。彼女という友人ができたからだ。

彼女は魔力こそあまり強くはないが、頭の回転が速く、判断力と行動力に優れた女性でもあって、話しているととても刺激的《しげきてき》だった。

また、彼女が男嫌いなところもよかった。私も当時は男性にそうした興味がまるでなかったので、他の年頃の令嬢たちが飽きもせずに延々としているそういう話をしなくていいのは、非常に気楽だった（ちなみにアマーリエは人の恋バナが大好物である）。

しかしそんなエーリカが――ことあろうに、あの「お喋りクラウス」と結婚したのか！

いや、アマーリエとしてはディートリッヒ伯爵夫人が彼女なのは知っていたが、記憶を取り戻してからそのことを一度も考えなかったので、今までそれが意味することを理解していなかった……。

ふと、エーリカと目が合った。美しき伯爵夫人となった今の彼女の中に若き日の彼女の面影《おもかげ》を確かに見つけ微笑《ほほえ》むと、彼女が私のほうへ近づいてきた。

「アマーリエ、お久しぶりですね。貴女のお母様とはつい先日も一緒にお茶をいただいて、貴女の社交界デビューのお話をしましたのよ。でもまさか、貴女がグリュンシュタイン魔法騎士団長様をパートナーに参加になるとは思わなかったから、とても驚きました。お二人とも、とてもお似合いですわ。今度、お母様とまたお茶にいらしてね」

彼女は優しく上品に微笑む。だがこれは、あくまでお茶飲み友達の娘に対しての笑顔だ。

「ありがとうございます。是非また母と伺《うかが》わせていただきますわ――ディートリッヒ伯爵夫人」

——ナターリエの記憶を取り戻してから、こうしてかつての友人と会うのは、かなり寂《さび》しいものだ。私は彼女のことをよく知っているのに、彼女は私が誰か、決してわからないのだから。

「アマーリエ！　もう！　いったいどういうことか説明しなさいよ！」

聴《き》き慣れた声がしたかと思うと、後ろから思いっきり小突《こづ》かれた。

「シエナ！　もう！　痛いじゃない！」

私は笑いながら振り返る。彼女はシエナ・リリエンタール。私、つまりアマーリエの親友だ。

「最近全然遊んでくれないと思ったら、いったいなにがどうなってるのよ!?　いつのまに貴女、あのグリュンシュタイン魔法騎士団長様と……！」

「それが——ちょっと話せば長い話で……」

彼女はリリエンタール侯爵《こうしやく》令嬢。彼女とは、幼い頃からずっと一緒だった。少しおてんばだが、とても心の優しい子だ。

「あとで絶対ちゃんと説明してよね！　今は……兄さんが心配だから、すぐ戻るけど！」

「お兄様、どうかなさったの？」

「これだもん……兄さん、本当にかわいそう」

「？　……とにかく、ルートヴィヒ様もいらしてるなら、よろしく伝えてね」

「……はーい」

——よくわからないが、シエナは嵐のようにやってきて、そのまま去っていった。だが、今の私の状況について説明しろ、と言われてもなあ。私のほうが教えてほしいくらいなのに……。

彼女の兄であるルートヴィヒ様は妹思いの優しいお兄さんで、リリエンタール侯爵家の次期当主となる方だ。たしかもう二十二歳になるはずだ。今は王立研究員として、王宮にある王立研究所で植物学を研究している。

二人の父であるグスタフ・リリエンタール侯爵はとても厳格《げんかく》な方だ。どうしてあの人からおてんばなシエナと穏やかなルートヴィヒ様が育ったのかわからない。門限《もんげん》などにも大変厳しくて、おてんばシエナはよくそれを破って、こっぴどく叱《しか》られていた。

リリエンタール侯爵は王立研究所の名誉《めいよ》所長であり、私がナターリエの頃にも何度かお会いしているのだが、非常に無口な方なので、話した内容は特に記憶に残っていない……。

そこへ、現魔法大臣が近寄ってきた。魔法騎士団長であるオズワルド様に、わざわざ挨拶に来たようだ。

「グリュンシュタイン魔法騎士団長！　いやはやまさか君がローゼンハイム公爵令嬢のパートナーとして舞踏会に参加されるとは、夢にも思わなかった！　そもそも君が舞踏会に参加すること自体、滅多《めった》にないことじゃないか！　ローゼンハイム公爵令嬢、お噂はかねがね伺っておりますが、直接お目にかかるのは初めてですな。お父様とはときどき王宮でお会いしますよ。自慢の娘だと、いつも仰《おつしや》っています。しかし直接お会いして、お父様が貴女を自慢されるのもよくわかりました」

もちろんこの人とも、ナターリエは全然初対面ではない。むしろ、旧知《きゆうち》の仲である。彼の名は、ゴットフリート・リルケ。私が魔法大臣だった頃に、副大臣だった。陽気な性格で、少し変わり者ではあるが、年下の女である私の下でもいやな顔ひとつせずによく働いてくれた。非常に信頼できる男だ。

ちなみに魔法騎士団は王家直属の騎士団のため、魔法省に属するわけではない。しかしそれぞれ魔法を扱う重要な組織であるから交流も多いのだ。

魔法大臣が去った後、今度は若い青年が明るい笑顔でやってきた。

「兄上！　酷《ひど》いですよ、どうしてなにも教えてくれなかったのです！」

「すまなかった、しかし、秘密の方がおもしろいじゃないか」

オズワルド様が楽しそうに笑う。兄上――ということは、オズワルド様の弟さんなのか。確かに同じ黒髪だし、雰囲気《ふんいき》もどことなく似ている。

「アマーリエ、紹介が遅れてしまったが、私の弟のエーミールだ。まだ若いがとても優秀な魔法使いで、いずれこいつも魔法騎士団に入団する予定だ」

「エーミール・グリュンシュタインです。こうしてお話しするのははじめてですが、高等部で何度もお見かけしているんですよ。私は貴女より二つ上ですが、貴女は学校でとても有名でしたからね」

「……そうなのか？」

「ええ、それはもう！　『ローゼンハイムの公爵令嬢、決して届かぬ高嶺《たかね》の薔薇《ばら》』って、兄上はご存じないですか？　我々の世代では彼女を知らない人はいないですよ。こんなにお美しい方ですから！　だが、学内で人気のある男たち何人に言い寄られても、貴女は見向きもされなかった。――もしかして、あの頃からすでに兄上と？」

「……言い寄られてたのか？」

「えっ！　ええ、まあ、そんなことも……」

「私の周りでも貴女が初恋って人はいっぱいいましたからね。でも、相手が兄上では、確かに誰も敵《かな》わないでしょう」

「……」

「とにかく私は嬉しいです！　だって、いずれは姉上になるかもしれないわけですからね！　年は私の方が上ですが」

ちょっ……!!　なんてことを言うんだ、この弟君は！　もう駄目だ、めちゃくちゃ顔が熱い。今、絶対真っ赤になってる……。

と、オズワルド様が急にまた私の腰に手を回され、ぐっと自分のほうに引き寄せた。いやいや、もっと赤くなっちゃうでしょうが!!

「……オズワルド様？」

「アマーリエ、今後はもし誰かが君に言い寄ってきたら、必ず私に言うんだよ」

「えっ？」

「あの――兄上、なんか顔が怖いですよ？」

ここで、大きなファンファーレが鳴った。エドワード国王陛下《へいか》とリタ王妃殿下《おうひでんか》の入場である。

――国王陛下と王妃殿下がいらっしゃる。急に、鼓動が速くなるのを感じる。

いろんな記憶がより鮮明《せんめい》にフラッシュバックする。ナターリエ・プリングスハイムとしてお二人にお仕《つか》えした日々が、昨日のことのようにはっきりと思い出される。

アマーリエとしては国家行事で何度も遠くから拝見していたので今日も問題ないと思っていたが……駄目かもしれない。ナターリエの記憶が戻った今――感情を抑え切れるかわからない。

しかし急に逃げ出すわけにもいかず、オズワルド様の隣に立ち尽くしたまま、私はどうすることもできなかった。

国王陛下――。あの頃よりもずいぶんお年を召している。当然だ、あれから十七年が経《た》ったのだ。金色だった髪はすっかり白くなられ、刻まれた皺《しわ》の深さが賢者《けんじゃ》のような雰囲気を醸《かも》し出している。しかし変わらぬ、王者の絶対的風格《ふうかく》――。

駄目だ、涙が込み上げてくる。

「アマーリエ？　どうしたの？」

オズワルド様が小さな声で私に尋《たず》ねる。今も腰にしっかりと手を回されているせいだろう、私の身体《からだ》が異様に硬直《こうちょく》していることに気づかれたのだ。

「……大丈夫？　体調がよくないなら無理しないで――」

そう言うと、彼はそっと私を後ろから抱きしめた。

ふわりとオズワルド様の匂いに包まれ、安心する――。

――!?　いやいやいや、駄目だ、これは駄目だ！　人目《ひとめ》がある!!

「オズワルド様……！　他の方々に――！」

「大丈夫だよ、今はみんな国王夫妻のことしか見ていないから」

「で……でも！　あの、もう大丈夫ですから！」

しかし、彼は離してくれない。

「駄目だよ、一瞬顔から血の気《け》が引いていた。しばらくこうしていたほうがいい。しっかり支えているから、もたれかかっても大丈夫だ」

「ですが、国王ご夫妻の面前《めんぜん》で……！」

「――あんまり喋ってると、逆に目立ってしまうかもしれないけどね」

「……！」

――だが、確かに助かったかもしれない。もう少しで涙が溢《あふ》れ出してしまうところだった。そうしたらお化粧《けしょう》が落ちて、泣いたのがすぐバレてしまったはず。

幸《さいわ》い、周囲は本当に気づかなかったようだ。後ろからそっと抱きしめる形だったから、そんなに目立たなかったのだろう。

まあ、オズワルド様のすぐ隣にいたエーミール様にはがっつり気づかれましたけどね！　イチャイチャバカップルかっ！　って顔をされた気が――いや、これにもいろんな深い事情があるのだ、弟くん……。

国王陛下のお言葉が終わり、いよいよこれからダンスが始まる。かなりヒヤヒヤもしたけれど、オズワルド様のハグのおかげで気持ちはすっかり落ち着いた。

ダンスは、得意なほうだ。貴族令嬢として必要なことは全て一流の先生から学ぶことができたし、とくにダンスはリズム感がいいと先生に誉めていただいた。

とはいえ……こんなに注目されて踊るのは初めてだから、めちゃくちゃ緊張する！　頼むから、もう今夜は私たちのことは忘れてくれ！

それにしても、オズワルド様は本当になんでもできるんだな……舞踏会に参加しても誰とも踊らないというから、てっきり踊るのは好きではないのかと思ったのに。

彼のダンスが上手《うま》すぎて、一緒に踊る私まですごく上手くなったように感じてしまう。軽やかで、とても自然に踊れるのだ。彼のリードが完璧だということだ。

他の参加者たちも彼の見事なダンスにすっかり驚いており、何度も感嘆《かんたん》の声があがる。

——そもそも、タキシードのオズワルド様というだけで異常《いじょう》な破壊力なのだ。そんな彼の優美なダンス姿に、多くの若い女性陣は踊るのも忘れてずっと目が釘《くぎ》付《づ》けになっている。

とはいえ、一曲、二曲と踊るうちに、私も周囲の目はさほど気にならなくなった。決して見られなくなったというわけではない。無視できるようになったのだ。うん、慣れってすごい。

それよりも——純粋に彼とのダンスが楽しかった。手を取り合い、お互いの目を見て、時々言葉を交わしながら、ただ二人で踊り続ける。

世界に二人だけになったような、幸せな気分になる。疲れも感じず、休むことなく踊り続けた。

そのうち、曲がスローテンポのものになった。私たちは互いの身を寄せ合い、そっと揺れるように踊る。

「——アマーリエ、君と踊るのはすごく楽しい。ずっとこのまま、君と踊っていたい」

彼が耳元で優しくささやく。

「私も……とても楽しいですわ。オズワルド様は、ダンスもお上手《じょうず》なのですね」

「君もとても上手だ。君の踊りにみんな魅了《みりょう》されているよ。まるで踊りの精《せい》みたいだ」

「あら、それはオズワルド様のほうですわ」

「……君が美しく踊る姿を他の奴《やつ》らに見られるのは、なんだか癪《しゃく》だけど」

「えっ？」

「——なんでもない」

彼は少し顔を赤くした。そして少し伏《ふ》し目《め》がちになったとき、最初にオズワルド様と会った日に、誰かに似ていると思ったあの感覚を思い出した。結局それが誰だったのか思い出せない。それとも、幼い頃の彼とどこかで会っていたのだろうか。

と、彼が急に私の目を真顔でじっと見つめる。ダンスの時とは明らかに違う鼓動が高鳴る。全ての音が遠くなる。

あ、この感覚——駄目だ、理性が飛ぶやつだ！　もう何度も経験したからわかる！

私は急いで顔を逸《そ》らす。しかし——無駄だった。彼は私の顎《あご》をくいっと優しく引くとまたこちらに向け、私にちゅっとキスをした。

……オズワルド様っ……!?

一度彼にキスされてしまうと、もう駄目だった。ほんの少しも抵抗《ていこう》できないのだ。最初は軽く、そっとだったが、二度目はしっかりと口づけられて——もちろん、すぐ周囲にバレた。

「兄上!?」

エーミール様の声に我に返ったときには、私たち二人にがっつり視線が集まっていた。

……終わった。やってしまった。だから顔を逸らしたのに！　こうなりそうな危険を予知して、必死で逸らしたのに！　オズワルド様、顎クイなんて反則です——!!

タイミングを見計らったように演奏が終わり、会場から喝采が起こった。それもただの喝采ではなく、会場が大きく揺れ、割れんばかりの大喝采が——。

最悪なのは、がっつり国王ご夫妻にも見られていたことだ。こちらをご覧《らん》になって、目をまん丸くしてた……。

そして……恐ろしいのはこの、オズワルド様だ。あのお二人にキスシーンを目撃《もくげき》されたなど、ナターリエなら死んでる。

なぜか満足げに微笑んでいる。私がこの状況にめちゃくちゃ焦《あせ》っているのに、
いや、こんな大勢にキスシーンを目撃されたんですよ!?　それなのにどうして全くダメージを受けていらっしゃらない!?　なぜそう堂々としていられる!?　なんだこの人、鋼《はがね》メンタルか!?

人前でのキスなど、結婚式のときに一度だけだって思ってたのに……。それさえ恥ずかしいって思ってたのに——っ！

そんな舞踏会も、やっと終わる。……急にどっと疲れが出た。原因がダンスそのものではなく、最後のあれのせいなのは間違いない。

「アマーリエ！」

参加者同士で別れの挨拶をするなか、シエナの声が私を呼んだ。

「ちょっと……！　こっちに来て！」

……今は誰とも話したくないのに。

「今日は——もう完全に貴女たち二人のための会だったわね」

「今ちょっと落ち込んでるから、そっとしておいて……」

「ねえ、オズワルド様って、めちゃくちゃ独占欲強いのね。意外……」

「へっ？」

「——まさかとは思うけど、わかってないの？　最初の入場の時だって、最後のキスだって全部、『アマーリエは自分のものだから近づくな！』って、他の男たちに言ってるようなものじゃない。牽制《けんせい》よ、牽制！」

「ええっ!?」

「貴女がそんなだから、私の兄さんは報《むく》われないのよ……」

「まだ具合がよろしくないの？」

「さっきので無事悪化したと思うわ……」

その後はオズワルド様に屋敷《やしき》まで送っていただき、最後にまた不意打《ふいう》ちで軽くキスされた。

……オズワルド様って、キス魔なのだろうか。まあ、嬉しくないといったら嘘《うそ》になるけど——。

それにしても、今日は今日でまたいろいろあり過ぎた。

オズワルド様関連は思い出すだけで恥ずかしいので今は考えないにしても……国王ご夫妻との再

会には、予想以上に動揺《どうよう》してしまった。まさか自分が、あれほど感情を抑えられなくなるとは。

そして、やはり王太子《おうたいし》殿下はいらっしゃらなかった。わかってはいたけれど、ほんの一瞬でもご参加されないだろうかと、実は少しだけ期待していたのだが。

あと、「ディートリッヒ伯爵夫人」との再会も、なかなか衝撃的だった。すっかり貴婦人になってしまった彼女は、確かにエーリカであったが、しかし全くの別人のようにも感じられた。

十七年——。あの頃と同じ時間が今に繋がっているはずなのに、パラレルワールドにでもいるみたいな感覚になる。

しかし思えば、殺されていなければ私も四十二歳になっていたのか。

結婚は……まあ、一生しなかっただろうが、それでも王太子殿下が立派な大人に成長されるのをお側で見守りながら、今もきっと、この国の為に意気揚々《いきようよう》と働いていたのだろう。

その人生は——非常に充実したものになったはずだ。日々、人々のために働き、立派な国王陛下、王妃殿下と、素晴らしい王太子殿下のもとで、心から誇《ほこ》らしく、自らの職務《しょくむ》を全《まっと》うしていたに違いないのだから。

でもそうしたら——オズワルド様とのこの関係は決してあり得なかったのだと、ふと思う。

他愛《たわい》もないことで一緒に笑い合ったり、優しく抱きしめられたり、あんなふうに甘いキスをされたり——。ナターリエとして生きていたら、そんな幸せな感覚は一生知ることがなかったのかも。

そう思ったら、胸がきゅっと詰まった。

——もちろん、殺されてよかったなんてことは絶対にない。王太子殿下のこと、国王陛下のこと、死んだ母のことを思うと、私の心は犯人への怒りに燃える。

だけど……アマーリエとして「転生」できたこと、それ自体は本当にありがたく思うのだ。

例の魔法使いがいったいどんな理由で私を転生させたのかは、まだわからない。

でもその人が少なくとも私を殺した犯人でないなら——転生させてくれて、本当にありがとうと伝えたい。あのまま死んでいたら、私がこんな経験をすることは決してなかったのだから。

アマーリエとして新たに生を受けたことで、今度は神童《しんどう》などでもなく、ごく普通の女の子として生きられた。だからこそオズワルド様と出会い、こんなに素敵な恋をすることもできた。

謎《なぞ》の魔法使いと接触すれば、アマーリエの平穏《へいおん》な日常はもしかすると失われるかもしれない。

そうでなくても——この幸せなときがどれくらい続くかはわからないけれど……この十六年間と、彼と出会ってからの日々は、私にとってすでにかけがえのないものだ。

そうだ……アマーリエとして転生したことで初めて知った喜びが、確かにたくさんある。たとえ前世がどうであれ、また誰であれ——そのことを否定する必要はないのかもしれない。

いろいろありすぎた一日だったが、記憶を取り戻してから初めて、とても深く眠ることができた。


舞踏会の翌日以降、私とオズワルド様は完全に時の人となってしまった。

例のオズワルド・グリュンシュタインの「熱愛報道」のお相手がアマーリエ・ローゼンハイムであったこと、入場の際に彼が明らかに「恋人宣言」と取れる行動を取ったこと、そして、ダンスの最後に人目も憚《はばか》らず熱いキスをしたことが、瞬《また》く間に知れ渡ってしまった。

ちなみにあの場には両親も遅れて参加していたわけだが、これまたいろいろ察《さっ》していただいた挙句、母に「熱《ほと》りが冷めるまではできるだけ家にいたほうがいいわね」と言われただけだった。

なんだろう——これは本当に自分の人生に起きていることなのだろうか。たった数日で人の人生とは、かくも変わってしまうのか……？

それにしても、自宅待機か。まあ、どうせ今日から自分の墓に行く日まではおとなしく調べ物でもしようと思っていたので、別にいいのだが。

しかし困ったのは——魔力を持たない（と思われている）ローゼンハイム家の屋敷には、見事なまでに魔法書がないということだ。

図書館で読もうにも自宅待機だし、こっそり抜け出しても肝心の魔法書庫には入れない。勝手に入ればオズワルド様にバレるし、かといって昨日あんなことがあったばかりでオズワルド様に魔法書庫から本を借りてきてほしいなど、とてもお願いできない。

本当なら、リースリング先生のところに行ければ一番なのだ。あそこなら魔法書も山ほどある。

だが、外出できないとなると——。

あっ！

何を私は真面目《まじめ》に家に閉じこもろうとしていたんだ！　これまでのアマーリエではないのに!!

——魔法が使える。

移動魔法を使えば、余裕でバレずにリースリング先生のところに行ける！

十六年間アマーリエとして生きた日々が、私をずいぶんおとなしいお嬢さんにしてしまったものだ。かつてはいたずらでどんな罰《ばつ》を受けても、魔法を使ってすぐ逃げ出していたのに！

ということで、早速実行に移した。ローラには「今日は体調が悪いから寝ておく、ゆっくり休みたいから部屋には入らないでね」と伝えた。心配はされたが、昨日の今日だから――まあ、そっとしておいてくれるはず。大丈夫だろう。

「集中」……そして「統一《とういつ》」。よし！

「移動《テレポルタテイオ》」

目を開けると、リースリング先生のお宅のすぐ側《そば》にある、魔法の泉に着いていた。

よし、大成功！

――のはずだった。

「きゃあ！　……あ……アマーリエ!?」

なっ……？

声のするほうを見ると……そこにはなんと、エーリカが立っていた。

「エー……ディートリッヒ伯爵夫人！」

――最悪だ、見られた。

「貴女……！　今、魔法を――魔法を使ったの!?」

「あっ……あの――！」

「なんだ、説明する手間が省《はぶ》けたな」

振り返ると、そこにはリースリング先生がいた。

「先生……！　あ、あの――！」

「アマーリエ、安心なさい。彼女には、自分から話してやるといい。彼女は……君のために、今も闘《たたか》っているのだから」

――！

「今日も、その件で彼女が報告に来てくれたのだ。彼女のことは――本当は、すぐに伝えるつもりだったんだが、あのときはオズワルドもおったからな……」

「リースリング博士、いったいなんのお話をなさっているのです!?　それにっ……ローゼンハイム家の彼女が、どうして魔法を使えるんです!?」

……事情はわからないが、リースリング先生が言うなら、きっと大丈夫だ――。私は意を決した。

「――貴女がクラウス・ディートリッヒと結婚する未来なんて想像もしなかったわ、エーリカ」

「……アマーリエ？」

「『お喋りクラウスに貸してやる本はない』って、まだ学生の彼に学術書一冊貸してあげなかったのに」

「貴女が……どうしてそれを――」

「十七年前――私は貴女との約束をすっぽかした。貴女の、お誕生日だったのに。一緒に祝う約束をしていたのに……私はその日、死んだから。あのときは本当にごめんね、エーリカ。贈り物の代わりに、私の悲しい報《しら》せを聞かせたりして」

「あっ……ナターリエ……！」

エーリカは手に持っていた本を地面に落とした。私たちは互いに駆《か》け寄ると、固く抱き合った。

「ナターリエ、貴女なのね！　でも……！　でもいったい、どういうことなの⁉　どうしてアマーリエ・ローゼンハイムの姿を――！」

「……転生したの、アマーリエ・ローゼンハイムに。でも――ずっと忘れていた。前世で、自分が誰だったのか。思い出したのは、つい四日前なの」

「転生ですって⁉　では、『転生魔法』を使ったの⁉　どうやって⁉」

「私じゃないわ。……誰かが、私を転生させた。そして何故《なぜ》か、転生前の私の記憶を封印《ふういん》していたらしいの。四日前に謎の人物が現れて、私の記憶の封印を解《と》いた。でも、それが誰だかわからない。いずれにしても、私は転生して、貴女に再び会えた――！」

「ナターリエ……！　奇跡だわ！　ああ、ナターリエ！　私の心の友！」

涙が止まらなかった。昨夜彼女と会ったときは、ものすごく大きな隔《へだ》たりを感じた。それは時の隔たりかと思ったが、心の隔たりに過ぎなかった。私たちの外見は大きく変わってしまったし、年の差もできてしまったけれど、もはや私たちを隔てるものはなかった。

それから、私たちはリースリング先生の家に移動した。積《つ》もる話があるのだ。

「エーリカ、貴女が今も私のために闘っているって、いったいどういうことなの？」

「そのことについては、わしから話そう。ナターリエ、お前が殺されたあと、この国で粛清《しゅくせい》があったことは知っているな？」

「存じております」

「そして表向きには、その主犯格《しゅはんかく》であるクリーク元国防大臣は処刑《しょけい》されたことになっている」

「……表向きには、ですか？　つまり――」

「あいつは、自白《じはく》しようとしていた。自分はある男に唆《そそのか》されたのだと。しかし奴は、その名を口にする前に――呪《のろ》いによって、殺されたのだ。奴の直属《ちょくぞく》の手下たちも、同様だった」

「――つまり真の黒幕はまだ捕まっていない、ということですか？」

「そういうことだ。この事実は上級魔法使いの一部、つまり、例の魔法書庫に入れる者たちあたりはみんな知っておる」

「……では、オズワルド様もご存じなのね」

――と、ここでちょっと微妙《びみょう》な空気になった。あ、あれか、昨日のあれのせいか……？

「ナターリエ……いえ、今はアマーリエと呼ぶほうがいいかしら。貴女、いつのまにグリュンシュタイン魔法騎士団長とあんな仲に!?」

「あ……」

「お前たち、確か四日前に知り合ったばかりだろう？　しかしさっき、エーリカから聞いたぞ!?　昨日の舞踏会でお前たちはなにやらすごいことを……！」

一瞬で、自分の顔がめちゃくちゃ赤くなったのがわかる。

「その件は――ちょっとあとでもよろしいですか……」

と、こともあろうにこのタイミングで、オズワルド様が勢いよく部屋に飛び込んできた。なぜ、今っ……!?

「アマーリエ！　来ているんだろう!?」

こうして彼は、私とリースリング先生の隣に何故かディートリッヒ伯爵夫人が座っているという謎の場面に遭遇《そうぐう》してしまった。

「あっ……ディートリッヒ伯爵夫人!?　いらっしゃるとは知らず！　大変、失礼いたしました！」

彼は慌《あわ》てて家の外へと出て行った。

「あの……ちょっと失礼します」

私は彼を追って、外へ出た。

「あっ——アマーリエ、すまなかった！　まさか伯爵夫人がお越しとは知らず……！　君の魔法の発動を感知して、君がここに来たのがわかったから——」

なにっ!?　あれを感知した？　……オズワルド様がチートキャラなのはわかっている。しかし、今回はどうやって感知したんだ？　前回のような強力な魔法は使用していないのに。

「私が先程使った『移動《テレポルタティオ》』はそんなに大きな魔力を使用しませんが、今回はどうしてその発動がわかったのですか？」

彼は私にどうしてと聞かれて、はじめてその理由を考えているようだった。最初から当たり前のようにできてしまうと、その理由をわざわざ考えないのだろうな。しかし、大変興味深いことだ。昔の研究者としての血が——騒ぐ！

「そうだな……これまで考えたことはなかったが、魔力はたとえ使用量が小さくても、その魔力そのものになにか強さのようなものを感じるというか……」

「確かに魔力は人それぞれ、大きさも質も適性もさまざまですから、魔法として発動される前にもそれ自体になんらかの特性がありますね。しかし、それは特別な装置でのみ、感知および分析可能であるかと思います。貴方は他者の魔法発動時にそれを無意識に感知・分析できるというのですか？」

「確かに、私の魔法感知能力は発動した魔法の大きさや種類だけでなく、その魔法発動者の潜在《せんざい》魔力をある程度感知できている。それによって、その魔法使いのレベルもある程度感知できるんだ。これは魔法騎士団員として特に有利な能力のひとつだ。強い敵が弱いふりをして近づいてきたときにやられずに済むからね。特に、君の魔力は最高位の王家に次ぐレベルだから、君が魔法を使えば、たとえ簡単な魔法でも難なく私には感知できる。まあ、そうでなくても『移動《テレポルタティオ》』みたいな移動を伴《ともな》うものは、魔法の一部が短時間そこに残ったままになるから、一層わかりやすいけど」

「『ヴェングラーの理論』ですね。確かに移動系魔法では、魔法の一時的残留《ざんりゅう》時間が他のものよりは長くなる。出発地点と到着地点には最大五分程度は残るはず。だからといって、すぐ近くで発動した魔法ならともかく、貴方は王宮にいらしたんでしょうから、そんな場所から感知できるとは俄《にわ》かには信じ難《がた》い――」

「アマーリエ、本当に君、最近になって自分の魔力の存在に気づいたの？　なんていうか……学者先生みたいだ」

しまった。つい、かつての職業病が……。

「――ところで、今日は魔法騎士団の訓練はないのですか？」

「ああ、今日は訓練はない。他の仕事はあるが――大した要件じゃないからね。許可をとってから出てきた」

「わざわざ許可をとってまで、何か私に御用があったのですか？」

と、ここで急にオズワルド様に抱きしめられた。

「えっ……!? オ、オズワルド様、突然どうなさったのです!?」

「ひどいな。私はずっとアマーリエに会いたくて仕方がなかったのに、君は違った？」

身体が、一気に熱くなる。

「で……ですが、昨夜お会いしてからまだ、半日程度しか経ってないではないですか……」

「昨日は――みんなに止められたせいで、たった二回しかキスできなかったからね」

「お帰りになる前も一度なさいましたよ……」

「あんなの、ものの数に入らないよ」

「そんな――」

「昨日のことがあるから、君の家にはさすがにすぐ行きにくいし、今日はどうやって君に会おうかと思っていたんだが、まさか君から外に出てきてくれるとは！　それで今しかないと思って、急いで会いに来たんだ」

頬が燃えるように熱くなるのがわかる。この方は、どうしてこんなに私を動揺させるのだろう。こんなことを好きな人に言われて、嬉しくないわけがないのに。

「アマーリエ、もう一度だけ、抱きしめさせてくれないか？」

「えっ！」

「一度、抱きしめるだけ。そしたら今日はちゃんと帰るから。ディートリッヒ伯爵夫人が来ているなら、残念ながら長居もできそうにないしね」

——オズワルド様って、実は相当な甘えん坊なのか？　まあ、そんな彼も可愛くて好きだけど。

それに、彼に抱きしめられるのは、私もすごく好きだ。お父様やお母様から抱きしめられるときのような安心感もあるが、それだけではない。なんていうか……もっと絶対的な安心感に包まれる。

こんなことを言うとすごく変かもしれないが、彼と抱き合っているときにはじめて私という存在が完成するような感覚だ。彼と離れていると、自分の身体の半分が、どこかに行ってしまっているような感じで、すごく寂しい。彼に会いたい、抱きしめられたいと、心のどこかでずっと思ってしまう。——もしかしたら、オズワルド様も同じように感じてくださっているのだろうか。

……うわあ、重症《じゅうしょう》だなこれは。いや私ってば本当に、いったいどうしちゃったんだ!?　いくら恋をしたからって、ここまで恋愛脳になるっておかしいだろう！　ナターリエならもっと冷静かつ理性的でいられると思っていたのに!!　だが一番の問題は、そんな現状を嫌だとは思っていないどころか、大きな幸せすら感じてしまっていることだろうな……。

と、ここでふと思う。昨日あんなこともあったし、今日だってこんなふうに彼は私に会いに来てくれた。でも、私たちの関係って、いったい何なんだ？　社交界デビューでのパートナーとしての役割が終わった今、私たちの関係は、どう変わるのだろうか。

もしこれからもこうして彼と会うことになるのなら、今はっきりさせておく必要があるだろう。

私たちの……これからの関係を。

「では……抱きしめていただく前に、ひとつだけお答えいただいてもよろしいですか」

「ああ、なんなりと！」

「私たちって今、いったいどういう関係なのでしょう？」

彼はとても嬉しそうに微笑むと、私を優しく抱き寄せてから、耳元で甘くささやいた。

「舞踏会で私が君の『パートナー』だったの、忘れたの？　みんなもう知ってるよ、私たちが――『恋人同士』だって。私は、君の恋人だ。そして君は、私の恋人」

――「私の恋人」。

そうして彼は、そのまま私に口づけた。とても優しい……でも、とっても甘いキス。

嘘つき。抱きしめるだけって言ったくせに。

「あー、ゴホン！　お取り込み中のところ悪いが、話の続きがしたいのだが」

あ……またやってしまった。

振り返ると、呆《あき》れ顔のリースリング先生と、私たちから視線を逸らしたまま赤面《せきめん》するエーリカが立っていた。


さて、これはなんの拷問《ごうもん》でしょう？

私たち――つまり私とオズワルド様は、リースリング先生とエーリカと共にひとつのテーブルを囲んでいる。かれこれ五分以上……沈黙《ちんもく》したまま。

確かに、今回は完全に私が悪い。話の最中《さいちゅう》にちょっと失礼、と出て行って、なかなか戻らないと思ったらあんなこと……。

なぜオズワルド様といるといつもこうなってしまうんだろう。私は流されやす過ぎるのだろうか。でも、これまでは絶対そんなことなかったのに。

オズワルド様に見つめられると、本当に駄目なのだ。頭が正常に働かなくなって、おかしくなる。なにか、抗《あらが》えない力が働くのだ。こんな説明、二人にできるはずないが。

その沈黙は、突如《とつじょ》として破られた。

「あの……昨夜は素敵な夜でしたわね。お二人のダンスにすっかり見惚《みと》れてしまいましたよ。でもまさか、グリュンシュタイン魔法騎士団長様の噂のお相手がアマーリエだとは、想像もしませんでしたが。主人のクラウスもたいそう驚いていたのですよ。例の噂が出てすぐに貴方が『運命の人』に出会ったと話していたが、それがローゼンハイム嬢のことだったとは、と」

オズワルド様の頬が、ぱっと染まった。――昨日みたいなことを人前で堂々とするくせに、こういうことには照れるんだな……。

それにしてもオズワルド様、私のことを「運命の人」なんて――。正直……すごく嬉しい。

と、ここで絶賛赤面中のオズワルド様が急いで話題を変えた。

「先程は大変失礼いたしました！　まさか伯爵夫人までいらっしゃるとは思わず……。しかし、いったい今日はどういったお集まりなのでしょうか」

するとく、リースリング先生が少し考えてから言った。

「ディートリッヒ夫人は、アマーリエが魔力を持つことをお知りになったのだ、偶然にも。それで、今ちょうど、彼女に事情を説明しておった」

「そうでしたか……！」

「あら、ではやはり魔法騎士団長様も、アマーリエが魔力を持つことをご存じなのですね」

「はい。私も偶然知りました」

「ローゼンハイム家の令嬢である彼女が魔力を持つということは、大きな波紋《はもん》を呼ぶことになる。そのことは現在伯爵夫人であるとともに、かつて大学院で『貴族社会史』を研究していた貴女なら、誰よりもよくわかるはずだ」

「ええ、もちろんです」

「故《ゆえ》に、この件はここだけの秘密にしてもらいたいのだが、よいだろうか？」

「もちろんでございます、博士。この秘密、国王陛下に誓《ちか》って、必ず守ります」

「ありがとう、伯爵夫人。そして、アマーリエ。君は、魔法の使用にもう少し慎重《しんちょう》になりなさい。知られたのがこの二人だったからよかったものの――」

仰る通りです……。

「ところでお前たち、そもそもここには何しに来たんだ？　まさか逢引《あいびき》か？」

「なっ⁉　違います！　私はただ、ここで魔法書を読みたくて――！」

「なんだ、それなら私に言えばいいのに！　言っただろう、必要な魔法書があれば私が用意すると。あるいは……うちの屋敷に来ればいい。――そうだ、そのほうがいい！　うちには魔法書専用の大きな書庫もあるし。先生の本棚はいつもぐちゃぐちゃになっているから、必要な本を探し出すだけでひと苦労だ」

リースリング先生がため息をついた。

「なんだ、お前が彼女に会いたかっただけか！　オズワルド、お前は性急《せいきゅう》過ぎる！　あんまり彼女を追いかけ回すなよ。そんなにがつがつ来られては、アマーリエも困ってしまうだろう！」

「な……そんなつもりは――！　それにがつがつなど！　だいたい私は、いつも必死でキスまでに抑えて――！」

「オズワルド様!?」

「あっ……」

「わからんか、そういうところだ」

オズワルド様は机上に突っ伏してしまった。でも、キス以上ってつまり……！

ああもうっ！　こんなことを言われて嬉しいなんて、まるで私がそれ以上を期待しているみたいじゃない！　そんなんじゃないのに――！

リースリング先生はそんな風に私たちをからかいつつ、でもいつになく嬉しそうだ。

「ごほん！　だがまあ、グリュンシュタイン公爵邸の書庫は本当に素晴らしいぞ！　わしも何度か行ったことがあるが、本当によいものが揃っている。アマーリエ、君が以前、一度でも実物を手にしてみたいと言っていたあのトマス・クレーガーの『魔法理論大全』の初版本もあるぞ！」

なに、クレーガー博士の初版本!?

「そんな貴重なものが、博物館や資料館でもなく、個人の邸宅《ていたく》内にあるというのですか!?」

「それ以外にも、ものすごい本が山ほどあるぞ。お前があそこに行けば、放っておいたら何日でも居座って、そのまま住み着いてしまうんじゃないかと思うほどだ！」

「住み着く……」

オズワルド様はなぜかリースリング先生の言ったその言葉をぼそっと繰《く》り返《かえ》すと、そのまま深く考え込んでしまった。いや、いくら私でも、それで人様の家に勝手に住み着くような失礼な真似《まね》はしませんよ!? 先生め、変なこと言わないでくださいよね！ 彼に引かれちゃうじゃないか！

……とは言いつつ、そんなことを聞かされてしまっては、すぐにでもお邪魔《じゃま》したくなってしまうな。いや、もちろんそんな図々《ずうずう》しいお願いできるはずないのだが——ああでも……是非行ってみたい！

「そういえばここ十年ほどで魔法学界にもいくつかの大きな発展があってな？ その最たるものが、『クレーガー方程式《ほうていしき》』を拡張《かくちょう》させて、魔法のより効率的《こうりつてき》かつ大規模《だいきぼ》な効果の増幅《ぞうふく》を可能とした——」

「えっ、『クレーガー方程式』の拡張《かくちょう》ですか!? いったい、それはどんな——！」

思いっきり身を乗り出してしまった。ダメだ、魔法学が絡むと一瞬で熱くなってしまう。魔法学が絡んだときの私の異常性に慣れているリースリング先生とエーリカはこの反応を見ても懐かしそうに笑っているだけだが、隣にお座りのオズワルド様に引かれてないか心配になるな……。

——とはいえ、「クレーガー方程式」は、約二百年前にクレーガー博士によって導入《どうにゅう》されて以降、魔法学におけるさまざまな分野で広く用いられてきたもの。これを拡張させてより優れた方程式を導いたのであれば、それはものすごいことなのだ！

それがナターリエの死後十七年の間に成《な》し遂《と》げられたというのか……。これが事実なら、魔法学界に一大センセーションを巻き起こしたことだろう。

——ん？　そういえば、アマーリエとして転生したあとで私がリースリング先生の名をはじめて耳にしたのって……！

「あっ！　もしやそれが、リースリング先生の導入なさった『プリングスハイム方程式』ですか!?」

「ほほう、お前さんも知っておったか」

「やはり、そうなのですね！　魔法学の分野でなにかものすごい『方程式』が新たに導入されたことだけは、魔法学とは無縁《むえん》に生きていた当時の私の耳にも入って参りました。ですが、あの頃はまさか自分が魔力を持っているなどとは思いませんでしたから、詳細については全く存じ上げず！」

ああ、世間がヨハネス・リースリング博士の新しい『プリングスハイム方程式』の話で沸《わ》き立ち、関連書籍の需要増《じゅようぞう》により書店はもちろん普段それほど混んでいない王立中央図書館まで前代未聞に激混みしているのを見ても完全に他人事《ひとごと》で新刊の恋愛小説を読みに行ってたなんて、自分が自分で信じられない！

（……いやまあ、あの時読んだ新作のほうも、それはそれで面白かったわけですけれども）

「先生、『プリングスハイム方程式』とは、いったいどのようなものなのですか!?　それになぜ、『リースリング方程式』ではなく『プリングスハイム方程式』という名を……」

「いやなに、実はあの方程式はお前――ごほん。ナタ－リエの生前、わしが彼女と雑談的に話したことがきっかけとなって、導くことができたものなのだよ」

先生曰く、従来《じゅうらい》の方程式だと式の中に発動者の魔力量に対する発動までの時間や熱量などを全く考慮《こうりょ》に入れていなかったことが問題だったのだという。それにより、使用する魔力量が多くなればなるほどに誤差《ごさ》が生じ、結果として従来の方程式を用いると多くの無駄な魔法エネルギーの消耗《しょうもう》が起こることに繋がっていた、というわけだ。

リースリング先生は私、つまりナタ－リエとの会話のなかでその事実に気づき、それを方程式に新たに組み込むことを思いついたとのこと。

「ですが、魔力の発動時間や熱量の測定など、いったいどうやって仮定したのです？」

「そのあたりは全て、オズワルドの功績だ」

「えっ、オズワルド様が!?」

「こいつは魔力量も異常だが、頭脳のほうでもずば抜けておってな？　わしがこいつに助言を求めたところ、わしでは到底思いもよらなかった方法を思いつきよってなあ！　おかげで、この方程式を導き出すことができたというわけだ」

オズワルド様が思いついたというその方法を私に説明してくださるリースリング先生は、息子《むすこ》を自慢するお父さんみたいなとても嬉しそうな表情で……そんな先生の姿を見るのは初めてだから、なんだかほっこりした気持ちになってしまった。

それにしてもオズワルド様は、このように高度な魔法学的知識もお持ちなのか。いや、それだけじゃない。この仮定や式の立て方も、こうして今、私に補足的な説明をしてくださっているその話のわかりやすさからも、天才としか言いようがない、恐るべき頭脳をお持ちなのだとわかる。

魔力も最高、頭脳も最高、性格も、声も、そして容姿も……うん、最高。やはり、チートが過ぎるぞ、オズワルド様！

それにしてもだ！　先日の文学談義《だんぎ》の際にも感じたことだが、こうした内容について思いっきり深く語り合える相手というのは、本当に限られている。仮にいたとしても価値観《かちかん》のずれを感じたり、知識をひけらかすだけで満足してしまうような人たちも多く、本当の意味で知の探究《たんきゅう》を楽しもうという人に出会えることは、きわめて稀《まれ》なのである。

でもここにいるリースリング先生、エーリカ、そしてオズワルド様とは、それが自然とできてしまう。彼らは真《しん》に学問を追究しながら、対話によって互いを高め合うことの意義を知る人々なのだ。だからこそ、こうして四人で過ごす時間はとても心地よくて、充足感《じゅうそくかん》があって——私はいつまでもここで彼らと一緒に語り合っていたいという気持ちになった。

だが、楽しく充実した時間ほど、早く過ぎてしまうものである。

「ああ、すっかり長居をしてしまいました。さすがにそろそろ帰らなくては……」

オズワルド様が残念そうに言うが、私としてもものすごく残念だ。本当はもっと、ずっとご一緒していたかったのに……。

「アマーリエ、今後なにか魔法書が必要になったら、本当に遠慮《えんりょ》せず私に言ってくれ。そうだ、私に用事がある時は『伝心《テレパトス》』で呼べばいい。使えるね？　そうしたら、必ず行くから」

お忙しいのにそんなこと……でも彼の言葉が、優しさが、なんだか痛いほどに嬉しい。

「ありがとうございます」

「じゃあ、また遅くとも三日後に。屋敷に迎えに行く」

「あっ、でもまだ人目を避けたいので、直接ナターリエ・プリングスハイムの墓の前でもよろしいかしら」

「え、ナターリエの……？　では、魔法騎士団長様は、このこともご存じなの？」

「あ！　エ……ディートリッヒ伯爵夫人、違うんです！　その――、そこでちょっと二人で調べ物があって……」

「あら、そうなの」

「伯爵夫人、『このこと』とは、いったい何のことです？」

「ああ、ただの勘違《かんちが》いですわ。お気になさらず」

「そういえば伯爵夫人も、彼女ととても親しかったのですよね。本当に羨《うらや》ましい限りです。アマーリエ、それでは直接、墓の前で。リースリング先生、ディートリッヒ伯爵夫人、失礼いたします」

そのまま、彼は行ってしまった。ああ、やっぱり寂しい……。

「……それにしても彼、すごいわね。すっかり貴女にご執心《しゅうしん》じゃない！　副団長の妻という立場上、何度もお会いしているけれど、あんな方だとは全く思わなかったわ。すごくクールで、人を全く寄せ付けないタイプに見えたのに。あんな風にお笑いになるところだって私、初めて見たのよ」

クール、か。確かに私も噂でお聞きしていた頃にはそういうイメージがあったけど、実際に彼と出会ってからは一度もそういう印象は受けないから、すっかり忘れていた。

「そうそう、前にやはり主人と夜会《やかい》に参加したときにも魔法騎士団長様がいらしたけど、いつもの騎士団長の制服を着て無言で壁際《かべぎわ》にずっと立っていらっしゃるものだから、もしかして彼だけ別に護衛《ごえい》の特別任務でも受けているのではないかと思ったほどよ。お立場上参加せざるをえないというのはわかるんだけど、だとしてもあそこまでわかりやすく壁を作る方もなかなかいないから……」

――壁？

「壁って、オズワルド様が？」

「鉄壁《てっぺき》よ、鉄壁！　そもそも話しかけるなオーラ全開で、稀に話しかけられても、返事は最低限。愛想《あいそ》笑いのひとつもなさらないし、ダンスも知る限りこれまでただの一度も踊られなかったから、私も本当に彼は噂通りの女性嫌いなのだと思っていたわ。まあ、彼のその気持ちもわからないではないけれど。だって、そうでしょ？　あの若さであの地位と名声というだけでも恐ろしいのに、加えてあの容姿だもの。女性たちが放っておくわけないじゃない？　きっと、そういう女性たちからの猛アピールに辟易《へきえき》なさっていたんでしょうね」

まあでも、それはそうだろうな。噂でしか知らない私たちにとっても彼は憧《あこが》れのスーパースターだった。だが、リアルのオズワルド様の破壊力は噂を遥《はる》かに凌駕《りょうが》しているのだ。死ぬほどモテていたに違いない。……改めて、いったいなんという人に恋をしとるんだ、私は!?　そんな人と両想いって、何かの間違いではないだろうか……。

「だから昨日は本当に驚いたのよ⁉　彼ったら見たこともないような優しい笑顔でずっと貴女を見つめているんだもの！　ずっとぴったりと貴女に寄り添って、それにダンスでは、あんな大勢の前でキ――」

「エ、エーリカ！　その話はもう……！」

「でも、それを言うならナターリエ、貴女もよ！　さっきだって白昼堂々《はくちゅうどうどう》、なに外でいちゃついてるのよ⁉　昨日だって『あの高嶺の薔薇、アマーリエ・ローゼンハイムが！』って、本当に驚いていたのに、それがあの『超』がつくほど恋愛に疎《うと》いナターリエだったなんて、もっと驚きだわ！」

ええ、自分でも信じられません……。でも、エーリカは呆れ顔をしつつ、どこか嬉しそうだ。

「それにしてもすごい偶然、あるいは本当に運命なのかも。彼がナターリエ・プリングスハイムを敬愛しているのは、有名な話だもの。――天才は天才に惹《ひ》かれるのね」

「彼、やっぱりそうなの？」

「ああ。方程式の名も、実はあいつが『プリングスハイム方程式』で発表したいと言い出したのだ。もちろんわしもすぐそれに賛同《さんどう》したわけだが、あいつはナターリエのこととなると、熱意《ねつい》が違う。そもそも、あいつがわしに弟子《でし》入りして来たのも、わしがナターリエの師だからだ。――運命とは実に不思議なものだな」

「ねえ、愛するアマーリエが自分の最も尊敬する学者の生まれ変わりだと知ったら、彼、どんな顔をするかしらね？　……せっかくだから、教えてあげる？」

「絶対だめだからっ！」

ここでリースリング先生は突然、大真面目な顔をして言った。

「オズワルドは本来は理性的な男なんだが――どうもお前のことになるとブレーキが効かんらしい。また釘を刺しておくが、万が一にもあいつが……たとえば本気で襲《おそ》ってきたら逃げられんだろうから、二人きりのときは十分気をつけるんだぞ！　あいつは魔力も強いが、肉体もかなりの――」

「――っ！　リースリング先生！　彼はそんなことしませんっ！」

先生とエーリカは昔と全く同じように、いたずらっぽく笑っていた。十七年前に戻ったような、不思議な感覚だ。まあ、話している内容はずいぶん違うが……。

と、ここで気になっていたことを思い出した。

「でもそういうエーリカだって、何がどうなって『お喋りクラウス』と結婚したの？　しかも今や社交界でも有名なおしどり夫婦になってるだなんて！」

「それはっ……」

彼女は一瞬頬を染めたが、そのすぐあとで、少し悲しい顔をした。

「――そうね、それは貴女の死がきっかけかしら」

「えっ？」

「……貴女が殺された日――そう、私の誕生日だったあの日、貴女が時間になっても現れないのでおかしいと思ったの。貴女は絶対に時間を守るから。それで王宮に行ったら、もう大騒ぎになっていて。最初は何があったかわからなくて――貴女もこの何かの騒ぎのせいで急に帰れなくなっただけだと思った。でも違った。それを教えてくれたのが、父親から報せをすでに受けていたクラウスだったの」

……そうだったのか。

「彼は私が貴女と親しいのをよく知っていたから、大丈夫ですか、と彼のほうから声をかけてきてくれて。いったいどういう意味だろうと思ったら——彼が教えてくれたの。私はショックのあまりに涙も出ず、ただ恐ろしいほどの怒りの感情に囚《とら》われた。クラウスにも、全く関係ないのに当たり散らして、すぐに犯人を捕まえて殺してやるって、怒って叫んで——でも彼はそんな私をぎゅっと抱きしめてくれたの。何も言わずに。そしたら……その時はじめて涙が溢れた。そして彼の胸の中で子どもみたいに泣いたわ。あとで聞いたら、あの人はずっと私のことを好きだったらしいのよね、全然気づかなかったけど。でもあの日、彼の優しさと温かさに触れて——今まで持っていた彼への偏見《へんけん》がなくなったら、いつのまにか私も彼を好きになっていた。まあ、それだけの話よ」

私もつい先日、オズワルド様の胸の中で泣いた。そのとき、抑えきれない感情をただ優しく受け止めてもらえることのありがたさを痛感した。

彼女が私の死で受けたショックをクラウス様が受け止めてくれたのか。彼には感謝しなければならないな。

それと同時に、王太子殿下は今もあの事件のせいで苦しんでおいでなのかと思うと、胸が詰まる。どうにかして、殿下を現状から救い出す方法はないのだろうか。そもそも殿下は今、どのような状態でいらっしゃるのだろう？　それに、真の黒幕の話もまだ聞いていない。

「先程、『エーリカは今も私のために闘ってくれている』と先生は仰いましたが、それは今も彼女が私のためにその真の黒幕を探してくれているということでしょうか？」

すると、リースリング先生が神妙《しんみょう》な面持《おもも》ちで言った。

「その件で、聞きたいことがある。毒を盛られたとわかったとき、お前は魔法で解毒を行おうとしたができなかった、そうだな？　使ったのは、『解毒《デトキシフィカ》』か？」

「はい、左様《さよう》です。ですが、それが全く効かないので、毒がまわるのを遅くしようと、血の巡りを遅らせたり、呼吸の制御を試みたりしました。結局、いずれも無駄でしたが」

「やはり、そうか。私たちもお前が『解毒《デトキシフィカ》』を使わないはずがないと考え、それが効かない毒があるのか、改めて調査した。しかし――わからないのだ。あの魔法は、解毒《げどく》系では最も強力だ。本来、全ての毒に対して効果がある。それゆえ、『魔法使いは毒薬で死ぬことはない』と言われているのに。だが、だからこそ、わしらはこれが真の黒幕を見つけ出す鍵《かぎ》になると信じている。今、エーリカには夫であるディートリッヒ魔法騎士団副団長にもこっそりと協力してもらいながら、毒物の調査および国内への薬草の輸出入を定期的に報告してもらっている。十七年間、彼女は伯爵夫人としての生活の傍ら、ずっとお前のために闘っておったのだよ」

「そうだったのね……。エーリカ、本当にありがとう」

「当たり前じゃない！　――まあ、正直言うとね、そんなことでもしていないと辛《つら》くて耐《た》えられなかったのよ。貴女がいない現実を……どうしても受け入れられなくて。その上、真の黒幕はきっとまだのうのうと生きていると思うと、どうしても許せなかった」

エーリカはそう言うと、私をぎゅっと抱きしめて、涙を流した。

「貴女とまたこうして会えて、これほど嬉しいことはないわ。でも――だからこそ必ず、真の黒幕は見つけ出す！　今度は、貴女がいない現実から逃げるためではなく、悪を決して許さないという強い意志で闘うわ！」

「エーリカ……！」

彼女は強い人だ、昔から。そんな彼女が好きだった。そしてそれは、今も少しも変わらない。

「もうひとつ、聞きたいのだけど――王太子殿下は、本当のところ、今どのようなご容態《ようだい》なの？」

「それは……私たちにもわからないのよ。もちろん、みんなすごく気にしてる。でも、何の公表もないの。ただ、国王陛下が王太子殿下が二十歳になられた年に、あと数年だけ待ってほしいと仰ったでしょう？　だから、それまでは皆、陛下を信じて待つと思うわ。みんな、国王陛下のことを心から尊敬しているもの。まあ、それが今年なのか、来年か、もう少し先かわからないけれど」

「……こっそり王宮に忍び込んで、一瞬でもお会いできないかしら」

「当時からだけど、貴女は本当に王太子殿下のことが好きなのね」

「好き――そうね、ただの好きでは片付けられない、敬愛《けいあい》とでも言うべきものだけど。殿下は本当に、最高の国王になれる資質《ししつ》を持った方よ。共に過ごすなかで、まだ幼いあの方を私は心から尊敬していた。もちろん、私に子どもらしくお甘えになるときは、素直に可愛いと思ってしまったけど。でも、だからこそ……私の死が原因で、今も殿下が苦しまれていることが、本当に耐えられない。なんとしてもお助けしたいの。ねえ、どうにか殿下にお会いする方法はないかしら!?」

「でもナターリエ、もし会えたとして、なんて言うの？　『私はナターリエの転生者です、幸運にも生まれ変われたので、殿下も早く元気になってください！』——とでも言うつもり？」

「……わからない。でも、王太子殿下が今も苦しんでいらっしゃるのに、私だけがのうのうと幸せに生きているのが——本当に辛くて」

「なに言ってるのよ!?　貴女は殺された側の人間なのよ!?　悪いのは犯人！　貴女が罪悪感《ざいあくかん》を覚える理由は、少しもないの！　それに貴女はもう、ナターリエ・プリングスハイムとして生きる必要もない。今はもう、アマーリエ・ローゼンハイムだわ。魔法騎士団長オズワルド・グリュンシュタイン様に愛される麗《うるわ》しき公爵令嬢として、全てを忘れて彼と幸せになってもいいんだから！」

エーリカはまた私を強く抱きしめてくれた。エーリカのその温かく、優しい言葉に涙が溢れた。

「ありがとう、エーリカ。すごく気が楽になった。だけど——殿下だけは、私はどうしてもお助けしたいの。今の私が殿下のためにできることなんて、何もないのかもしれない。でも、殿下が苦しんでいるのを知っていて何もしないなんてこと、私にはできない。だから、力を貸してくれる？」

彼女は少し切なそうに、でも優しく笑った。

「貴女はそう言うと思った。ええ、約束する。でも、たとえそれが上手くいかなくても——それは貴女のせいじゃない。それだけは絶対に忘れないで。罪悪感で自分が幸せになるのを拒《こば》んで、貴女の大事なオズワルド様を悲しませちゃだめよ！　わかった!?」

私は彼女をしっかりと抱きしめた。涙が止まらなかった。

私たちはその後、いくつかの約束事を決めた。重要なものとしては、この件、つまり私がナタ－リエであることは、この三人の秘密とすること。また、定期的にこの場所で現状報告を行うこと。それから、当面のそれぞれの達成目標を決めた。私の目標は、何らかの方法で王太子殿下の現在のご容態を調べ、可能であれば接触《せっしょく》を試《こころ》みること。そして、あと三日後に迫ったナタ－リエの墓訪問の際には、必ず身の安全を確保すること。

「でも、ナターリエの墓ではもしかしたら例の魔法使いが私に接触を試みてくるかもしれないのに、オズワルド様とご一緒しても大丈夫なのかしら……」

「あの感じだと、どうせ貴女が一人で行こうとしても勝手についてくるわよ、彼。それに、私としてもそのほうが安心。貴女は確かに魔力を取り戻したけれど、ベースは学者先生。でも彼は、この国最強の魔法騎士ですもの。護衛としては最高じゃない？」

そのあと私は先生から魔法書をいくつかお借りして、「移動《テレポルタティオ》」で自分の部屋に戻った。屋敷では特に騒ぎにはなっていなかった。つまり、私の無断外出はバレなかったようである。よかった……。

翌日、シエナが私を心配して訪ねて来た。実は昨日も来てくれたらしいのだが、私の体調が悪いと聞いて、そのまま帰ったらしい。

「それにしても、国中が貴女たちの話で持ちきりよ、アマーリエ！　本当に、何がどうなっているのよ!?　ついこのあいだ話したときは、貴女全くそんな素振《そぶ》りなかったし、そもそも『社交界デビューの舞踏会なら、噂の魔法騎士団長様もいらっしゃるのかしら!?』って二人で話してたのに！

実はあのときもう、オズワルド様と……!?」

あー、そうだった。なんて説明するか、考えていなかった。でもシエナは親友だから、私が彼女を騙《だま》していたとか思われたくない。

――それに正直なところ、誰かにちょっと話したいのだ、自分の好きな人のことを！　だって、いくらナターリエの記憶を取り戻したとはいえ、まだ十六歳の女の子！　恋バナしたい！　でも、こんなこと、シエナくらいにしか話せないしっ！

「実はね……オズワルド様と出会ったのは――ほんの五日ほど前なの」

「えっ、嘘でしょ!?　それがなんでたった三日で、社交界デビューの『パートナー』にまでなってるのよ!?」

自分の顔が赤くなるのがわかる。

「一目惚《ひとめぼ》れだったみたい、お互いに――。偶然お会いして、あの方と目が合って……」

「なにそれ、すごくロマンチック……！　でも、本当に素敵な方ね。噂で想像してたのの何百倍も素敵！　このアマーリエが恋するのもわかる」

「それにね、オズワルド様って本当にお優しいのよ。とても温かくて、思慮《しりょ》深くて……それに私をとても大切にしてくださる……」

「はいはい、惚気《のろけ》ですね。まあ、あんなに素敵な方がお相手ならそれも仕方ないけど。確かに兄さんには勝ち目ないわ。あれでも兄さん、女性からはモテるのに」

惚気っ――!?　もうっ！　シエナと話していると、今は本当にただの十六歳のアマーリエに戻った気になる。恋愛小説の話や、友達の恋バナ聞くのが一番楽しかったあの感覚が蘇《よみがえ》ってきて――すごく楽しい。

それにしても、この間の舞踏会ではシエナのお兄さんであるルートヴィヒ様の姿を全く見かけなかったな。会場にはいらっしゃるようなことをシエナも言っていたし、普段は何かと私に会いに来てくれるのに。あっ、あの日は体調がよくなかったんだっけ……。

そういえば、ルートヴィヒ様は王立研究員だ。王立研究所は王宮の敷地《しきち》内にあるから、王立研究所まで入ることができれば、そこから王宮内に忍び込むのは大して難しくない。うまくやれば――王太子殿下にお会いできるかも！

「ねえ、ルートヴィヒ様はもう大丈夫？　先日は、具合がよろしくないようなこと言ってたでしょ」

「まあ、そうね。あんな幸せそうなの見せつけられたら、諦《あきら》めもついたと思うわよ」

「……？　でも、よくなられたならよかったわ！　ね、ルートヴィヒ様って王立研究員として働いてらっしゃるわよね？　王立研究所をちょっと見学させていただくことって、できないかしら？」

「なに急に？　今まで全然興味ないって感じだったのに」

「ちょっとね、急にどんなところか見てみたくなって！」

「兄さん、今日は仕事が休みなのよ。あ、でも逆に時間あるから見せてくれるかも！　ま、貴女の頼みなら断らないわよ。本当はもっと早く、そのお願いを聞きたかっただろうけど」

「まあ、本当!? すごくありがたいわ！」

「でもいいの？ 貴女、外出をご両親に止められてるんじゃ……？」

「貴女と貴女のお兄様と一緒なら、許してもらえるわよ、たぶん！」

「なら、決まり！ 貴女のお母様に許可をいただけたら、すぐ兄さんに聞いてみる！」

――こうして、私の王宮侵入作戦が開始した。

無事に母の了解とシエナのお兄さんの承諾を得られたので、午後一番で王宮内の王立研究所に向かった。馬車で行ったのと、シエナと彼女の兄であるルートヴィヒ様の同行のおかげか、特に騒ぎになることもなかった。

まもなく、王立研究所に到着した。ルートヴィヒ様はまだ体調が優れないのか、馬車の中でいつもより静かだったが、話しているうちに少しずつ笑顔が戻ってきた。

そして王立研究所の案内を始めると、彼は目を輝かせながらこの施設《しせつ》の素晴らしさを熱心に語った。彼は本当に、この仕事に誇りを持っているのだ。

この王立研究所内の目玉はやはり、魔法研究所である。魔法研究所では、魔力の解析《かいせき》や魔法発動のメカニズムの研究、新たな魔法の発明を日夜《にちや》行っている。私が魔法大臣として王宮で働いていた頃は、それこそ頻繁《ひんぱん》にここを訪れたものだ。

しかしそんなに頻繁に訪れていたのに、二人の父親である王立研究所の名誉所長グスタフ・リリエンタール侯爵とはあまり話したことがない。本当に無口な方で、シエナの友人として屋敷にお邪魔する際には少しは笑顔も見せてくれるものの、普段は厳格《げんかく》を絵に描いたような人で、人々からも恐がられている。

シエナとルートヴィヒ様が父親に似なかったのは幸いだ。二人とも、彼らの母親譲りの優しい、人当たりのよい性格である。しかしその優しい彼らの母は、シエナが幼い頃に亡くなっているが。

ナターリエはシエナの母、つまりカロリーナとは比較的《ひかくてき》親しかった。とても優しい人だったが、身体が弱く、儚《はかな》げな人だった。病死だったらしい。

ルートヴィヒ様はこの広い施設を隈《くま》なく案内してくれた。しかし私は全てよく知っているので、わざわざ説明してもらっているのが申し訳なくもある。

魔法研究所から法学研究所に移動する際に、シエナがあることを言い出した。

「兄さん、このすぐ近くに魔法騎士団の訓練場があるんでしょう？　ね、少し見て行きましょうよ、せっかくなんだから！」

「あ……ああ、そうだな。でも魔法騎士団の訓練場なら、アマーリエ嬢はもう見たことあるんじゃないか……？」

「いいえ、ございませんわ。よろしければ、是非見せていただきたいです！」

「……じゃあ、行こうか」

心なしかルートヴィヒ様のテンションが下がった気はするが……運がよければ、オズワルド様の魔法騎士団長としての姿を見られると思うと、わくわくした。

この時間、魔法騎士団は剣技《けんぎ》の全体練習を行っていたようだ。魔法騎士団は魔法使いの集団とはいえ、騎士である。戦争時や魔物の討伐《とうばつ》では剣に魔力を込めることで最強度の攻撃力を出せるので、剣術《けんじゅつ》訓練は必須である。

少し距離はあるが、それでもオズワルド様の姿がはっきりと確認できた。ちょうど、手本として
オズワルド様が剣を振っていた。

それにしても……ただ剣を振っているだけなのにその姿は本当に高貴《こうき》で美しく、背筋《せすじ》がゾクッと
震えるほどだ。

「魔法騎士団長様は、本当に完璧な方ね……！　アマーリエが恋して当然よ。ね！　兄さん！」

「そうだな。男の俺でもかっこいいと思うよ、あの方は」

「そういえば、ルートヴィヒ様はオズワルド様とはお知り合いなのですか？」

「いや、あの方はあんまり人と関わり合おうとなさらないからなあ。魔法騎士団の仲間とは親しい
みたいだけど、俺は喋ったことないな」

「そうなんですか？　やはりあの方は誤解《ごかい》されやすいのかしら。ちょっと天然なところがあって、
誤解を生む言い方をしやすいようで――。まあ、そんなところも可愛いんですが」

「あの魔法騎士団長が天然で可愛い!?　ははは、それはいいや！　イメージ変わるなあ。俺の中
では完璧人間だったから、そういうの聞くとなんだか安心するよ」

「そうですか？　でも、本人には秘密ですよ！」

私たちは笑い合った。ルートヴィヒ様も、すっかりいつもの明るさを取り戻したようで安心した。

一瞬だけ、オズワルド様がこちらを向いたように見えたのだが、すぐに向こうを向いてしまった。

目の錯覚《さっかく》だったのだろうか？

魔法騎士団の訓練場から法学研究所に移動する。そして今こそ、私が待ち望んだタイミングだ。なぜならここが、王太子殿下の勉強部屋に一番近い研究所だからだ。

さすがにもう今は勉強部屋ではないだろうが、執務室《しつむしつ》的な場所になっている可能性もあるし、少なくとも何か現在の王太子殿下の活動の痕跡《こんせき》が見つかるかもしれない。

一番いる可能性の高い、王太子殿下の寝室の場所も知っているが、王立研究所の施設からは遠い。今日はひとまず勉強部屋へ行くのが目的だ。

私は二人にお手洗いに行くと告げ、目的地に急いだ。あとで、王宮が広くて迷ったと言えばいい。それに私は王宮内の構造は完全に把握《はあく》しているので、人目につかずに目的地に最短で行く道順もわかっている。時間はかからないはず！

そして、いとも簡単に目的地に到着した。それにしても王宮内はその全てがとても懐《なつ》かしく――、しかも鮮明な記憶とともにある。

ノックをして、名を名乗ると「入れ」という愛らしい声が響く。そして私が扉《とびら》を開けると、美しく小さな王太子殿下が「お前を待っていた、早く教えてくれ」というような笑顔で、椅子《いす》にかけていらっしゃったのだ。まるで、昨日のことのように覚えている。

扉には鍵がかかっていなかったので、私はこっそりとその部屋に侵入した。カーテンは閉まっているが、外が明るいので部屋の中はある程度の明るさがある。

それにしても……こんなにも、そのままにしておくものなのだろうか？　当時から何も変わっていない。十七年前に私が最後にここで王太子殿下を教えていたときのままだ。しかし本棚の本なども含めて、埃《ほこり》などは全くない。清潔《せいけつ》に保《たも》たれている。

──つまり、ここは今も王太子殿下のための部屋。だが、まだ王太子としての執務を行うことはできないので、勉強部屋のままにしている……ということだろうか。

ではやはり、殿下のご容態は深刻なのだ。──胸が詰まる。

ふと、殿下の勉強机の上に、一冊の見覚えのある本があるのに気づく。あの本だ──私が死ぬ前の殿下のお誕生日に最後に差し上げたリースリング先生の著作《ちょさく》、『魔法学を学ぶ者へ』。

私はそれをそっと手に取った。当時新品だったそれは、読み込まれた跡がついていた。ああ……殿下は、この本を読んでくださったのだ。何度も、何度も。

パラパラとページを捲《めく》ると、至る所に下線が引かれている。そして、書き込みもたくさんあった。その字は、見覚えのある幼《おさな》い筆跡《ひっせき》のほかに、大人の、綺麗な筆跡の箇所《かしょ》もある。

──殿下は大人になられた今も、この書を大切に読んでくださっている。

ということは、殿下はまだこの部屋を使用してはいるのだ。しかし執務室という雰囲気ではないし……今は、なんの用途《ようと》の部屋なのだろう？

いずれにせよ、これで殿下が昏睡《こんすい》状態でないことは確定したし、読書をしたり、部屋を移動したりするくらいのことはできるとわかったのだ。

想定していた最悪の状態ではないことに、少し安心した。

そういえば──この本の最後のページには、自分が殿下に贈ったメッセージがあるはずだ。

何気なく確認すると、十七年前に私が書いた文字はところどころ滲《にじ》んでいた。

ああ……これは、殿下の涙の跡《あと》だ。

その上、私から殿下へのメッセージの下には――私が書いたものではない筆跡、つまり、大人になった王太子殿下の私宛の、本来なら、決して私には届かなかったはずのメッセージが記されていた。

〝愛するナターリエ、私は今も貴女だけを想っている。これからも、永遠に〟

私はそっと、その本をもとの場所に置いた。

私にとってそれは、予想以上の衝撃だった。

ああ、やはり王太子殿下はあの日に囚《とら》われている。あの日、私が目の前で死んだせいで――殿下は心に深い傷を負ったのだ。それは、大人になられた今も消えていない。

殿下が苦しんでいるのは、やはり私のせいだ――。

「誰だ！」

背後から聞こえた声に、私は硬直《こうちょく》した。

「……アマーリエ!?」

振り返ると、そこにはオズワルド様が立っていた。

「オ……オズワルド様!?」

「なぜ君が、こんなところに!?」

「あっ……ちょっと、道に迷ってしまって――」

彼も動揺しているようだったが、すぐに落ち着きを取り戻して言った。

「さっき――訓練場に来ていたね。見たよ」

「あら……気づいてらしたのね」

「……。それにしてもなぜ。よりによってここに――」

「えっ？」

「いや、なんでもない――」

ふと、彼は何かに気づいて、私の頬に触れた。

「……アマーリエ、泣いてたの？　涙の跡が頬に」

「えっ！　あ、違うんです！　その、たぶん目にゴミが入って……」

「……両目に？」

気づかなかった、勝手に涙が溢れていたのか――。彼は心配そうな顔をしたが、急にふいっと向こうをむいてしまった。そして、彼はそのまま続けた。

「ところで……今日は、どうして王宮に？」

「あっ、友人のシエナのお兄様が王立研究員で、今日は研究所を見学させていただいてるのです」

「シエナ……、リリエンタール侯爵令嬢か。君が舞踏会で話していた子だな。その兄というと……」

「ルートヴィヒ様ですわ」

「……名前で呼んでるのか？」

声のトーンが低くなった。あれ、怒っていらっしゃる……？

「あの、シエナとは幼馴染《おさななじ》みで、ルートヴィヒ様は私にとってもお兄様みたいなものですから」

「へえ――お兄様か。でもこの間の話では彼は君を……」

「なんですか？」

「……くっ！」

次の瞬間、彼は突然、私にキスをした。それも、すごく強引に。

「……っ！　オズワルド様!?」

「あんなふうに、他の奴の前で笑うな」

「えっ――きゃっ！」

側にあった長椅子に押し倒される。あまりに突然の彼の行動に私はすっかり驚くが、さっきのキスと今のこの状況のせいで、私の鼓動は恐ろしいまでに高まっていた。

その上、剣術の訓練を終えたばかりの彼はいつもよりも男らしい香りがして……なんだかとても、変な気分になってしまう――。

昨日のリースリング先生の言葉が頭に蘇る。彼が本気で襲ってきたら――私でも逃げられないと。

でも、どうしてだろうか。今すぐ逃げるべきだとわかるのに、魔法を使ってでも、逃げるべきだとわかっているのに――むしろこのまま、彼に全てを委《ゆだ》ねてしまいたいと思っている自分がいた。

ひゃっ！

彼が急に私の耳を喰《は》み、そして舐《な》めた。驚いている私をよそに、彼の舌は私の耳の裏から首筋《くびすじ》を這《は》うように下りてゆく。熱くてこそばゆくて……身体中ゾワゾワする。

そして舌が首筋まで来たとき、彼は吸い付くようなキスをした。少しだけチクッとするが、それが不思議な快感となって、身体に電撃《でんげき》が走った。いったい、どうなってるの――。

と、その瞬間、彼の動きが止まった。どうしたのかと彼のほうを見ると、ちょうど彼の視線の先には、さっきの「本」があった。

「……！　アマーリエ！　本当に申し訳ない！　私は君に――何ということを！」

急に我に返ったように彼は言った。

彼のその声に、私自身も急に理性を取り戻し、先程までの出来事に言いようのない恥ずかしさを感じた。それに今もまだ、自分の鼓動が恐ろしいほど高鳴っているのがわかる。

彼は、自分のしでかしたことに相当ショックを受けているようだった。

確かにこれまでとは違って、彼は強引に私の唇を奪ったばかりか力ずくで押し倒し、それ以外のところにも――口づけた。

でも……確かにすごく驚いたけど、嫌だったわけじゃない。たぶん私が本気で逃げようとすれば、つまり彼を本気で押し返すか、最終、魔法を使えば、彼は必ず止まってくれたと思う。それをしなかったのは、相手が彼だったからで、それが――なぜか嬉しかったからだ。

明らかに狼狽《ろうばい》している彼を私はそっと抱きしめた。そして今度は私から、彼の唇にキスをした。

彼は驚いていたが、それからすぐに泣きそうな顔をして、私をそっと、とても優しく抱き返した。

「アマーリエ……本当に、本当にごめん。あんなことをするつもりはなかったのに――！　すごく愚《おろ》かな話だが、君がさっき訓練場で彼と――つまり、ルートヴィヒ・リリエンタールと話しながら楽しそうに笑っているのが見えて、そのとき――言いようもないほどの嫉妬心《しっとしん》が湧いてきた。

あのあとすぐ訓練は終わったんだが、正直ムシャクシャしていて……偶然ここを通りかかったら、いつも閉まっているはずの扉が、少し開いていた。変だと思ったら中に君がいて――」

「嫉妬」って……ルートヴィヒ様に？　オズワルド様が彼に嫉妬していたなんて本人が聞いたら、喜んじゃうんじゃないだろうか。オズワルド様が意外と天然だって聞いただけでも安心する、って言ってたんだから。でも、オズワルド様が私のことであんなに嫉妬して、あんなふうに我を忘れて私を求めるなんて、正直なんだか嬉しかった。

「オズワルド様、私は全然怒ってませんよ。だからあまりご自分をお責めにならないでください。それに、オズワルド様が私のことで嫉妬なさったというのは……正直ちょっと嬉しいです」

彼は顔をすっかり赤くして、目を逸らしてしまった。

「……ありがとう、甘く愛しい私のアマーリエ。でも、今はこれ以上、私に優しくしては駄目だよ。今度こそ、耐えられなくなるかもしれないからね」

彼は申し訳なさそうに、そしてどこか切なそうに笑った。その表情にすごくきゅんとしたことは、彼には秘密だ。

「ところでこのお部屋は……」

「ここは、王太子殿下のお部屋だ。本来は勝手に立ち入ってはいけない場所だから、見つけたのが私でよかった。――さあ、誰か来ないうちに早く出よう」

やはり今も殿下のお部屋なんだな。よりによって王太子殿下のお勉強を毎日見ていたこの部屋で、オズワルド様に押し倒されることになるとは――。なんだかすごく、いけないことをしてしまった気分……いや、されたんだけれども。

　私たちは乱れた髪と着衣をさっと整え、誰にも見られないようにそーっと出ようと――したのだけれど、そっと開いたドアの前には、こともあろうにクラウス様がいた。

「……はあ、いったい何をなさっているんですか、こんなところで」

「あっ……クラウス――。いや、あの、アマーリエが王宮で迷ったらしく……」

「それで、こともあろうにこの部屋に連れ込んだんですか」

「それは誤解だ！　偶然扉が開いていたこの部屋に、誤って彼女が入ってしまって――！」

「それだけですか？　……まあ、貴方がそう仰るならそれでもいいですが。先程の訓練終わりにお元気がなかったので心配していたんですが……もう大丈夫そうですね」

「うっ、すまない……」

　何故よりによって「お喋りクラウス」なんだ……。まあ、さすがにこの年でお喋りってことはないと思うが、頼むから誰にも言わないでくれ！　――特に、エーリカには！

「ところでローゼンハイム嬢、先程リリエンタール侯爵令嬢とリリエンタール研究員のお二人が、貴女をお探しでしたよ」

「あっ、いけない！」

「では、私が送ろう。また道に迷ったら困るからね。どこに戻るの？」

「法学研究所です……すみません」

　そして私は王宮侵入作戦を一応成功？　させて、二人のもとへ戻ってきた。

「魔法騎士団長様!?」

シエナとルートヴィヒ様は、私がオズワルド様と戻ってきたことに驚いていた。

「あの……すっかり迷ってしまって——オズワルド様に偶然見つけていただいたの」

「今日は王立研究所の見学に来たと聞きました。リリエンタール研究員が案内してくださっているのですね」

「先程、魔法騎士団の訓練も少し見学させていただきました。魔法騎士団長様の剣技は噂に違《たが》わず素晴らしいですね。アマーリエ嬢もすっかり見惚れておいででしたよ」

「アマーリエが？」

「ええ！　それから……オズワルド様は、意外と天然で可愛いって」

「えっ？」

「ルートヴィヒ様！　それは秘密だと言ったのに!!」

「はははっ！　ちょっとした仕返しだよ」

「待たせてしまったからですか!?　それでも酷いですわ！」

「——それじゃないけどね。まあ、いいや」

ルートヴィヒ様は笑った。そして今度は、微笑んではいるが、とても真剣な表情でオズワルド様に言った。

「魔法騎士団長様、アマーリエ嬢は俺にとっては二人目の妹のようなものです。ですから、アマーリエ嬢が幸せそうだと俺は嬉しいです。彼女のこと——大切にしてくださいね」

「言われなくてもそのつもりだ」

二人は何故か握手して、共に戦った戦友でもあるかのように親しげに笑い合っていた。この二人、どうやってこんな一瞬で打ち解けたんだ？？

そして私はというと――オズワルド様の「言われなくてもそのつもりだ」という言葉が、すごく恥ずかしくて――嬉しかった。

その後は再びシエナとルートヴィヒ様との三人で残りの研究所を少し駆け足で見て回り、馬車で帰路《きろ》に就《つ》いた。


その翌日は、朝からオズワルド様が訪ねて来た。

「オズワルド様!?　こんなに早くからどうなさったのですか!?」

「今日は魔法騎士団の訓練をクラウスが担当する日なんだ。本来は公務《こうむ》――まあ、別の仕事が王宮であるんだが、それが急遽《きゅうきょ》なくなって、一日空いてしまった」

「でも、明日もお会いするのに……」

「アマーリエは、恋人に毎日会いたくないのか？」

「えっ！　……それはまあ、お会いしたいですが」

顔が赤くなるのがわかる。どうしてオズワルド様はこんなふうに私をドキドキばかりさせるのか。

「それでだが、今日もし時間があれば、うちに来て魔法書を読まないか？」

「魔法書！」

思いっきり食いついてしまった。

「よっぽど魔法書が読みたいんだね……じゃあ、来るんだね？」

「はい、是非！」

またしてもモノに釣《つ》られた。それにしても……これでは結局、出会ってから毎日オズワルド様にお会いしているじゃないか。

母には少し呆れ顔をされたが、私たちのことをやはり喜んでくれているようで、笑顔で送り出してくれた。ただ、あまり遅くなる前に帰るようにと念押《ねんお》しされたが。


リースリング先生から話に聞いて十分期待していたにもかかわらず、グリュンシュタイン公爵邸の魔法書専用書庫はその期待を上回る素晴らしさだった。もちろん、王立魔法書庫の中にあるような機密性《きみっせい》の高いものや危険な魔法が載《の》っているものはないようだが、魔法学者垂涎《すいぜん》の立派な魔法書庫である。というか、ここまでくると、書庫というより宝物庫《ほうもつこ》では!?

「どれを読んでいいし、必要なら持ち出しても構わない。ここにあるものの多くは、私が自分で買い集めたものだ」

「本当に素晴らしい書庫ですわ！　どれも個人所有とは思えないものばかりですもの。『魔法理論大全』などの貴重な初版本をはじめ、美しい装丁《そうてい》の特装版《とくそう》と、あっ、これなんてもう三十年以上前に絶版《ぜっぱん》になってしまったものではありませんか！　とても手に入りづらいのに……！」

「本当に、よく知っているね。先日の魔法学に対する君の知見《ちけん》もすごかったし……ねえアマーリエ、君って本当に、最近になって魔力の存在に気づいたの？」

「あっ、いえその――リースリング先生がものすごく熱く語ってくださるものですから、影響を受けてしまって……」

危ない危ない、こういう場所ではすぐに私の魔法学マニアな一面が出てしまう。気をつけないと。

「私がここで魔法書を読んでいる間、オズワルド様は何をなさるのですか？」

「そうだな、私も君の隣で何か読むよ。だから、アマーリエは好きなものを好きなだけ読むといい」

そういうことならとオズワルド様のお言葉に甘え、私は必要な魔法書、特に記憶操作《そうさ》系と解毒系を一気に手元に集め、手当たり次第に読み漁《あさ》った。

ひとたび読み始めると、かつての感覚がすっかり蘇り、恐ろしい集中力を発揮した。前世は国で最も優れた魔法学者だったのだ、水を得た魚状態である。

そのせいで――彼が本を全く読まず、ずっと私のことを見つめているのに少しも気づかなかった。

「アマーリエ」

「……」

「アマーリエ！」

「ひゃっ！　あ……オズワルド様!?　あ、そうだここは……」

「ああもう、どれだけ集中してるんだ！　私はずーっと君のこと見てたのに」

頭がすっかり研究者モードだったせいで、オズワルド様の甘い視線に異常なまでにどきーん！としてしまった。いや本当、心臓に悪いほどの魅惑的《みわくてき》な眼差《まなざ》しだな……。

「ねえ、確かに好きなだけここで本を読んでいいとは言ったが、そんな学術書ばかり一心不乱《いっしんふらん》に読んで……恋人と二人っきりなのに、あんまりじゃないかな？　少しは私のことだけを見てくれる時間があってもいいと思うけど？」

……なんかこの感じ、デジャヴ？　ずいぶん前にこういうことを誰かに言われたことがある気がする。私が必死で仕事をしたり研究をしたりしていると、いつも隣で――。

そうだ、思い出した、王太子殿下だ！　横にいるだけでいいと言いながら、めちゃくちゃかまってほしがる。幼い殿下に似た行動をするなんて……つまり、オズワルド様は子どもっぽいんだな。

「ふふふっ！　オズワルド様、小さな子どもみたいなこと仰いますね」

そういって私が笑うと、彼は一瞬拗《す》ねたような顔をしたが、今度は急にこちらがゾクっとするほどの艶《あで》やかな微笑みを浮かべると――。

「子どもはね……こんなことできないよ？」

そのまま、彼の顔が私の顔に近づいてくる。こ、この流れはまさかっ――！

「兄上！　エーミールです！　入ってもよろしいでしょうか」

飛び上がるほど驚く私と、また邪魔が入ったと言わんばかりに残念そうな顔をするオズワルド様。

そして、とても落ち着いたトーンでエーミール様に「少しそのまま待ってくれ」と声をかけると、手の甲《こう》で私の頬を優しく撫《な》でる。彼の甘い眼差しに、私の心は思いっきり動揺してしまう……。

オズワルド様の反応は、いつもとずいぶん違う。この状況に少しも焦っていないし、この間のように狼狽もしていない。

あ——そうか、わかった。オズワルド様は今、私を「誘惑《ゆうわく》」しようとしたのだ。これまでのように雰囲気に飲まれたとか、嫉妬などの外的要因《がいてきよういん》があったのではなく、二人きりのこの時間に恋人同士の甘いひとときを私と過ごしたいと、そう思われて——。

……うわあ、どうしよう。ものすごく恥ずかしい。恥ずかしいのに……とっても嬉しい。それどころか、エーミール様が来なければオズワルド様とキスできてたのかな、なーんてことまで考えてしまっている自分に、なによりも驚かされる。

オズワルド様と出会ってから、本当に初めてのことばかりなのだ。一目で彼に恋をしたけれど、共に過ごし、彼を知るたび、私はどんどん彼を好きになっていく。そのせいで知らぬ間に自分の感情が、想いが、勝手に大きく膨《ふく》らんで、自分でそれに追いつけなくなっている——気がする。

オズワルド様と一緒にいると、不思議なほど安心する。まるで、リースリング先生やエーリカのような、ずっと昔からよく知る人といるような感覚に陥《おちい》って、無防備《むぼうび》になってしまう。

かと思えば——目が合ったり、手が触れたり、ふとした瞬間に、心臓が恐ろしいほど高鳴るのだ。

でもその感覚も決して嫌ではなくて……むしろ強く惹きつけられ、離れ難くなってしまう。

昨日みたいにちょっとしたことで嫉妬したり、今みたいに私を誘惑したりするオズワルド様に困らされるのも、正直少しも嫌じゃない。むしろ、彼が私のことを本当に想ってくれている証《あかし》みたいに感じて、嬉しくてたまらないのだ。

恋愛小説を読むたび、素敵な恋に憧れた。でもこうして初めての恋をして、その感情に自分が思いきり振り回されているのが、なんだか妙におかしくて——でもその感覚すら、こんなに愛おしい。

とても優しい眼差しで私を見つめるオズワルド様を前に、胸がドキドキしたままなのをはっきりと感じながら、私はそんなことをぼんやりと考えていた。

入室を許可《きょか》されたエーミール様が入ってくる。エーミール様とは舞踏会以来だ。妙に嬉しそうな顔で私にご挨拶くださったが、またすぐに真剣な表情でオズワルド様のほうを向き直した。

「兄上、お取り込み中のところ、失礼します。ただ、兄上は一刻も早くお知りになりたいかと思いまして。例の——彼女の件ですので」

「なに!? わかった、すぐに教えてくれ。アマーリエ、ちょっと失礼する」

彼はエーミール様と書庫の外に出たが、間もなく戻ってきた。

「アマーリエ、大変申し訳ないことに急用ができてしまった。すぐに王立研究所に行くので、ここで好きに読んでいてほしい。時間はそんなにかからないと思うから——」

そう言うと彼は私の額《ひたい》にそっとキスをして、すぐさま出て行ってしまった。

「ローゼンハイム嬢、お二人の時間をお邪魔してしまい、本当に申し訳ございません。ただ、この件は兄上にとっては特別なことなので、急ぎお伝えしないわけにはいかず」

「特別なこと——ですか？」

「はい。兄上は、このことを普段から何より優先されます。魔法騎士団長の職務や王宮での仕事のとき以外は、兄上はずっとこの件に——なんというか、固執《こしつ》されていますね。まるで、他のことには少しも興味がないかのように。人付き合いが悪いとか、近寄り難いと言われるのも、これが一因《いちいん》です。そんな無駄なことをしている時間はない、と仰るんですよ？　本来はとてもお優しい方なのに、それで兄上が誤解されるのが私には残念です。――でも貴女と出会われてから、兄上はすごく変わりました。今日みたいな日だって、これまでなら丸一日そのことばかり調べていらしたのに、今日は朝から貴女に会いにいけると嬉しそうにしていました。私はとても嬉しいのです！　兄上が本当に貴女のことを愛されているのが！　兄上は、もう二度と他のどんな女性も愛せないと仰っていましたから。あの方を失って――」

と、彼はここで口を噤《つぐ》んだ。

「……いや、少し無駄話をし過ぎましたね。とにかく、本当に嬉しいんです！　だから、これからも兄上の側にいてあげてくださいね！」

エーミール様はそう言うと、少し慌てて行ってしまった。

私は、一人この素晴らしい書庫に残され――やっと調べ物が再開できるな、と思った。

そしてさっきまで読んでいた本――つまり、オズワルド様に話しかけられるまで読んでいた本の続きを読み始めた。

……。

なぜか――何も頭に入ってこない。文字は読めるのに、目の前の文字列がどういう意味を成しているのか、全く理解できない。

――その代わりに、さっきのエーミール様の言葉が、ずっと頭に残っていた。

『兄上は、もう二度と他のどんな女性も愛せないと仰っていましたから。あの方を失って――』

胸が苦しい。どうして、こんなに苦しいのだろう？　さっきまであんなに幸せな気分だったのに。

この本がよくないのだろうか。それなら、別の本にしよう。きっと、根《こん》を詰《つ》めすぎたのだ。少し気分転換をすれば、この妙な感覚もすぐに消えるはず。

例の初版本は――ああ、これだ。こんなものが普通に置いてあるなんて、やっぱり信じられない。本当に、すごいものなのだ。それが目の前にあるのだから、もっと……嬉しいと感じるはずなのに。

――ああ、だめ。この胸の苦しさは、一向《いっこう》に消えてくれない。むしろ先程よりも一層強く、私の胸を締め付けてくる。

……「あの方」って、いったい誰？　オズワルド様は、その人を愛していたの？　あるいは今も、愛してらっしゃるのかしら。その人が彼のもとを去らなければ、彼は今も、その人と一緒にいた？　ではもしその人が、また彼のもとに戻ってきたら？　今の知らせは……もしかすると、それを知らせるものだったりするのだろうか。

目の前にある宝の山を眺《なが》めながら、私はいったい何を考えているんだろう？　こんな素晴らしい研究書を好きなだけ読める、貴重な機会なのだ。調べなくてはならないこともたくさんあるのだし、今は余計なことに気を取られている暇《ひま》はないのだ。

――それなのに。

私はその後もしばらくはそこにいたが、エーミール様に「急用を思い出した」と言ってそのまま帰ってきてしまった。

あとでオズワルド様が屋敷に見えたが、少し体調が悪いとローラに伝えてもらい、そのままお帰りいただいた。とても心配していたと聞き申し訳なかったが、どうしてもお会いする気にはなれなかった。

五章　正体

翌朝、私はオズワルド様との約束の時間よりかなり早く、ナターリエ・プリングスハイムの墓のある公園の入り口に着いていた。

ここまで送らせた屋敷の馬車には、時間がかかるからといって帰ってもらった。何時までかかるかわからないし、バレなければ帰りは別に魔法で帰ってもいいのだから問題ない（私が魔法を使うとオズワルド様にはバレてしまうが）。

早く来たのは、昨夜はなかなか眠れず、そのくせ今朝《けさ》はすごく早く目が覚めたのもあるし、例の魔法使いがもし接触してくるなら――エーリカは危ないって言って怒るかもしれないけど、やはり一人で行ったほうが接触しやすいのではないかと思ったからだ。

第一、「一週間後にそなたの墓を訪ねよ」と言われただけなのだから、念のため少しでも早く着いておくに越したことはない。

――いや、嘘《うそ》だ。それは全て言い訳だ。本当は……今はオズワルド様に会いたくないからだ。

今、オズワルド様のことを思い出すと、胸がすごく詰《つ》まって――苦しくなる。早く用事が終われば、もしかしたら彼と顔を合わせずに済むかもしれないと思ったのだ。

この感情の原因には、とっくに気づいている。これはただの「嫉妬《しっと》」だ。昨日のエーミール様との会話で「オズワルド様がかつて愛した女性」の存在を知ったから。

すごく幼稚《ようち》だけど、それで昨日から何も手につかない。私ともあろうものが、あんな素晴らしい研究書の山を前に、全く読む気が起きなかった。

彼はもう二十七歳だ。あんなに素敵な人なのだ、これまでにも恋人がいたとして、なんの不思議もない。いや、いなかったほうが変だ。女性嫌いの噂《うわさ》だって——今私をこんなに愛してくれるのだ、やはり、ただの噂だったということじゃないか。

——彼が私の初恋であるように、どこかで彼もそうなんじゃないかと勝手に思っていたのだろうか？　我ながら、なんとも自惚《うぬぼ》れの強い思い込みだ。

それでも、ただ「かつて彼が愛した人」と言うだけなら、こんなにショックは受けなかった。

私がこのことでことのほかダメージを受けているのは——彼が今も、その人を思い続けているのを知ってしまったから。

エーミール様は、オズワルド様が今もずっとその何かを調べていて、それに固執《こしつ》しているとまで言っていた。

その女性が彼のもとを去ったあとも、彼はずっとその女性の行方を探し続けている、ということだろうか。

なら、彼女がもし見つかったら？　彼はそれでも変わらず、私を愛してくださるだろうか、それとも——。

あれほど彼の優しさに触れ、温かさに触れ、時には理性を失うほどに私を愛してくれている彼の心をたったそれだけのことで疑うなんて――。自分の心の狭さが、ほとほと嫌になる。

それでも私の胸は今、不安に押し潰《つぶ》されそうなのだ。彼に会って、あの笑顔を見たら――この感情を抑えられるかわからない。また急に、愚《おろ》かにも泣き出すかもしれない。そんな恥ずかしい真似《まね》、絶対にしたくない。

本当は、昨日もあれから彼が私を心配して、わざわざまた家まで来てくれたこと、とても嬉《うれ》しかった。今だって、すぐにでも彼に「アマーリエ」とその名を優しく呼ばれ、抱きしめられて、キスされたいって思っているのに――。

やはり、今はどうしても会いたくない。なんて矛盾《むじゅん》したことを。学者にはあるまじきことだな、と苦笑する。

私はこの胸のつかえを――恥ずかしく愚かなこの不安を少しでも軽減《けいげん》したくて、公園の入り口から急ぎ足で目的の場所に向かった。

朝靄《あさもや》で、あたりはすごく幻想的だ。朝の空気は冷たく澄《す》んでいて、深く吸い込むと新鮮な空気が肺の奥まで入り込み、身体中《からだじゅう》に爽《さわ》やかな風を送ってくれて気持ちがいい。

誰《だれ》もいない、静かな美しい公園。ここはナターリエの頃から好きだった場所で、前世はよく来ていたものだ。かなり広大な敷地なので、大規模な国家行事を行う際はここの芝生広場が使用されることになるため、園内は常に美しく保《たも》たれている。

ただ、王都の中心部から少し離れているせいか、イベントがないときには人気《ひとけ》も少なく、美しく豊かな自然と心地よい静寂を楽しめるため、大変気に入っていた。

――だがまさか、ここに自分の墓を建てられることになるとは思いもしなかったが。

公園の中央に、私の墓はある。記憶を取り戻す前にも、ナターリエの命日に行われる行事の際に何度も来ているので、迷うことなく辿《たど》り着いた。ただ、ナターリエの頃の記憶を取り戻してから、ここに来るのは初めてだ。

『比類《ひるい》なき知性と気高《けだか》き志《こころざし》でもってこの国に貢献《こうけん》し、故《ゆえ》に若くして散った高邁《こうまい》な精神』――ナターリエ・プリングスハイムの墓標《ぼひょう》に刻まれた碑文《ひぶん》は、国王陛下《へいか》がしたためられたそうだ。

この行事は、ナターリエの死の翌年から毎年欠かさず行われている。国王陛下と王妃殿下《おうひでんか》、重臣、魔法騎士《きし》団員など、国家の要人たちが必ず出席する一大行事となっており、ローゼンハイム公爵《こうしゃく》家《け》も毎年家族揃《そろ》って参列している。

ずっと自分の命日の行事に参列していたと思うと、なんとも奇妙な感覚だが……しかし、そうか。ここに、前世の自分の身体が埋葬されているのか。そう考えるとすごく変な気分だ。でも怖いとか、悲しいとかとは少し違う。なんというか、すごく懐《なつ》かしい感じだ。

前世の自分の墓を前に、奇妙な感慨《かんがい》に浸《ひた》っていたそのとき――突如《とつじょ》、頭に声が響いた。

〝ナターリエ、墓石《ぼせき》の後ろを見なさい〟

これは――「伝心《テレパトス》」！

例の魔法使いに違いない。

「誰!?　どこにいるの!?」

……しかし返答はない。

公園は静まり返っている。

私は墓石の後ろを調べ、一通の封筒を見つけた。中には手紙と、小さな魔法石が入っていた。

ああ、例の魔法使いはこの公園にいない。

事前にこの魔法石に私の到着を感知する魔法をかけたようだ。それによって、私の到着がいつであっても、その魔法使いにはわかる。それで私の到着を感知したので、「伝心《テレパトス》」で私に封筒の在りかを知らせた。

「伝心《テレパトス》」は、いわゆる通信系魔法で、距離が遠く離れていても、相手に呼びかけることができる。ただし短い内容で、相手に一方的に呼びかけることしかできない。

——接触は不可能だ。あの謎《なぞ》の魔法使いは、そもそもこの場に来るつもりはなかったのだ。前回も記憶を操作《そうさ》したことを思うと、私にその正体を絶対に知られたくないのだろう。

謎の魔法使いと接触できないことを残念に思いつつ、手紙を開いた。

そこには、このように記されていた。

〝親愛なる友よ、君の記憶を勝手に封印し、それを今になって解《と》いたことを許してほしい。私は、君に前世を背負わせたいとは思っていない。もし望むのなら、再び君の記憶を消すこともできる。だが、君の転生を切望した者がいる。私はその者のために君の記憶を戻した。しかし逆に、君の転生を望まない者もいる。自分の身を守りなさい。今度は決して死んではならない。私は遠くから、君の幸福をいつも祈っている〟

わかったことは――あの謎の魔法使いは、少なくとも私の敵ではないということだ。その上で、私になにか警告を与えようとしている。

やはり、真の黒幕がいるのだ。そいつはまだ生きている。そして私の転生を万が一でも知れば、再び私の命を狙《ねら》う可能性があるということ。

また、もうひとつ重要なことがわかった。私はてっきり、「転生魔法」を使用したのは、この謎の魔法使い自身だと思っていた。なぜなら、私がナターリエの転生者であることを知っていたからだ。

しかしこの文脈だと――「転生魔法」を使用したのは、別の誰かということになる。転生魔法を使った人物と、私の記憶を封印していた人物が別人なら……リースリング先生とエーリカのほかに、私の正体を知る人は少なくとも二人いる――？

いずれにしても、この手紙を明日の定期報告で二人に見せ、意見を聞かないと……。

「アマーリエ」

背後から聞き慣れた声がして、私はとても驚いた。約束の時間まで、まだずいぶんあるはずだ。でも、もう来てしまったものは仕方ない。私は振り返る前に、手紙をそっと、服の中に隠した。

魔法石の入った封筒は、手に持ったままにして。

「……オズワルド様、ずいぶん早くいらしたのですね」

「それは私のセリフだ。どうしてこんなに早く――一人では危険だと言ったのに」

「どうして、私がもう来たことがわかったのです？」

「先程、ここで強い魔力を感じた」

「……不思議ですね、私はまだ、今日は一度も魔法を使っておりませんのに」

彼はとても切なげな表情を浮かべている。私が昨日急に帰ったこと、体調が悪いと言って彼に会わなかったこと、そして今日、約束を破って先に来たことの理由がわからず、困惑《こんわく》しているのだ。

そのうえ、私に昨日からそうした一連の行動を取らせた「嫉妬心」が、今度また私に、彼に対し驚くほど他人行儀《たにんぎょうぎ》な、冷たい態度を取らせている。

そのことにある種の驚きと深い悲しみを感じていることを彼の表情から痛いほど読み取れて、私は堪《たま》らない罪悪感を感じる。

今、彼に感じているこの怒りにも似た感情はそもそもお門違《かどちが》いも甚《はなは》だしいもので、こんな態度を取るべきではないとわかっている。それなのに――こうでもしないと、こうして強がらないと、今にも涙が溢《あふ》れそうなのだ。

「――それは？」

オズワルド様は、私が手に持っている封筒を指して言った。

「中には魔法石が入っておりました。この封筒に入った状態で、墓石の裏に置いてあったのです。私が来ると、この石がそれを感知したようで、『伝心《テレパトス》』で場所だけ指示されました。つまり、魔法使い自身はここにはいません。残念ながら、接触はできそうにありませんね」

淡々と話す私に、彼は静かに言った。

「魔法石を見せてほしい」

「――はい」

私は彼に近づき、魔法石を渡す。

「私が感知した強力な魔力は、この石が発したようだ。これも、魔法自体は簡単なものだが、その魔法を使った者の魔力は異常なほど強いので、私に感知できたわけだ。もし危険な存在なら――」

「危険な存在ではないと思います」

「なぜ、そう思うんだ？」

「前にも申し上げましたが、もし危険な存在なら、とうに私に直接危害を加えているはずです」

「そうかもしれないが――しかし、ではなぜ、こんな何の変哲《へんてつ》もない魔法石をわざわざここに君に取りに来させたんだ？　本当に、封筒にはこれしか入っていなかったのか？」

「……私をお疑いになるのですか？」

「そういうわけじゃないが……」

ああ、私は最低だ。オズワルド様は、何も悪くない。実際、やむを得ないとはいえ手紙の存在を彼に隠しているし――。

なにより、エーミール様から聞いた話で私が勝手に嫉妬して、彼の私への想いを疑って、そんな自分に苛立《いらだ》って、彼に当たり散らしているだけなのだ。それはわかっているのに。

「残念ですが、手がかりになるようなものはなさそうですね。今日は私、もう帰ります。まだ体調も優《すぐ》れないので……」

私は彼の顔もまともに見ずにその場を立ち去ろうとした。もう、感情が抑えられなくなりそうで、一刻も早くこの場を立ち去りたかった。

しかし――彼が私の腕を掴《つか》んできた。

「あの……離してくださいませ、オズワルド様」

「いやだ、離さない。君のその態度の理由がわからない。どうして急に――！　昨日、君を独りにしてしまったことは本当に申し訳なかった。もう、あんなことはしない。だから――」

「そんなことじゃありません！　本当に、オズワルド様のせいではないのです。ただ、どうか今は放っておいてください！　お願いだから、離して！」

私が手を振《ふ》り解《ほど》こうとすると、彼は私の腕をさらにぐっと引き、離してくれるどころかその胸に強く抱きしめた。そして、無理矢理私にキスをした。

「んっ……！　オズワルド様！　お止《や》めください！　今はこんなことっ！」

「嫌だ、止めない！　君がそんなに辛《つら》そうな顔をしているのに、どうして君を行かせられると思う!?　私のせいでないというのなら、どうして私を避《さ》ける!?　冷たくする!?」

彼は再び私にキスをする。とても強引に、何度も、何度も。私は彼の腕の中で抵抗するが、全く逃げられない。嫌なんじゃない。胸が苦しくて、辛いだけだ。

でも、彼にこうして無理矢理にでも抱きしめられ、嫌だと怒ってもキスをされると――、彼に対する熱い想いが、そしてそれゆえに生じたこの向ける先のない怒りと悲しみがどんどん膨《ふく》らんで、そして――堪《こら》えきれず、一気に溢れた。

「お止めください！　私はっ……！　今、自分自身に苛立っているだけです！　自分の心の弱さに、憤《いきどお》っているのです！　私は昨日知ってしまいました！　貴方《あなた》にはかつて心から愛した女性がいて、その方が去った今も、ずっとその方を想っているということを！」

気づいたら私は泣き叫んでいた。驚いているオズワルド様の姿が、滲《にじ》む。

「私は……！　それを責めているのではないのです！　それを知って、勝手に苦しくなって、嫉妬して！　そしてもし――！　その方が貴方のもとにお戻りになったら、貴方は私のことなど忘れてしまわれるのではないかと……！　そう思ったら恐ろしくなって……！」

私は恥も外聞《がいぶん》もなく、ただ自分の感情を吐露《とろ》していた。恥ずかしいこと、愚かなこと、子どもっぽくて馬鹿なことを言っているのはわかっている。それなのに、どうしても止まらなかった。

「自分が、こんなに心の狭い人間だとは思いませんでした！　ああ！　こんなことなら、初めからオズワルド様に出会わなければよかった！　こんなに辛くて苦しい感情なら、恋などしなければよかった！　私は貴方を――もう取り返しがつかないほど、貴方を好きになってしまったというのに――！」

その言葉を遮《さえぎ》るように、彼の唇《くちびる》が私の唇を塞《ふさ》いだ。涙が溢れ、嗚咽《おえつ》が漏《も》れて息が思うようにできない。それでも、彼が私へのキスを止めることはなかった。

「……どうして！　私が君のもとから離れると、本当にそう思ったのか!?　これほど君を愛しているのに、それを君に伝える術《すべ》がないなんて！　――いや、違う。私が、君を不安にさせたのだ。先に説明しておくべきだった！　確かに彼女は私のかけがえのない、大切な人だ。でも、これだけは信じてほしい！　君を失うくらいなら……もう止める。全て終わらせる！　どうせ真実が明らかになっても、彼女は二度と戻らないのだから——！　だからどうか、私と出会わなければよかったなどと言わないでくれ、アマーリエ！」

彼の目から——涙が溢れた。

彼の言葉と涙に、私は呆然《ぼうぜん》と立ち尽くすしかなかった。彼は私をその腕に抱いたままだったが、その様子はさっきまでと全く違っていて、小さな子どもが急に泣いて抱きついてきたような錯覚《さっかく》に陥《おちい》るほどだった。

その小さな子どものようになってしまった彼を、今度は私が抱き返した。彼はずっと肩を震わせて泣いていた。


しばらくして私たちは、ナターリエの墓から少し離れた、見晴らしのよい草地に並んで腰掛けていた。朝靄はすでに消えて空は晴れ渡り、辺り一面が太陽のやわらかな光に包まれている。

「あー。ミイラ取りがミイラになった」

彼は、恥ずかしそうに呟《つぶや》いた。

「男のくせに泣くなんて……」

「あら、お忘れですか？　『今度オズワルド様が泣きたいときには、私が側《そば》で慰《なぐさ》めて差し上げます』と申し上げたではないですか」

恥ずかしそうに天を仰《あお》ぐ彼を見て、私は笑った。

「あ、やっと笑ってくれた」

彼は子どものように無邪気《むじゃき》に笑った。

「ふふっ。そんなオズワルド様の笑顔《えがお》を見たら、すっかり気分が楽になりました。先程まであんなに辛くて悲しかったのが、嘘みたい。――恥ずかしいですわ。あんなことで、子どもみたいに貴方に八つ当たりして、泣き喚《わめ》いて……」

すると、オズワルド様は私に優しくキスをした。

「最初はね、君がなんで怒っているのかわからなくてかなり焦《あせ》ったけど――私のことで嫉妬して、怒ってるんだってわかったら、正直、すごく嬉しかった。てっきり、いつも私ばかりが君のことで嫉妬したり、気を揉《も》んだりしてるのかと思ってたからね」

「まあ！　そんなふうに思ってらしたのですか？」

私たちは笑い合った。そして、短い沈黙の後で、オズワルド様は言った。

「私にかつて愛した人がいる、というのは本当だ。隠すつもりなど少しもなかったが、あえて言う必要があるとも思っていなかった。君にとって、そんなに楽しい話じゃないだろうから。だがそのせいで、結果として君を傷つけてしまった。だから、君にはちゃんと話したいんだ、彼女のことを。いいだろうか？」

私は頷《うなず》いた。

「――彼女は年上で、私は当時、まだほんの子どもで。彼女から見れば私など、男としては眼中にもなかっただろうが、それでも私は彼女を一人の女性として愛していた。彼女は全く知らなかっただろうが、父や母、そして他の誰とも違う感情を当時からはっきりと自覚していた。——私は本気だった。ひとときも彼女の側を離れたくなかった。それでいて、時間はできるだけ速く過ぎればいいと思っていた。早く大人になりたかった。大人になれば、私は彼女を自分だけのものにできると、傲慢《ごうまん》にもそう信じて疑わなかった。しかし、それは本当に愚かで浅はかだったのだ。私が大人になるよりもずっと早く、彼女は私のもとから去ってしまった」

「……ご結婚なされたのですか？」

彼の美しい顔は悲痛《ひつう》にゆがんだ。

「私は、それまでに何度も考えていた。もし彼女に結婚を申し込む奴《やつ》が出てきたり、恋人ができて、彼女がそいつと一緒になると言い出したら——そのときは、誰が何と言おうと、自分が幾《いく》つだろうと、相手の男に決闘を申し込むつもりだった。絶対に、どんなことがあっても、彼女を他の誰にも渡すつもりはなかった。どんな手を使っても、たとえ——彼女がそれを望まなくても——それでも彼女を、自分だけのものにしたいと思っていたんだ。私は間違いなく、世界中の誰よりも彼女を愛していた。だが、彼女を連れて行ったのはよりにもよって——死だった」

死——。そうだったのか。

「彼女が死んで、私ははじめて気づいた。自分がいかに愚かだったか。どれほど自分勝手な大馬鹿者だったか。自分のものになんて、ならなくてもよかったのだ。ただ、彼女が生きてさえいてくれたら、それでよかったのに。たとえ私の隣でなくても、彼女が生きて、どこかで幸せに笑っていてくれるほうが、死んでしまうよりはずっとましだったんだ。でもそれに気づいたときには、彼女はもう冷たくなっていた。私の目の前で……私の腕の中で、逝《い》ったのだ。私が、早く過ぎろと願ったその時間は、私が彼女と同じ時を生きられた、かけがえのない時間だった。そのことに——彼女が死んで、この世界に独り残されて、初めて気がついた。ああ、これからどんな速度で時が流れようとも、私がどれだけ年齢を重ねようとも、その時間のなかに彼女はいない、と——」

彼は泣いていた。彼は私よりもかなり年上なのに、やはりとても小さな子どものように見えた。

いったい、どれほどの深い愛で、その女性はこの人に愛されたのだろう。いったい、どんな女性だったのだろう。ああ、彼の心の中にはきっと、永遠に彼女がいる。

それは、あまりにも悲しく残酷《ざんこく》で、あまりにも美しい愛。私はその女性が正直、羨《うらや》ましかった。死んでしまった人に嫉妬するなんて本当に馬鹿な話だが、それでも私は、彼にこれほどまで愛され続けられるのであれば、死ぬのも悪くないと思ってしまった。そして、そんな自分の愚かさを自分で笑った。

「どんな方でしたの……」

思わず、聞いてしまった。聞きたいような、聞きたくないような。でもやはり、彼の愛した女性のことを、知りたい。

「……素晴らしい人だった、最高の女性だった。聡明《そうめい》で優秀で——だが、とても優しく、温かい人だった。誰にでも分け隔てなく接し、誰からも尊敬されていた。優秀な人だったが、驕《おご》ったところは少しもなく、どこまでも謙虚《けんきょ》な女性だった。そして……私を信じてくれた。自分でも信じられなかったのに。彼女だけは、最初から私を信じて疑わなかった」

彼の彼女に対する言葉は、その全てが優しい愛に満ち溢れていた。どう足掻《あが》いても敵《かな》わないような本当に素晴らしい女性だったことが、そこからもひしひしと感じられた。

「——そういえば初めて会った日、君は『転生魔法』の書を読もうとしていたね」

「ええ、そうでしたわ。後で、その本をわざわざ貸してくださいましたね。オズワルド様ご自身は『転生魔法』を全く信じていらっしゃらないようでしたが」

私がそう言うと、彼は笑いながら、しかし悲しげに言った。

「……本当はね、『転生魔法』を誰よりも信じていたのは、私だったんだ。それどころか——これは二人だけの秘密にしてほしいが、実は、私は彼女のために『転生魔法』を使った」

私は驚きのあまり、言葉を失った。

「正確に言うと、使おうとした。でも、だめだった。うまくいかなかった。——失敗してしまった。彼女はそのまま目の前で死んで、決してこの世に転生してくることはなかった」

「でも——『転生魔法』は、今となってはただの伝説なのですよね？　発動の仕方とか、そうした情報はもはやなにも残っていないのでは……」

「——詳しくは言えないけど、私は知っているんだよ、ある人から聞いてね。『転生魔法』は今も、たった一つだけ存在する。ただ難易度が高いうえに、生涯に一度しか発動できず、また、発動そのものにきわめて大きな魔力を必要とする。よって、そもそも発動できる人が少ない。失敗も多く、そのうえ成功しようが失敗しようが、呪《のろ》いと呼ばれる副作用もある。魔法の反動リスクも非常に大きく、反動だけで魔法をかけた本人が死ぬこともあるらしい。だから、『伝承のために教えはするが、決して使うな』と言われた。私も教わったときには一生使うつもりなんてなかった。だがあの時は——少しも悩まなかった。彼女をあのまま失わずに済む可能性が少しでもあるなら、自分が死ぬことなど少しも怖くなかった。——結局、失敗したけどね。しかし、『転生魔法』は確かに実在する。この魔法を教えてくれたその人も一度だけ、ある人のために使い、その人は見事成功させた。代償として、その人には今もある呪いがかかっているが——」

ああ、やはり「転生魔法」は実在したのだ。それにしても、彼がそれを使った？　信じられないような話だ。では、彼にも呪いが……？

私の表情を察してか、彼は私に微笑《ほほえ》みながら言った。

「ちなみに、私にかかった呪いは、大したものじゃないよ。反動に関しては……使ったのがまだ子どもの頃だったからもろに食らったけど、それでもまあ、しばらく寝ていたらよくなった」

「あの、呪いというのは、具体的にはどんなものなのですか？」

「そうだな……呪いそのものは人によって全く違うらしい。私のように比較的軽いものから、身体の一部を失ったり、一生寝たきりになったり」

「それで——オズワルド様の呪いは……？」

「んー、それが、この頃よくわからなくなった。これまでは、ああ、これが自分にかけられた呪いだという確信があったのに」

「それは、どういうことなのですか？」

「あることができなくなる呪いだと——少なくともつい最近まではそう思っていたんだが……不思議なことに、今やその呪いは解けたみたいだ。それも、君のおかげで」

「？　……どういうことです？」

オズワルド様は笑って、答えてくださらなかった。

「ところで——さっきの話だけど、やっぱり彼女に嫉妬した？」

彼は悪戯《いたずら》っぽく笑いながら言った。

「……少しだけ」

嘘だ。本当はすごく嫉妬している。でも——。

すると、彼は優しく私を抱き寄せた。

「確かに、彼女は私にとって永遠に特別な存在だ。決して忘れることはできないだろう。でもね、誰にも打ち明けなかったこの話を君にしたのは、別に君を嫉妬させるためじゃなくて——まあ、少しはそれもあったけど——、今の私にとって、君も彼女と同じくらい特別な存在になった、ということを伝えたかったんだ。あの日からずっと、私はもう二度と誰も好きになれない、愛せないと思っていた。彼女ほどの人には二度と出会えるはずがないと。私の時間は止まっていたのだ、あの日から。そして、そのまま二度と動き出さないはずだった。でもアマーリエ、君に出会って、本当に嘘みたいに一瞬で君に恋をして、君を知るたびにもっともっと君を好きになって——止まっていた時間が、動き出すのをはっきりと感じたんだ。信じられるかい？　私たちはまだ出会ってから一週間しか経《た》たない。それなのに、君は私の心の奥深くまですっかり入り込んでしまったのだ。自分がこんなことを言う日が来るなんて、少し前の自分なら決して信じられなかったが――私はもう、君なしでは生きられない」

オズワルド様の言葉はあまりにも甘く、私の心を満たす。ああ、私もです、オズワルド様。私も、貴方なしでは生きられない。

彼は私に優しく、キスをした。私の全てを慈《いつく》しむように甘く、うっとりするような素敵《すてき》なキスを。

今となっては貴方の心の中にいるもう一人の女性さえも、貴方の一部として愛すべき存在であると感じる。そうだ、今の優しいこの人を作ったのは、紛《まぎ》れもなくその女性への一途《いちず》で深い愛。彼女はもはや彼の一部であり、私はそんな彼を愛したのだ。

それにしても――オズワルド様が「転生魔法」のことを知っているのなら、私に「転生魔法」をかけた人が誰か、わかるかもしれない。

だって、現存する「転生魔法」は一つだとオズワルド様も言っていたし、そんな特殊な魔法を教えられる人がそんなにたくさんいるはずがない。

たぶんオズワルド様にそれを教えた人物、その大きな呪いがかけられた人物か、あるいは同じくその人にこれを教えてもらった別の誰かが、私に「転生魔法」をかけたはずだ。

しかしそんな危険な魔法を私にかけたのだとしたら、その人は今――。

と、ここまで考えて、気づいてしまった。彼は、発動にはきわめて大きな魔力が必要だと言った。そして、「転生魔法」は当然、死の間際にしか発動できないもの。つまり、ナターリエが死ぬ直前に側にいて、それほどの魔力を有した者はただ一人だ。

――そうだ、王太子殿下《おうたいし》がもし、「転生魔法」を知っていたら……？

「もしや、王太子殿下が――！」

「えっ！」

オズワルド様は優しく私を腕に抱いたまま座っていたが、突如私の口から出た「王太子殿下」という言葉に驚いたようで、身体を強張《こわば》らせた。

「アマーリエ、今なんと……」

「あ、いえ、ただ――王太子殿下が『転生魔法』をご存じの可能性って、あると思われますか？」

「――どうしてそんなことを聞くんだ？」

彼は怪訝《けげん》な顔をして言った。

「王太子殿下は確か、プリングスハイム様がお亡くなりになる場に居合わせられたのですよね？」

「……そのはずだが」

「では、王太子殿下がプリングスハイム様に『転生魔法』をお使いになった可能性はないだろうかと――だって、殿下は彼女にとても懐いていらしたそうですし、実際あの事件の直後から、殿下はずっと公《おおやけ》の場に出られていません。もしかしたら殿下はプリングスハイム様に『転生魔法』を使い、その反動と呪いをお受けになったのでは……！」

「いや、どうしてそんなところに話が飛躍《ひやく》するんだ？　王太子殿下はプリングスハイム先生の死にショックを受けて倒れただけ――」

「殿下は風邪《かぜ》ひとつ引いたことがないほどお身体が強かっ――たと聞きました。また、年齢のわりに精神的にも成熟なされていたと。どうしても信じられないのです、そのように心も身体も強いお方が、二十五歳になられた今も、子どもの頃の事件のために回復されないなんて――」

「だが君は、殿下にお会いしたことはないだろう？　身体が強かっただの、精神がどうのというのは、噂で聞き知っただけじゃないか。人々の噂など、全てが真っ赤な嘘かもしれない」

「そういうオズワルド様は、殿下にお会いになったことはありますの？」

「私は――ある。幾度も」

「幾度も!?　それで、どんなご様子でした!?　やはり今もかなりお悪いのですか!?」

「君は、殿下のことがよほど気になるんだな」

「いえ、その……」

彼は、少し不満げだ。目の前にいる自分のことよりも一度も会ったこともない王太子殿下の方が気になるのか、とでも言いたげで――それが、少し可愛《かわい》い。

しかし、オズワルド様は王太子殿下に何度も会っていたのか。確かに、魔法騎士団長ともあろうお方なら十分ありえる。

それなら――今の王太子殿下のご様子を少しでも知りたい。

「それで、どうなのですか、殿下のご容態《ようだい》は。少しはよくなってきているのですか」

予想外に彼は、冷たく言い放った。

「いや、あれはもう、どうにもならないかもしれない」

「え……」

私は言葉を失った。

「王太子殿下は、あれから少しもよくならない。ずっと、寝たきりのままだ。正直言って、回復の見込みはないと思う」

ショックのあまり、何も考えられなくなる。もう、回復の見込みがない？　あの輝くばかりだった王太子殿下が、まさかそんなはず――！

「そんな……でも殿下はいずれ王位を継《つ》がれるのでは」

「あの王太子殿下が真っ当な王になることはあり得ないだろうな。なりようがない。貧弱な心で、ずっと現実から目を背《そむ》け、過去にしがみついているんだ。もう決して戻らない人を待ち続けて――本当に弱い男だ。未《いま》だに死の悲しみに心を囚《とら》われたまま何もできなかった、愚かな情けない奴だ。あんな王太子に、王になる資格などない」

バシッ！

「な……」

――やってしまった。オズワルド様の頬《ほお》を、思い切り叩《たた》いてしまった。

でもオズワルド様、貴方には、王太子殿下のことを悪く言わないでほしかった。

私の大切な王太子殿下のことを、私が心からお慕《した》いする、貴方にだけは！

「……アマーリエ、なぜ……なぜ君が泣いているんだ？」

涙が、溢れて止まらない。確かに変だ。叩かれたのはオズワルド様で、叩いたのは私。なのに、どうして私が泣いているのだろう。

でも――ならどうして貴方は、私に頰を引っ叩《ひぱた》かれたのに、怒るどころか、私を優しく抱き寄せ、そんなに悲しそうな顔で、私を強く抱きしめるの？

「ああもう、どうして君が泣くんだ！　君を悲しませるつもりなんて、少しもなかったのに！」

泣いている私よりも、彼の方が苦しく、辛そうな顔をしている。――酷《ひど》いことをしてしまった。こんな優しい人に、私はいったいなんてことを……。

私は、先程叩いてしまったオズワルド様の頰に、そっと触れた。ほんの少し、赤くなっている。

「本当にごめんなさい、こんなことするつもりなかったのに……。ただ、どうかわかってください。王太子殿下は、決して貴方が思っていらっしゃるような方ではないのです。あの方はとても優しくて、誰よりも思いやりがあって、どんな困難があっても決して諦《あきら》めない、強い心と勇気をお持ちの方――人々の王たる資質をお持ちの方よ。もし、周囲の方々も殿下のことをそんなふうに思っているのであれば、そしてもしそれで殿下が孤立《こりつ》され、苦しんでらっしゃるのであれば、お願いだから、これからはどうか、貴方だけは殿下の味方でいて差し上げて！　本来なら私がなんとしてもお側にいて差し上げたかったのに、今の私にはそれができないから――」

「アマーリエ、いったいどうしてそんな……君は本当に、殿下に会ったことがないのか？」

私は答えなかった。答えられなかった。感情に任せてあんなことを言ってしまったけれど、確かに変なことを言っているのはわかる。まるで、よく知った人のことを言うみたいだ。

でも、どうしても言わずにはいられなかった。だって王太子殿下は、私のせいで今も苦しんでいるのだから。

あれから十七年――。殿下は、もはや私のことをはっきりと覚えていないかもしれない。ただ、勉強部屋で見つけたあの「本」を見る限り、私は殿下の中で思い出の――それも、とても悲しい思い出の人として、心に焼き付いてしまったようだ。

あの日の事件がきっかけとなり、それが癒《い》えぬ心の傷となって王太子殿下を苦しめ続けているとしたら、それはやはり、私の罪だ。

またもしこの転生自体も殿下のお力であり、それゆえに殿下に呪いがかかっているのだとしたら――私はその罪をどうやって贖《あがな》い、また、どうやってその御恩に報《むく》いればよいのだろうか。

「ごめんなさい、オズワルド様。私、おかしなことを言って。許してくださいね。ただ……王太子殿下のこと、どうかもう二度とそんなふうに言わないでください。貴方にだけは――殿下のことをそんなふうに言ってほしくないの」

「わかった。わかったよ、約束する。だからもう、泣かないで。君が泣いていると、私はどうしていいかわからなくなる。胸が苦しくて、たまらなくなるんだ。誓うよ、もう二度と殿下のことを悪く言わない。約束する！　それに、もしそれが必要な時は――私が殿下の、一番の味方になろう。私が味方になったところで、殿下のお役に立つとは思えないが」

「ああ、ありがとうございます！　本当に嬉しいわ！　オズワルド様が王太子殿下の味方になってくだされば、なにより心強いですもの！」

彼は私に笑顔が戻ったことに安心した様子で、ただ少し困ったような、照れ臭そうな顔で笑った。

「まあ、そうだといいが――。でもねアマーリエ、私が一番守りたいのは他でもない、君なんだ。

私はね、正直言うと君を守ることができたなら、他はどうなってもいい」

「まあ！　我が国の魔法騎士団長様がそんなこと仰《おつしや》って！」

「本当のことなんだから、仕方ないよ。もちろん、君との約束は本気で守る。王太子殿下のことも、必ず。だが、どうかこれだけは許してほしい。もし他の誰かと君のどちらかしか助けられないときは——そのもう一人がたとえ王太子殿下であったとしても、私は迷わず君を助ける。——この命に代えても、君を守る。それだけは許してくれ」

本当は、それでも王太子殿下のことを助けてほしい。王太子殿下を守ってくださるためなら、私のことなど放っておいていい。

でも、私は彼のその言葉が、そして彼の愛が、純粋に心から嬉しかった。だから私は何も答えず、ただ彼の唇に、そっとキスを落とした。


優しく甘いお返しのキスのあとで、彼はその腕に私を優しく抱いたまま話し始めた。

「アマーリエ。私はまだ、君にどうしても言えないことがある」

「……？」

「本当は、今すぐにでも全て君に話して、君とのあいだに秘密なんてひとつもなくしてしまいたい。だが、それは私の一存《いちぞん》で決められることではないのだ。——しかし、にもかかわらず、私は君に伝えたいことがある。どうしても、一日も、一瞬でも早く、君に伝えておきたいことだ。アマーリエ、私は君を心の底から愛している。誰よりも強く、何よりも深く。これほどまでに、人を愛せるとは知らなかった」

とても優しい眼差《まなざ》しで、オズワルド様が私を見つめる。

「私は今も、さっき話した女性のことを忘れられない。私にとって彼女はそれだけ特別で、それはこれからも変わらないだろう。だが、君のことは——もはやそれ以上に、特別になってしまった。彼女のことを忘れることはできないが、それ以上に私は、君を失うことに耐えられない。さっき私は自分で言った。『ただ、生きてさえいてくれればいい。私の隣でなくても、ただ生きて、ずっとどこかで幸せでいてくれるのであれば』と。だが、どうも私は、やはり欲深い、愚かな人間のようだ。君の隣にいて、君にこうして触れていると——どうしても抑えがたい衝動に駆《か》られる。どうしても、君の全てを私だけのものにしてしまいたいと思ってしまう。そして一生離れたくないと——それが君に、ある種の枷《かせ》となる重い役割を与えることになるとわかっていても——私は君をどうしても諦められないんだ。私はなんて自分勝手で、酷い男だろうね！　自分でも信じられない。それでも、この想いを抑えることができない」

これ以上ないほどに真剣な目が、まっすぐに私を見つめる。

「アマーリエ、こんな愚かで馬鹿な、どうしようもない男を許してくれ！　そしてどうか、ずっと私の側にいると誓ってほしい。私は、私の全てを君に捧げる。この身も、この心も全て。だからどうか、私と結婚してほしい。アマーリエ、私の側に、一生いてくれないか」

――涙が止まらない。声が、うまく出ない。

ああ……！　私はなんて幸せなんだろう！　これ以上の幸福が、この世に存在しうるのだろうか。

「ええ、ええ！　もちろん！　私も一生、貴方のお側にいたいわ！　ひとときも離れたくない！

愛しているわ、心から！　私も――私の全てを貴方に捧げます」

私たちは固く、そして優しく抱き合うと、これ以上ないほど甘い、誓《ちか》いのキスを交わした。

人は、どうしてこんなにも小さな身体で、こんなにも大きな幸福を感じられるものだろうか。

人は、こんなに身も心も全てを震わせる喜びの中で、生きられるものなのだろうか。


その直後だった。

突如として、かなり強い魔力の波動を感じた。これは、人ではない。魔物だ、しかもこれは――

この魔力は、並大抵の魔物のものではない……！

彼はさっと私を守るように立ち、その気配のほうに向かって、瞬時に強い防衛魔法を発動した。

さすがの魔法騎士団長である。

強い防衛魔法により、その強烈な魔力の波動が跳ね返された。そうしてようやく私たちは、その
魔物の姿をはっきりととらえることができたわけだが。

「嘘……」

私たちの目の前に突如出現したのは――巨大な、黄金の竜だった。

これはいったい……!?　私は周囲を確認する。幸い、私たちの他に人の姿はない。

それにしても、竜など！　魔物は通常、山奥や海、深い森など、人里離れた場所にのみ存在する。特に国内においては、我が国の優秀な魔法騎士団員たちがほとんど討伐《とうばつ》してしまったので、今では出現そのものが珍しい。

にもかかわらず、中心部から離れているとはいえ王都にある公園に、しかも「竜」なんて……！　竜は、世界的に見てももうほとんど存在しない希少種だ。そもそも、非常に高い山の山頂付近や海底、森の奥深くなどで深い眠りについているのでよほどのことがない限り目覚めないから、近年では竜の目撃例など全くない。それがこんな風に突如現れ、人間を攻撃してくることなどありえない。

しかし、今はここに竜がいる理由などを考えている場合ではない。目の前のこの金の鱗《うろこ》を輝かせている神々しいまでの竜は、オズワルド様の放つ尋常ではない強度の防衛魔法にも全く動ぜずに、いっそう強大な魔力を放ちながら、こちらに向かってくるのである。

だが、オズワルド様もそれに負けていない。彼はこの竜の放つ甚大《じんだい》な魔力に対抗して、更に強力な防衛魔法を発した。まだこの状態でさらなる魔力を発動できること自体、到底信じがたいのだが、しかし現に彼はその魔力の発動でもって、ようやく竜の動きを止めた。

それでもなお、その黄金の竜はオズワルド様の防衛魔法を突破しようとしてくる。オズワルド様は私をしっかりと胸に抱いたまま、強大な魔力を発し続ける。しかし、額《ひたい》には汗が滲んでいる。

当然だ、本来であれば、あの竜の魔力の前では、たとえこの国の上級魔法使いであっても数秒と持たないだろう。

そんな恐ろしい魔物と今、オズワルド様は互角《ごかく》に戦っている。ありえないことだ。だが——これでは、いつまで持つか。

どうすればいい！　何か、私にできることはないのか!?　しかし私は、かつて優れた魔法使いではあったが、魔物の討伐や戦地での戦闘経験は皆無《かいむ》だった。

突如現れたこの巨大な魔物を前に、これまでに感じたことのない恐怖に襲われる。私はただただ、彼にしがみついたまま震えていることしかできなかった。

そして――竜が、さらに大きな衝撃波を発した。私は、もう駄目だと思った。

ほんのついさっきまで、私は幸福の絶頂だった。それがこんなに突然、あっさりと終わりを迎えるのか。前の人生も急な終わりを迎えたのに、今回も。

――ああ、それなのに。もはや何も考えらえないほどの恐怖を感じているはずなのに……私は今、彼の腕の中で死ねるのだということをなぜか嬉しいと思っている。

そうだ、この感覚は――あの時に似ている。前世の、死の直前だ。まだ小さな王太子殿下の腕のなかで、私はやはり、少し嬉しかったのだ。

忘れていた。まだ幼い殿下の前で死ぬことを心から申し訳ないと思いながら、でもこうして私を大切に思ってくれる王太子殿下の腕のなかで死ねることを私は愚かにも嬉しいと思っていた……！

――！

これまでの比ではない、強い魔力の発動を感じる。

ああ、もうだめだ。このまま――。

オズワルド様、私は貴方と出会えて本当に幸せでした！

……。

……。

——？

目を開けると、目の前にはもはや黄金の竜はおらず、ただ先程までと同じ、穏やかで見晴らしのよい景色が広がっている。

そして気づく。私は今も、彼の腕に力強く抱かれたままだ。

次の瞬間、彼がその場に倒れこんだ。

「オズワルド様！」

——あれ……？

「……オズワルド……様？」

「……魔力を使いすぎたらしい」

え……！

では、さっきの、最後に感じたあの異常なほどの魔力は、竜のものではなく、彼が竜に向けて発した攻撃魔法だったのか！

「防衛魔法だけではどうにもならなかった。あれで諦めてくれていれば、あんなふうに殺さずに済んだのにな——。しかしまさか、跡形もなく消滅するとは」

つまり……彼は竜を殺さないですむように、あれでも魔力を抑えていたというのか。

いやいやいやいや、いくらなんでも——。

でも、そうか——私たちは助かったのだ。もうすっかり死を覚悟したのに、信じられない——。

「アマーリエ、君は大丈夫か……？」

「私は大丈夫……だけど、オズワルド様——貴方、髪の色が——」

そうだ、私がさっき驚いたのはそのせいだ。オズワルド様の髪の色が、黒から金色に変わってしまっている。

魔力の使用で髪色が変わる、ということがあるのだろうか。それとも、黄金の竜のせい？

と、ここで彼が顔を上げ、そして——彼の目を見て——気づいてしまった。

「あ……！」

その瞬間、私の身体は先程とは違う震えに襲われた。

まさか——そんなこと、ありえない！

一瞬、頭が真っ白になる。

でもこの髪の色、そしてこの目は——間違いない。

ああ……どうして気づかなかったのだろう。同じ顔だ。ただ、そのまま大人になっただけ。

ただ本当に、目の色と髪の色が違っただけ！　でも気づかなかった——！

そうだ、貴方は——

「王太子殿下……？」

彼は驚愕《きょうがく》の表情を浮かべた。

「アマーリエ、今なんと——」

「オズワルド様……貴方は――アレクサンダー王太子殿下なのですか!?」

「――どうして……!」

彼の表情でわかってしまった。間違いない。彼は――あの王太子殿下だ。でも、なぜ――。

頭の中が混乱して、ぐるぐるする。だけど、今となってはもう疑いようがない。

ああ、どうして気づかなかったのだろう！　変わっていない、何もかも！　表情も、笑い方も、私への優しさも、全て！

私は思わず、離れようと駆け出してしまった。どうしてよいかわからない。もはや、彼になんと声をかければよいかわからない。

そうだったのか。ああ、彼が誰か分かってしまった今となっては、全ての辻褄《つじつま》が合う！

あれほどお元気だった、王太子殿下の不在。

ほとんど年齢の変わらない、天才魔法使いオズワルド・グリュンシュタインの活躍。

彼の持つ、本来であれば王家特有の比類《ひるい》なき魔力。

そして――「転生魔法」。

ああ！　彼が「転生魔法」を使ったのは、私に対してだったのだ。

そうして転生した私は再び彼と出会い、今度は――彼に恋をした。

彼は、ずっと私を想っていてくれたのだ。オズワルド様こそがアレクサンダー王太子殿下だった――！

こんなに衝撃的な、恐るべきことがわかったのに――どうして私は今、嬉しいのだろう！

彼が愛したのは、ナターリエだった！　私だった！　そしてまた、彼は私を見つけてくれたのだ。

なんということ――なんという運命だろう！

でも――私はどうすればいい？

無理だ――私があの王太子殿下と――。

「アマーリエ！」

彼はあっという間に私に追いついた。

ぼろぼろと涙を流す私を見て、無理やりに私を自分のほうへ引き寄せると、そのまま強くその胸に抱いた。

駄目だ、涙が溢れて――止まらない！

「どうして――！　どうして行ってしまうんだ！　決して離れないと言ったのに！」

「でも……！　でも、貴方はアレクサンダー王太子殿下でしょう⁉　オズワルド・グリュンシュタインではなくて、この国の――王太子殿下なのでしょう⁉」

そう言って泣き叫ぶ私に、彼はすっかり動揺している。

「どうして……だって君は、王太子に会ったことがないのに――なぜ髪と目の色だけで私を王太子だと――」

もう、隠しておくことはできない。

「貴方がどうしてオズワルド・グリュンシュタインとして生きていらっしゃるのか存じ上げませんが、貴方がアレクサンダー王太子殿下であることは確かです。わかるのです。なぜなら、私たちはかつて、あんなに一緒にいたのだから。ああ、どうして気づかなかったのか！　目の色と髪の色が違うだけで、貴方は全然変わっていない！　幼い日の――八歳の頃の貴方と、少しも変わっていなかったのに！」

オズワルド様、いや、アレクサンダー王太子殿下は、怪訝な表情で私を見つめた。

「私が八歳の頃……？　しかし君はまだ――」

「――今世ではありません。アマーリエとしてではなく……ナターリエとしてです。ナターリエ・プリングスハイムとして、私は貴方にお仕えしておりました――王太子殿下」

殿下は言葉を失った。真っ青な目を大きく見開き、口を開けたまま、私の顔を呆然と見つめている。

「アマーリエ、君は今なんと……」

「先程、貴方は『転生魔法』を使ったときのお話を私にしてくださいました。ですが、そのお話を伺《うかが》っても私は全く気づかなかった、結びつかなかったのです。まさか、貴方が転生させようとしたのが、私だったなんて――。そうです、私はかつて、ナターリエ・プリングスハイムでした。『王太子専属魔法指導官』として貴方にお仕えしましたが、貴方の御前で毒殺され、そして――アマーリエ・ローゼンハイムとして転生したのです」

「そんな――まさか！　だって――転生魔法での転生は、同一家系に生まれるはずだ！　だから私は――失敗したのだと思った、私はそのとき知らなかったが、ナターリエの――つまり、プリングスハイムの家系は彼女で途切れたから……！」

「……はじめてアマーリエとして魔法書庫でお会いしたときにお話ししましたが、ローゼンハイムの家系には千年前に『グレート・ローゼンハイム』という偉大な魔法使いがおりました。彼はケーラ山に籠《こ》もり、その後亡くなった。しかし彼の血筋は、脈々《みゃくみゃく》と受け継がれました。新しい、プリングスハイムの家名で。つまり、ローゼンハイム家とプリングスハイム家は、遡《さかのぼ》ると同じ家系なのです。だから、私はローゼンハイム家に転生したようです」

彼は呆然としたまま、私のことをじっと見ていた。

「私は貴方と魔法書庫でお会いする前日まで、ナターリエとしての記憶がないまま、アマーリエ・ローゼンハイムとして生きておりました。ですが私たちが魔法書庫で出会う前夜、突如現れた例の魔法使いに『自分が何者か思い出せ』と言われた瞬間——前世での、ナターリエとしての全ての記憶を思い出しました。それで、転生の謎を知るべく魔法書庫に入り調べ物をしていたところで——貴方と再び巡り会ったのです。先程、私は嘘をつきました。本当は、先の封筒の中にはこの手紙が入っておりました」

私は隠していた手紙を彼に渡した。彼は私の話をただ静かに聞いていたが、手渡したその手紙を読み終えたところで——大粒の涙を零《こぼ》した。

そっと私の手をとると——その手に静かに唇を当てた。何度も、何度も。一緒に彼の涙が、手の上にぽたぽたと落ちてくるのを感じる。

「私のアマーリエがまさか……！　では、私は——！　ああ、私が愛したのは、やはり貴女だったのか！　ああ、ナターリエ！　ずっと——！　もう二度と会えないと思っていた！」

そう言うと、彼は私を再び強く抱きしめた。彼はさめざめと泣いていた。

私も、涙が止まらなかった。何という運命なのだろう。

「もう二度と貴女を――アマーリエ、君を離さない！　わかっているね、一生私の側にいるんだ！」

彼は私にキスをした。何度も、何度も――強く、激しく、そしてなによりも、甘く。

身体の奥底から湧き上がる喜びと幸福感、そしてこの奇跡への感謝の想いに、私は涙が止まらなかった。


それから随分長いこと、私たちは抱き合ったままだった。

言葉はほとんど交わさなかったが、何も言わなくても全てがわかり合えた。

今、私たちに言葉は必要なかった。長い時を経《へ》て、ようやく貴方と再び出会えたのだ。

それも――今度は私の愛する人として。

彼は私をぎゅっと強く抱きしめて離さず、数え切れないほどのキスをした。

夕暮れが近づき少し冷えてきてから、やっと私たちは町へ戻ることにした。彼は再び魔力で目の色と髪の色を変えた。

彼の話では、一定量以上の魔力を使用する際には、他の不要な魔法を一旦解除しなければならないらしい。故に、先程は仕方なく、目と髪の色を変える魔法を解いたのだという。

それにしても——どうして急にこんな場所に竜が現れたのだろう。しかも黄金色の竜など、物語でしか聞いたことがない。彼も、あれほどの強さの魔物にはこれまで遭遇《そうぐう》したことがないという。

「あの場所に竜が出現した理由については、私のほうで調べておく。しかし、信じられないのは、あれが私になにも感知されることなく、突如あの至近距離に現れたことだ。本来ならば、あれほど大きな魔力を有する魔物なら、近くに来る前に必ず気づく。つまりあれは召喚獣のように突如出現した、ということだ。あんな至近距離の出現でなければ、すぐに最強度の魔法で応戦できたのだ！　……君に、怖い思いをさせてしまった——あんなに怯《おび》えさせた」

彼は腹立たしげに言った。

「でも、そのおかげで私は貴方が誰であるかに気づくことができました」

私は彼に微笑みかけた。確かにあの時は、恐ろしくて本当に死んでしまうと思った。

だが一方で、あの竜のおかげでこの真実に気づくことができたのだ、今となってはあの謎の竜に感謝したいくらいである。

それを聞いた彼はこの上なく嬉しそうに破顔《はがん》して、私にキスをした。

「確かにそうだ。でも、もどかしいな。こんな近くで暮らしていたのに、十六年間も気づかなかったなんて。あ——そういえば君は、ナターリエの頃の記憶は封印されていた、と言ったね」

「ええ、そうなのです。その例の魔法使いのことも、未だに誰かは思い出せなくて」

「……そうか、わかった。その件も、あとで私のほうで調べてみる。さあ、もうすぐ待たせてある馬車だ。さすがにさっきのは、魔力を少し使いすぎた」

彼が「伝心《テレパトス》」で呼んだ馬車は、もうすでに予定の場所に到着して、私たちを待っていた。馬車に乗り込むと彼は私の隣に座り、私の肩に頭を載せた。

先程から、彼はひとときも私を離さない。ずっと、どこかに触れている。幼い頃と少しも変わらないなと、少し笑ってしまう。

「ああ……私は今、世界中の誰よりも幸せだ」

「……私もです」

本当に、夢を見ているような心地だ。

心から愛する人の隣にいて、その人は私のことをずっと、誰よりも何よりも想い続けていてくれたことを知ったのだ。

——この幸福感は無上《むじょう》のものだ。

「すぐに、父上にこの婚約を報告しないとな」

彼は嬉しそうに呟いた。

「あ……」

そうだった。

いやもちろん、結婚の約束をしたことを忘れていたとかそういうわけじゃない。ただ、今やっと頭のなかで繋《つな》がったのだ。

私はたしかにさっき、オズワルドである彼と結婚の約束をした。しかしオズワルド様は、本当はアレクサンダー様だったわけで――。

公爵家の子息であるオズワルド・グリュンシュタインとの結婚の約束と、王太子アレクサンダーとの婚約は、意味合いがかなり違ってくる。

王太子と結婚するということは、王太子妃になるということ。

確かに、私は公爵家の令嬢である。王太子妃になるための家柄や資質になんら不足はない。

にもかかわらず、私には王太子妃になる自信が、全くない。魔力を持たないローゼンハイム家に生まれた時点で、王太子との結婚は本来ありえないから、考えたこともなかったからだ。

もちろん、もはや彼と離れるなど、到底考えられない。誰が何と言おうと、彼と一緒にいたい。

――だが、実際に結婚とかそういう現実的な話になると、正直どうしてよいかわからなかった。

それに、ローゼンハイム家の魔力の所有を伏《ふ》せておくなら、この結婚に対する反発も避けられないのでは……？

「アマーリエ……君、今何を考えてるの？」

彼は少し不満げに言った。

「あ、いえ――ちょっと気になることがありまして――」

「当ててみようか。君は、私との結婚を承諾《しょうだく》したこと、少し早まったと思ってるんだろう！」

「え!?　なんで……」

「やはりそうか！　しかし、駄目だよ！　わかっているだろうが、取り消すなんて、死んでも許さないからね！」

「ですが、さきほどは貴方が——王太子殿下だとは存じ上げませんでした」

「だからなんだというんだ⁉　君は私のことを愛しているんだろう！」

「それはそうですが……ローゼンハイム家の魔力のことは伏せておくのですよね⁉　でしたら、世間からの反発が——」

「例の不文律《ふぶんりつ》か！　だが、あれは全く根拠《こんきょ》のない非科学的なことだとかつて教えてくれた張本人が言う？」

「ですが、民心は別だともお教えしました！」

するとと彼は、すごく悪戯っぽく笑った。

「じゃあ、君は奇跡で魔力を得たことにしよう！　非科学的だが、民心は別なんだろう？　奇跡の女性なら、民からは逆にありがたがられるかもな！　ほら、これで何の問題もない！　さあ、このままま っすぐ、王宮に向かおう！　国王陛下に、私たちの婚約をご報告をするのだ！」

「そんな無茶苦茶な！　何の心の準備もできておりませんのに！　第一、私たちはかつて教え子と教師の関係で——」

「アマーリエ！　今更もう何を言ったって駄目だ！　私は何があっても君を離さない！　君がどんなに逃げようとしたって、私は君を逃がさないから。言っただろう！　私はそんな酷い男なんだ」

彼はまた私にキスをした。彼にキスされると、なんだかもう、何も言えなくなってしまう。そういう特別な魔法みたいで——狡《ずる》い。

「そういえば、なんだかもう随分前のことみたいだけど、さっき君に頰を叩かれたとき——」

「王太子殿下……！」

すっかり忘れていたのに！　「王太子殿下のことを酷く言わないで！」とか言って、殿下ご自身を引っ叩くなんて！　ああ、申し訳なさすぎる……。本来なら不敬罪に当たるのだろうか。

あ、そのうえ「殿下の味方でいて差し上げて！」とか、言ってしまった……それも殿下ご本人に！

ああもう……顔から火が出そう。

私が両手で頬を押さえながら顔を真っ赤にしているのを見て、彼は笑った。

「……あのときね、本当はすごく嬉しかった。君に頬を叩かれて――意外としっかり痛いし、君は泣いてしまうしで、もうどうしていいかわからなかったけど――君がそんなふうに王太子のこと、つまり私のことを思って泣いてくれることが、すごく嬉しかった。正直、王太子のことを知らないのに、どうして君はそんなに王太子を庇《かば》うんだろうって、ちょっと嫉妬したけどね」

「まあ、ご自身がその王太子殿下でいらっしゃるのに？」

私は少し笑ってしまった。

「うん、なんか変な話だが――。でも君だって、私のナターリエへの想いに嫉妬して、あんなに怒っていたんだろう？　それと同じじゃないか」

「え……」

うわ、これは恥ずかしい。まあたしかに結果的にはそうだけど……。

「ははは！　だが君が私を――つまり、王太子である私を必死で庇ってくれたとき、なんというか……もしナターリエが生きていたら、きっとそう言ってくれるだろうと思った。君を一瞬だが、ナターリエのように感じた。ナターリエが君を通して、私をまた励ましてくれているように感じたのだ。もちろん、まさか君が本当にナターリエの転生者だとは夢にも思わなかったけどね。だからこそ君が本当にナターリエだと言ったとき、私はすぐに『ああ、間違いない』と確信した。まだ私が魔法を全く発動できなかった頃、周りの大人たちは魔法が発動できない私に失望して、できそこない王子だの、実は王の本当の子ではないだの、裏で散々言っていた。知っているだろう？　父上と母上は、私に魔力があることを信じてくださってはいたが、王室始まって以来の異常事態に困惑されていた。そしてそのことに大きな不安も感じていらした。当然のことだ。しかし、当時の私にはそれさえも辛かった。思えばこれも感知魔法の一種なのだろうが、私は昔から周囲のそういう反応や相手の感情に敏感で、口に出さなくても相手がどう感じているのか、なんとなくわかってしまうんだ」

感情を——。殿下がそのような能力をお持ちだったなんて、少しも気づかなかった。

「そんなとき、ナターリエ、貴女《あなた》が現れた。貴女は最初から、私のことを信じてくれた。貴女だけは、私の可能性を信じて疑わなかった。どんなに私ができなくても、信じられないほどの根気強さで私を励まし、支え、導いてくれた。そしてどんな小さなことも共に悩み、喜んでくれた。それに、貴女の優しさは分け隔《へだ》てのないもので、王太子である私だけを特別扱いしなかった。まだ子どもだった私は王太子である自分だけを特別扱いしないことに少し不満だったが、同時に偉大な、素晴らしい人だと思った。あと、貴女が私を男として見ていないことは知っていたが、それでも私のことを何より大切に思ってくれているのは、はっきりと感じていたんだよ？　だから大人になれば貴女を振り向かせる自信があった。最終、色仕掛けで既成事実を作ってやろうと――」

なっ――!?

「そんなことを考えながら、私の授業を受けていらしたのですか!? 私の中で殿下はずっと純真《じゅんしん》無垢《むく》な天使だったのに――！」

「ははは！ でも、子どもっていっても、男だからね！ 本当はもっと――いろんなことを想像していたよ。それにあの頃から、わりとアプローチもしてたつもりなんだけど」

彼は、とても楽しそうに笑った。でも、急に哀《かな》しげに宙を見た。

「……だがあの日、突然貴女を失って――世界から色も光も、この世の喜びのなにもかもが消えてしまった。反動で高熱が出て、約三か月後にようやく熱が治まったんだが、夢の中でずっと貴女と一緒にいる幸せな夢を見ていたんだ。そして再び目覚めたとき貴女はもういなくて、どうしてあのまま一緒に死ねなかったのかと絶望感に打ちひしがれた。必死の思いでかけた『転生魔法』も失敗していて――少なくとも今日までそう思っていたから――、私は、なにを目的に生きればよいかわからず、抜《ぬ》け殻《がら》のようになっていた」

悲しげに微笑む彼の表情があまりに切なく、胸がいっぱいになった。

「だが、貴女からもらったあの本――『魔法学を学ぶ者へ』を読み、貴女からの最後のメッセージを読んで、気づいたのだ。私にはまだ、生きてやるべきことがあると」

彼は私の手をそっと取ると、優しく握りしめた。

「私が寝込んでいた三か月の間にも、父上自らが全力で捜査に当たっていらしたが、まだ首謀者《しゅぼうしゃ》に繋がる手がかりを摑みきれていなかった。そこで私は――父上にあることを願い出た。それが、魔法騎士団への入団だった。現在の法律では、未成年の王太子は国王の補佐という公務のみが許されている。未成年の王太子は国家に庇護《ひご》されるべきものとして、危険なことには本来関与できないのだ。だからこそ、私はどうしても魔法騎士団に入りたかった。知っての通り、魔法騎士団は戦争や魔物討伐などの国防時以外は、特別官憲《かんけん》として国内の保安に務めることになっている。特別官憲が許可されていることは非常に多い。あらゆる個人情報を確認できるし、魔法の利用も全面的に許可される。そこで私は、王太子が回復したことは伏せさせて、国王陛下の承諾とグリュンシュタイン家の協力のもと身分を偽《いつわ》り、特別に魔法騎士団への入隊を許可された。それにより、私はこの魔力を人々を守るために使うとともに、自らの手であの事件の調査を進め、やっと首謀者らを突き止めた――と思った」

彼の表情が曇《くも》った。

「粛清《しゆくせい》のことは、君も知っているね。あれで、私たちは犯人を全て捕らえたはずだった。だがあの男――今も首謀者とされているあの愚か者は、最期にこう言ったんだ。『私はあいつに唆《そその》かされただけだ！　本当の黒幕は――』。そう言った瞬間、奴は血を吐いて死んだ。奴の手下たちもそうだった。秘密を漏らそうとしたら自滅する魔法がかけられていたのだ。もともと死刑判決は下っていたので、混乱を避けるため、表向きはこちらで処刑を行ったことにしたが、実際は……」

「真の黒幕は……他にいるのですよね」

「君も、知ったんだね。それに、この手紙の人も――。私は今も、そいつが誰なのかを探っている。

私は、決して許さない。私から貴女を奪った者のことを」

　彼の目は怒りに燃えていた。私はそんな彼に、そっとキスをした。

「王太子殿下、そんなに長い間、私のために闘ってくださっていたのですね。でも私はこうして、貴方のもとに戻って参りました。もう二度と独りにはしませんから、どうかもう無理はなさらないでください」

　彼は目を潤《うる》ませ、私の手をもう一度、ぎゅっと握り直す。

「アマーリエ、愛している。私の唯一の、かけがえのない人。だからこそ私に君を守らせてほしい。国防大臣の目的は戦争だった。しかし彼を唆した奴が他にいて、そいつがその後何も行動を起こさないことを考えると――そいつは目的を達成したと思っているということだ。つまり、『貴女が死ぬこと』が目的だった人間が、黒幕だった可能性がある。黒幕は、貴女を永久に葬《ほうむ》り去ったと思っている。だが、もし君の転生のことが万が一にでも知られたら――もしかすると再び君を狙うかもしれない。貴女の転生を知った今、私にはそれが恐ろしくて堪らない！　さっきの手紙だって――君の身を案じていた。それだけ危険なのだ。私は必ずその真の黒幕を見つけ出す。そして、断じて生かしてはおかない。どうか、君は私の側をひとときも離れないでくれ。お願いだ。いや、これは王太子としての命令だ！　私なら、君を守れる！　だから、私の側を決して離れるな！　いいね？」

　――殿下は異常なまでの過保護だな。とはいえ、真の黒幕が野放しな以上、私の転生が知られることは確かに望ましくない。

そうこうしているうちに、王宮に着いてしまった。

殿下は魔法騎士団長として、国王陛下への緊急の謁見《えっけん》を申し出た。

すぐに許可が下りると、彼は私の手をしっかりと握ったまま、国王執務室へと向かう。

その間にも幾人もの王宮の人たちとすれ違ったのだが、例の噂がもうすっかり広がっていることもあって、彼らが私たちを微笑ましく見てくる。

これは——堪らなく恥ずかしい。

執務室の扉の前に着くと、彼は国王陛下に入室の許可を求めた。中から国王陛下の「入りなさい」という声（懐かしいな、この感じ……）がして、私たちは中に入った。

国王陛下は、魔法騎士団長として謁見を申し入れた殿下が私の手をしっかり握りしめたまま部屋に入ってきたのを見て、驚いてはいるものの、笑顔で迎えてくれた。

「おお、グリュンシュタイン魔法騎士団長、ローゼンハイム公爵令嬢を連れて、いったい急にどうしたんだね？」

「国王陛下——いや、父上」

彼はそう言うと、目と髪の色を戻した。つまり、王太子アレクサンダーとして会いにきたことを示唆《しさ》した。

「アレクサンダー……いったい——」

「父上、アマーリエにはもう全て話しました。私は、彼女に結婚を申し込んだのです」

「うむ、そうか。しかしお前、今はまだオズワルドとして彼女に結婚を申し込むと、そう言っておらんかったか？」

「はい。事実、私は魔法騎士団長オズワルド・グリュンシュタインとして彼女に結婚を申し込み、彼女はそれを受け入れてくれました。しかしその直後に――突如、黄金の竜が現れました」

国王陛下は「黄金の竜」という言葉にひどく衝撃を受けられたようだった。

「それで……！　その竜はどうなった!?　お前たちが無事ここにいるということは――」

「討伐致しました。致し方なく。ただ、そのために私は一時的に不要な魔法解除を必要としましたので、彼女の前でしたが仕方なく本来の姿に戻りました。それで彼女が――」

「そうか！　討伐したか！　それはよくやった！」

王太子殿下は怪訝な顔をされた。私も、国王陛下の反応に驚いた。陛下は、「黄金の竜」の出現には驚いていらしたが、その存在自体は知っていたような反応だった。

「国王陛下、『黄金の竜』について、なにかご存じなのですか？」

国王陛下は少し躊躇《ためら》われたが、今度は王太子殿下ではなく私の前に立たれ、そして――私を強く抱きしめた。私はもちろん、殿下も隣ですっかり驚いている。

「それでは、もはやアレクサンダーだと理解したのだな、ナターリエよ。それでも我が愚息《ぐそく》と一緒に生きようと思ってくれるのか。ならば、私にはもはや隠す理由はない。君が自らそれを選ぶのであれば、私は心から祝福する。いや、本当はこうなることを誰よりも切《せつ》に願っていたのだ」

国王陛下の言葉は衝撃的だったが、それに驚いたのは私以上に王太子殿下のほうだった。

「……父上、今なんと⁉　ナターリエと仰いましたか⁉　では父上はアマーリエがナターリエであることをすでにご存じだったのですか！」

国王陛下はばつの悪そうな表情を浮かべつつ、静かに話し始められた。

「お前も、ようやく気づいたようだな。ナターリエ、いや、今はアマーリエというべきか。君が生まれたとき、その記憶を封印したのは私だ」

「え⁉」

私も殿下も、驚きを隠せない。

「実はな、アレクサンダーが君の死の直前に『転生魔法』を使ったことは、私にはすぐわかった。ちょうど少し前にアレクサンダーに王家に伝わる『転生魔法』の伝承を済ませたばかりであったし……実のところ、こいつが君のことを本気で愛していること、それも、一人の女性として慕っていることは、火を見るより明らかだったからな。まだ八歳であったが、こやつの精神は親としても末恐ろしいほどにすっかり成熟していたから、私たち夫婦も含めて周囲はそのことにすっかり気づいておった。――だが、当の君がそういうことに全く疎《うと》かったのでな！　まあアレクサンダーも、君にその気がない以上は下手《へた》なことはせんだろうと、むしろ仲睦《なかむつ》まじいその様子を傍《はた》から見て楽しんでいた。いずれアレクサンダーが大人になって君を本気で口説《くど》こうとつきまとい、君が心底困っている姿を想像しては、妻と密《ひそ》かに笑ったものだ」

陛下は当時を思い出して楽しそうにお笑いになった。一方の王太子殿下は両親からそんなふうに見られていたと知って、顔を真っ赤にしたまま固まっている。

「しかし、直後にまさか君が毒殺されるとは、想像もしなかった。君がいずれはアレクサンダーに根負《こんま》けして王太子妃になってくれるだろうと勝手に期待していたこともあり、私たちの受けた衝撃は計り知れなかった。私たちにとって君はすでに、娘のような存在だったのだ。アレクサンダーに『転生魔法』の伝承を済ませていて、本当によかった。あれは上級魔法使いのレベルに達したときに伝承するのが慣《なら》わしで、アレクサンダーは上級魔法使いになるのが異例の早さだったために八歳での伝承となったが——本来であれば、二十歳前後で伝承するのだ。とはいえ、小さな身体であの魔法を使った反動は大きく、この子は長期間高熱を出して——私たちは、この子をまた失うのではないかと恐れた」

……また？

「幸い無事回復はしたものの、君の死と転生魔法の失敗を知ったこの子は、すっかり生きる気力をなくしていた。だが、本当は『転生魔法』は成功しておった。それに私が気づいたのはアマーリエ、君が生まれてすぐだった。君の今の父上であるローゼンハイム公爵は知っての通り、私のよき友だ。それで私は君の誕生に際して、君の名付け親になったのだ。ああ、アマーリエと君に名付けたのは私だ。知らなかっただろう？　あとで君のお父上に口止めしたからな。その際だ。君はまだ生まれたばかりであるのに、私が抱き上げた途端、わずかだが魔力を発動した。私に、自分が誰かを伝えようとするように。それで、私は悟《さと》った。時期もぴったりで、そして——私は代々公爵家の当主にだけ口伝《くでん》される魔法使い『グレート・ローゼンハイム』のことをこっそり父上から聞かされていたこともあって——、私は君がナターリエだと確信した。しかしまだ黒幕が誰かわからなかったので、君が成長して前世の話を誰かにして、それが黒幕に伝わったら、また君が狙われるのではないかと思った。それで、私はとっさに君に記憶封印の魔法をかけたのだ」

あまりのことに私たちは言葉を失った。そうだったのか、記憶を封印したのは、国王陛下だったのだ。しかし、それではなぜ急に記憶の封印を解いたのだろう？

私の表情を察されたのか、国王陛下は続けて言った。

「十六になったら——君は社交界デビューを果たす。つまり——君は結婚を考え出す。そのときに……これは親としてのエゴだが、可能であればナターリエの記憶を取り戻した君とアレクサンダーが出会う機会を作ってやりたかった。この子がその命をかけて『転生魔法』を使い転生させたのだ。もし互いを誰とわからずとも惹《ひ》かれ合うことがあるなら——それは運命だろうと。そのチャンスを作りたかったので、このタイミングで記憶を戻した。それでせっかく私が『次回の舞踏会にはオズワルドとして必ず出席するように』と言うと、こいつは『ご安心ください。次回は、パートナーを連れて参加予定です』という。それどころか、私にそれを報告したこの子の顔が、あの日から一度たりとも見せなかった本当に嬉しそうな笑顔だったゆえに、私は心底驚いたのだ。ナターリエの死後そうしたことにずっと拒絶反応を示していたお前に、ようやく彼女との再会が叶《かな》うはずのこのタイミングで特別な相手ができてしまった。ああ、これもまたお前たち二人の運命なのかと舞踏会に参加すると、その『パートナー』というのがまさかの君、アマーリエだったのだ！　私たち夫婦の衝撃と喜びがわかるか!?　なんという素晴らしい奇跡だろう！　お前たちは本当に運命で結ばれているのだと、そう確信した。まあ、お前があそこまでベタ惚《ぼ》れ状態だとは思っておらず、公然とアマーリエにキスしたときはちょっと引いたが」

　すると、王太子殿下は怒りながら言った。

「それでは、私にお隠しになることはなかったではありませんか！　確かに子どもの頃は秘密が外に漏れる不安を感じられたのかもしれませんが、私が今日までずっとどんな思いでいるかをご存じだったのに、どうして私が大人になってからもこの事実をお隠しになったのです⁉」

「それは……実を言うと、お前の呪いと、その執着心が心配だった」

　陛下は大真面目《おおまじめ》に言ったが、内心どこか楽しんでいるような様子だ。でも、呪いと……執着心？

「お前のナターリエに対する執着心は、傍から見ていても異常だったからな！　アマーリエがナターリエだと教えれば、お前は絶対に堪えられず、どうしてもアマーリエを自分のものにしようとするだろうと思った。だが、それではアマーリエが断れないだろう？　たとえお前を本当に愛していなくても、王太子から求婚されれば、公爵令嬢である君は受け入れるしかない。それでは、せっかく転生した君が可哀相《かわいそう》だと思った。息子《むすこ》であるアレクサンダーに幸せになってもらいたいのは当然だが、娘同然の君にも、本当の意味で幸せになってほしかったのだ。前世の因縁だけで結婚させられては、アマーリエがあまりに可哀相じゃないか。転生した、ということは、もう新しい人生だ。もし君がアマーリエとして他の誰かと一緒になりたいと願ったら、その人と一緒になるのが一番だと思った。そもそも前世は、アレクサンダーの完全なる片想いだったからな！」

　国王陛下は笑いながら言ったが、王太子殿下はすっかり憤慨《ふんがい》している。

「酷すぎる！　もしアマーリエが私以外の誰かを先に好きになっていたらと思うと、私は――！

ああもう！　第一私だって、さすがにまだ子どものアマーリエを拐《さら》ってきて気持ちもないのに私と無理矢理結婚させようなんてしません！」

「……本当にそう言い切れるか？　お前、ナターリエが添い寝してくれているときや疲れてお前の側で眠っているとき、何度もこっそり口づけしておっただろう！　私らは知っておったぞ！」

……知らなかった。

「お前は、彼女のことになるとおかしくなるからな。実際な、アマーリエと出会ってからのお前は、本当に限度というものを知らん！　人目も憚《はばか》らずお前は彼女になんてことを……」

「父上!!」

彼は恥ずかしさで耳まで真っ赤だ。でも私にはそんな彼が愛《いと》おしくて堪らなかった。国王陛下の面前ということも忘れ、殿下の頬にそっと口づけた。

「殿下、もうよいではありませんか。結局、私たちはこうして再び巡り会うことができたのです。それに国王陛下のご配慮のおかげで、私は一人の男性としての貴方に出会い、そして恋に落ちることができました。はじめから貴方があのアレクサンダー王太子殿下であることがわかっていたら、私は畏《おそ》れ多くて、とてもこのように素晴らしい恋はできなかったでしょう」

その言葉に、彼は心から満足したような顔をして私を抱きしめ、じっと私を見つめ、そして——。

国王陛下が王太子殿下の頭をポンと叩いた。殿下も、さすがに我《われ》に返ったようだ。

「ほらな、言わんこっちゃない！　お前は、彼女のことになると大馬鹿者になるのだ！　だがな、私は本当に、心から嬉しいのだよ。アマーリエ、君が今度は本当にこの子を一人の男として愛してくれたことが。私は、君のかつてのお父上であるアルノルトに大恩がある。私が今生きているのは、間違いなくアルノルトのお陰だ。彼は、私の真の友だった。そして、命の恩人だった。それなのに、その友が何よりも大切にしていた君をみすみす死なせてしまい――、私は自分を許せなかった。だからこそ、君の転生を知り――私の大切な息子が苦しんでいるのを知りながらも、そのことを秘密にした。君には、君自身の人生を今度こそ謳歌《おうか》してほしかったのだ。アレクサンダー、どうか私の我《わ》が儘《まま》を許してほしい。また、そのためにお前を長年苦しめてしまったことをどうか許してくれ。お前たちは私に、結婚の承諾を得るために来たのだろう？　ああ、もちろん認めよう！　本当は、誰よりもこの結婚を願っていた私が、お前たち二人の結婚を心から祝福しよう！」

王太子殿下は、国王陛下を強く抱きしめた。そしてまた、私をその腕に強く抱き、とても優しくキスをした。

こうして国王陛下の祝福を受け、私たちは正式に婚約することとなった。

……自分があのアレクサンダー王太子殿下の妻になるなんて、どうにもまだ信じられない。

特に金髪碧眼《へきがん》のこの姿は幼い日のアレクサンダー様の面影《おもかげ》をあまりにもはっきり残しており、――正直言って、ある種の戸惑《とまど》いも感じてしまう。

でも、彼にこうして抱き寄せられていると、言いようもない安心感と幸福感に包まれ、深い愛に心が満たされるのだ。

だからこそ私は、この運命に身を任せることを決意した。

そこにいかなる未来が待っていようとも、この人と一緒なら、乗り越えられる気がするから。

ふと、先程の話の中で気になったあることを思い出した。

「そういえば先程、『転生魔法』の使用による殿下の『呪い』のお話が出ましたが、あれはどういう意味でしょうか。彼はまだその呪いについての詳細を教えてくださらないのですが、そもそも解術の方法はないのでしょうか。ああ、それに『黄金の竜』のことも！　陛下は『黄金の竜』についても、なにかご存じなのですよね？」

私の質問に、なぜか殿下はまた少し顔を赤くされ、陛下も少し気まずそうな表情をなさった。

「なんだ……『呪い』のことはまだ話しとらんのか。それは……私の口からは少し言いづらいのだ——ゴホン。だが、『黄金の竜』のことであれば話してやろう。あれは『転生魔法』の『最後の試練』と呼ばれるものだ」

……「最後の試練」？

「代々この国の王にのみ伝わる書に、稀《まれ》に『転生魔法』の使用後、『黄金の竜』が出現するとの記述がある。これは非常に強大な魔力を持つ魔物だが、これに打ち勝てば、呪いは完全に解けるという」

呪いが……解ける!?　つまり、彼の呪いは解けたということ!?

「アレクサンダーよ、アマーリエがお前からの結婚の申し込みを承諾したときに、その『黄金の竜』が現れたと言ったな？　——お前にとっては、それが鍵《かぎ》だったのだ。『黄金の竜』は、『転生魔法』の発動時に転生者に対して願った『転生者の幸福』が叶ったときにのみ、出現する。自分のではなく、転生者の幸福、という点が重要だ。まあつまり、お前の呪いを解く鍵は、『彼女の幸福な結婚』ということだったのだろう。呪いを解くだけなら、別に結婚相手はお前でなくてもよかったかもしれないが、まあ、最もよい形で呪いが解けたということだ」

このことは、王太子殿下も全くの初耳だったようだ。

なお、「黄金の竜」の出現条件については、国王にのみ伝わる秘伝書にもその記述はないという。

ではなぜ陛下はその出現条件をご存じなのかと伺ったところ、次のようにご説明くださった。

転生魔法の口伝の際、伝承内容は一言一句違《たが》わず伝承するよう求められる。そこには「黄金の竜」についての言及《げんきゅう》は全くないとのこと。その理由について陛下は、「『転生者の幸福』を自身の呪いの解術のために願うことは本当の意味で『転生者の幸福』を願うことにならないゆえ、『最後の試練』そのものが生じなくなってしまうからだと思われる」と言った。

本来は、伝承を受けた者が実際に「転生魔法」を使用した後、あるいは伝承者が伝承を与えた者のもとを永久に去る際に、密かに口伝することになっていた。前者の場合はこの口伝により「転生者の幸福」を叶えることで「最後の試練」に立ち向かう機会を得ることになり、後者の場合、伝承を受けたものは「転生魔法」の使用後に「最後の試練」を受ける機会を失うことになるという。

国王陛下も、本当なら王太子殿下がナターリエのために「転生魔法」を使用したことが分かった時点で、この「最後の試練」についてその事実を伝えるはずだった。

しかしそうするとナターリエが私アマーリエに転生しているという事実まで、彼に告げる必要が出てくる。それを現時点では避けるために、陛下はこの「最後の試練」のことを殿下に伝えなかった、というわけだ。

「実際、私は『転生魔法』を使った直後に私の父である先代国王よりこの『最後の試練』について聞かされた。私自身はまだその『最後の試練』を受けていないにもかかわらずこれを知っているのはそういうわけだ。ん？　ああ、そういえばまだ君に話しておらんかったな。私もまた、『転生魔法』を使った人間の一人だ。そうして転生させたのがこの子、アレクサンダーなのだ」

驚きを隠しきれぬまま王太子殿下を見つめると、彼は少し恥ずかしそうに笑った。

「さっき私に『転生魔法』を教えてくれた人の話をしただろう？　その人も実際に使い、見事成功させたと。あれは――父上なんだ。前世でも私はやはり父上の息子として、つまりこの国の王太子として生まれたが、五歳のとき死んでしまった。実際、王室の記録には私に兄がいたことになっている。それが、前世の私ということだ」

――衝撃の事実だ。つまり、アレクサンダー王太子殿下ご自身も転生者だったのか。

確かに、殿下の上には本来であれば兄に当たる方がいたが、幼くして亡くなっている。

まさかそれが、アレクサンダー王太子殿下の前世だったとは。

「そのときの名前が、オズワルドだった。――オズワルド王太子だった。父上と同じ暗色の目の色に母上譲りの黒髪で、顔は今の私とそっくりだったらしい。つまり、私がオズワルドとして死なずに生きていたら、魔法騎士団長オズワルド・グリュンシュタインの姿と瓜二《うりふた》つだっただろうね」

……そうだったのか。驚いた。でも、それで納得だ。

私の記憶を戻した魔法使いの目はオズワルド様と同じ色の暗色《あんしょく》だった気がしたが——今こうして見ると、国王陛下の目の色はまさにその色だ。国王陛下がその魔法使いだったのだから、当然だ。

「私が年齢のわりに大人びていると思われたのは、今回生まれる前にすでに五年分生きていたからなんだよ。私は記憶もずっと持ったままだったし。だから、八歳の頃には精神的には十三歳くらいだったわけだ。当時の貴方に十分恋できる年頃だろう？」

彼は悪戯っぽく笑いながら言った。と、ここで気になることを思い出した。

「驚くことばかりでまだ頭の整理ができていませんが、では陛下にも何か呪いがかかっているのですか？　それはいったい、どんな呪いなのです？」

「うむ、私の呪いは、視力の——色彩感覚の喪失《そうしつ》だ。私には、色がはっきりとはわからぬのだ」

「そんな——！　ずっと、そうだったのですか？　全く気がつきませんでした……」

「まあ、そうだろう。しかし、もうすっかり慣れてしまった。オズワルドの黒髪とアレクサンダーの金髪のようなはっきりとした差なら濃淡である程度わかるゆえ、生活への支障《ししょう》もそれほど大きくはないからなあ。全て、瑣末《さまつ》なことだ。私には、一度は失った小さな可愛いオズワルドが、今度はアレクサンダーとして立派に育ってくれたことが、なによりの喜びなのだ。ただ、私もまだ希望は捨てておらぬ。お前たちが結婚すれば——きっとじきに私の前にも『黄金の竜』が現れるだろう。そうだな、しっかり討伐できるように私も準備しておかねばなあ！」

国王陛下は上機嫌だった。私たちはそんな陛下のご様子を不思議に思いながら見ていた。

その後陛下は、私たちの婚約を私の両親に報《しら》せるためにさっそく明日にも二人を王宮に招くと言った。つまり、そこで私の両親にもオズワルド様の正体を明かすことになるようだ。

衝撃的な事実が次々と明らかになった上、予想以上の速さでことが進んでいくので、私はその間ずーっと夢心地だった。

国王執務室を後にするときも、彼はずっと私にぴったりとくっついていた。うん、やっぱりこの感じ、すごく懐かしい……。

と、ここで先程、陛下にはぐらかされた話を思い出した。

「そういえば、国王陛下が殿下の呪いのことをはっきりとは教えてくださいませんでしたが、結局なんなのですか？」

すると、王太子殿下はまたちょっと顔を赤くした。

「ちょっと、ここでは言いづらい。その……こっちにきて」

彼は私の手を引くと、一つの大きな部屋、寝室へと案内した。

「ここは、王太子としての私の寝室だ。君は——よく知ってるよね」

魔法で映し出された星空の天井の下に、とても美しい装飾の施された大きく立派なベッドがある。

そうだ、よく知っている。私はここで幼い王太子殿下を何度も寝かしつけていたのだから。

彼は私をベッドの上に座らせると、こう言った。

「実はね、私の呪いはその……『性欲』の喪失だったんだ」

——!?

「王太子だから、いずれ私は王になる。そうなれば、後継者が必要だ。しかし——私は『転生魔法』

の呪いによって、その……そうしたことができない男になっていた。性的な欲求が生じないからね」

自分の顔が、どんどん熱くなるのがわかる。

「でもアマーリエ、君と出会って、実はその――初めて、その感覚を感じた。この人と……ひとつになりたいと」

恥ずかしすぎて死にそう……つまり、彼は私を――。

「呪いについては、私の様子を診察した主治医とリースリング先生が別々に、しかしたしかにこの呪いで間違いないと断定された。リースリング先生は私がアレクサンダーだということは知らないが、私がこの呪いにかかっていることは伝えたんだ。だから……私の君に対する反応を見て、非常に困惑された。なんといえばいいか――つまり、私が君を欲しているのをご覧になって――」

ああ、もう駄目！　彼の目を見られない！

「ただ、あれでもまだ完全には呪いの解除にはなっていなかったんだな……。あの時点で、もうずいぶん我慢しているつもりだったんだが――」

そこまで言って、彼は口を噤《つぐ》んだ。が、次の瞬間。

「で、殿下!?」

彼は私をベッドに押し倒すと私の上に覆いかぶさり、私を身動きが取れない状態にしてしまった。

「竜を倒したことで、完全に呪いが解けた。喜ばしいことなんだが……その、まだこの感覚の制御の仕方がよくわからなくて……。ごめん、本当にごめん、アマーリエ。これ以上は、何もしない。だから、しばらくこのままでいさせてくれないか？」

動揺しつつも私が小さく頷くと、殿下は私に覆いかぶさったまま、ぎゅうっと私を抱きしめた。その身体はわずかに震えている。

――そういう衝動については、生物学的知識としては知っている。男性の性的欲求は女性のそれよりも強いことが多いというのも、聞いたことがある。これまで「呪い」のせいでそうした欲求と無縁だったなら、急にその感覚に襲われればさぞ抗《あらが》い難《がた》いものだろう。

この状況には、確かに混乱している。身動きも取れないし、ものすごく恥ずかしい。だけど――殿下は、必死で堪えようとしてくださっている。

もう結婚の約束もしたのだし、いずれはそういうこともするんだろうから、このまま強引に奪われても私はきっと何も言えない。でも彼は、こうして抱きしめるだけで必死に我慢してくれている。それは紛れもなく、私のためだ。そう思ったら――なんだかとても、嬉しいと思ってしまう。

「……アマーリエ？」

思わず殿下をぎゅうっと抱き返してしまった。

「その……そんなに可愛いことをされると、嬉しいけれど困ってしまうな……」

そんなことを言って恥ずかしそうに笑う殿下が、やっぱりものすごく愛おしい。

「殿下、ありがとうございます。私のために、堪えてくださっているのですよね」

「……まあ、この状況で『堪えられている』といってよいのかどうか危ういが」

「十分、堪えてくださっています。私を大切にしてくださろうというその想いが、とっても嬉しいです」

殿下の震えが、ゆっくりと止まる。それから間もなく、彼は私を優しく解放した。

「ありがとう、おかげで――かなり落ち着いた」

「殿下」

「……夢みたいで。今も――夢を見ているのではないかと。ずっと、永久に貴女を失ったと思っていたから。たとえいつか復讐《ふくしゅう》を成し遂げても、貴女はもう決して戻らないと――そう思っていたから」

「夢などではありませんわ。私はこうして、戻って参りました。とても長いあいだ、貴方をお待たせしてしまいましたが……でももう決して、貴方を独りになどいたしません」

勝手にまた、ぽろぽろと涙が溢れた。彼は私の涙をそっと拭くと、また私を優しく抱きしめた。

それからしばらくとても穏やかな沈黙が続いたあと、私を抱きしめる殿下の力がそっと緩《ゆる》んだ。

「アマーリエ、君に――ひとつ、許可を得たい」

「許可、ですか？」

「『レガリアの選定』は知っているね？」

「ええ、もちろん存じております」

「――今夜、私は君を私の『レガリア』にしたいと思っている」

「えっ！　こ、今夜ですか!?」

あまりに想定外のことに驚く。

「レガリア」とは「王の物」の意で、「レガリアの選定」は我が国の王族男性のみが使用できる、この国では誰もがその存在を知る特別な魔法だ。

我が国では王太子が妃《きさき》を迎える際に、その妃に対して必ず「レガリアの選定」を行う。この選定を受けると、選定者である王族の魔力の一部が体内に永遠に留《とど》まり、万が一にも他の者にその身を汚《けが》されぬよう、その身を守られることになる。まさに、絶対不可侵の「王の物」となるのだ。

王家の持つ強大な魔力の存続のために、王族の血を繋ぐことは王室の最重要事項だ。故に、王の血筋の正統性を証明するためにも「レガリアの選定」は王室の大切な伝統なのである。

この国では、王族が愛妾《あいしょう》を持つことは認められていない。そのため、王妃と王太子妃のみが実質「レガリア」となる。

殿下と婚約した以上、いずれ「レガリアの選定」を受けることになるのは理解していた。しかしまさか、プロポーズを受けたその日にこれを受けることになろうとは、全く予想していなかった。なぜなら通常これは婚約ではなく、正式に婚姻《こんいん》を結んでから受けるものだから。

——とはいえ、彼がこんなことを言い出した理由は、少し考えれば察しはつく。

「……私を守るためですね？」

彼は、ナターリエが転生したことを知れば、真の黒幕が再び私の命を狙うのではないかと心配している。「レガリアの選定」を受ければ、私の身体に王太子殿下の魔力が留まることになり、それが常に私を守ってくれることになる。だからこそ、結婚後に行うという慣例を破ってでも、今夜私を彼の「レガリア」にしたいとお考えなのだろう。

すると、なぜか殿下は少し恥ずかしそうに笑った。

「……殿下？」

「うん、まあ、もちろんそれもある。君が私の『レガリア』となれば、君は常に私の魔力に守られることになり、危険が迫ったときに私がそれを感知することも可能となる。できるだけ君の側を離れないつもりだが、万一の保険になるし、何かあってもすぐ君のもとに駆けつけられるからね。だが……本当言うと、それだけじゃない。むしろ、もっと自分勝手な理由だ」

……自分勝手？

「ええと、それはいったい……？」

「一日も早く、いや、一瞬でも早く、君を私だけのものにしたい」

――！

「『レガリアの選定』を行えば、私たちの関係は絶対的なものになる。『レガリア』になれば、君はもう私以外とは結婚できないし、私も同様だ。その、今感じているこの強い欲求は、君を早く自分だけのものにしたいという感情の影響も強いと思う。とても身勝手な話だが、『レガリアの選定』を行い、君を私の『レガリア』にすることで、安心したいと思っているんだと思う。とどのつまり、愚かな独占欲だよ。……幻滅《げんめつ》した？」

そう言ってすごく恥ずかしそうに笑う彼を見て、やっぱりものすごく愛おしいと思ってしまう。

それで私は、また彼をぎゅうっと強く抱きしめた。

「アマーリエ……？」

「してください」

「えっ？」

「私を――『レガリア』にしてください。私も、早く貴方のものになりたい。永遠に、貴方だけのものになりたいわ」

私の言葉に、彼が私を抱き返す力が強くなる。それから一瞬だけ身体が離れたと思うと、そっと優しく口づけられた。

「ありがとう、アマーリエ。私の――最愛の人」

とても嬉しそうに笑うと、彼はそのままベッドから降りた。私も同じように降りようとするが、彼にそのまま制されて、ベッドに腰掛けた状態になった。

「殿下……？　あっ、そのようなことをなさっては――！」

殿下が私の前に跪《ひざまず》こうとするので慌《あわ》てて止めるが、「これでいいんだ」と笑顔で言うと、そのまま跪かれてしまった。

「アマーリエ。こうしてまた私のもとに帰ってきてくれて、本当にありがとう」

「殿――」

「アレクサンダーと」

「えっ？」

「どうか、これからはアレクサンダーと呼んでほしい」

「ですがそれは……」

「お願いだ、アマーリエ。私たちはこれから先、ずっと共に生きていくことになる。だから君とは、完全に対等でありたい。王太子としてではなく、これからはただ一人の男として君と共にありたいんだ。それになにより……愛する君には、名前で呼ばれたいんだ。だめかな？」

本当に、狡《ずる》い。そんなこと言われてしまったら、断れるはずない。

「……アレクサンダー様」

「『様』も、なし。ただのアマーリエと、ただのアレクサンダーだ」

ぎゅうっと手を握られる。温かくて、とっても安心する。

私からも、そっと握り返す。

「アレクサンダー」

これ以上ないほど嬉しそうに笑う彼の顔を見たら、狂おしいほどに胸がいっぱいになった。

そのまま彼は私の手を優しく取り直すと、跪いたままで私の目をじっと見つめた。

「私アレクサンダーは、アマーリエ、最愛の君を我が唯一の『レガリア』とし、生涯君を守り抜くことを誓う」

優しく握っていた私の手を少し引くと、手首に柔らかな彼の唇が当たるのを感じる。その瞬間、力強くもとても温かで優しい魔力が一気に流れ込んできた。

「あっ――アレクサンダー……！」

「どうしたんだ⁉」

「これは……すごいです！」

「えっ⁉」

「貴方の魔力が私の身体の中に流れ込み、私の魔力と結びついていくのをはっきりと感じます！　私の身体中に無数の星のように散らばっている魔力が流れ込んできた貴方の魔力に呼応し、それがひとつになっていく……！　その感覚が、とても温かくて、心地よくて……優しくて。私の中に、貴方の存在をはっきりと感じるのです！　その感覚が、とても幸せで──！」

自然と涙が溢れる。そんな私を見て一瞬驚いた表情を浮かべたアレクサンダーが、今度はベッドに腰掛けると、とても嬉しそうに微笑んで、ぎゅうっと優しく私を抱きしめた。

「こうしていると、わかるよ。君の中に、はっきりと私の魔力を感じる。ああ……とても幸せだ。……それに、ほら」

抱き寄せている私の手をそっと取り、彼が嬉しそうに視線を落とした右手首の上には。

「──紋章《もんしょう》」

さきほど彼が口づけたその場所には、ゾンネンフロイデ王国の国章でもある紋章──金色に輝く、美しい太陽の紋章が、はっきりと浮かび上がっていた。

「ああ、これが『レガリアの紋章』だ。そしてこの紋章に私が口づけると──」

次の瞬間、私の身体がふわっとやわらかな光に包まれた。

「まあ、これは──！」

「ああ本当に……私だけのものになったんだね。──こうして私の魔力に包まれ、守られている君を見るのは、なんという幸せだろう」

とても温かくて、優しい光──。この光こそ、アレクサンダーの魔力が可視化されたものであり、私の「レガリアの証明」となる。

——本当に私は彼のものになったのだ。そう思ったら、たとえようもない喜びで胸が満たされた。

「……嬉しい。これで私は貴方のものに……」

「そして私は永久にアマーリエ、君だけのものだ。ずっと……貴女を愛していたんだ。もう二度と君を離さない。これから先、何があろうと——私たちはずっと一緒だ」

手と手を固く繋ぎ、見つめ合う。優しい月光が、部屋に差し込んでいる。

「アマーリエ、君を心から愛している」

「私も——アレクサンダー、貴方を心から愛しております」

どちらからともなく、唇を重ね合う。

それはどこまでも優しくて、うっとりするほど甘い口づけだった。

エピローグ

暗い部屋の中に、一人の男が座っている。男の手元には新聞が一部あり、男の視線は紙面の上を素早く走っている。

だが、ある記事の上でその視線が止まった。普段ならこの男がほとんど気にも留めない、社交界のゴシップ記事などが載る面である。そこに掲載されたある記事の上で、一度止まったその視線が再び、しかし今度はとてもゆっくりと動き出した。

いつもの何倍もの時間をかけてひとつの記事を読み終えたその男は、とても冷たい微笑を静かに浮かべた。

「……順風満帆《じゅんぷうまんぱん》、というわけか。だが、そうやって浮かれていられるのも今のうちだ。――まあ、せいぜい今を楽しむといい」

部屋に、ノックの音が響く。男が入室を許可すると、もう一人の男が部屋の中に入ってくる。

「遅いぞ」

「大変失礼いたしました。準備に少々、手間取りまして」

「それで――例のものは？」

「ええ、ようやく全て揃《そろ》いました。それでは、すぐに計画に移りますか？」

「……まだだ。一度、試作品を作る。それで試して問題がなければ——それが、実行の時だ」

「承知いたしました」

「追って報《しら》せる。ブツは、そこに置いていけ」

言われた通りに男の前に一つの小さな小包を置くと、もう一人の男は礼をして、部屋を後にした。

「……まもなくだ。歪《ゆが》んだこの状況を正しい形に戻すためにも、『邪魔者』は排除せねば。あるべきものをあるべきところへ戻すのだ。——そうすれば必ず、全てが再び正しい方向へ進んでいく」

陶酔《とうすい》したような表情でそう呟《つぶや》くと、男は机の上の小包を懐《ふところ》にしまい、部屋を後にした。

余話　自覚

「本日は、この作品にいたしましょう。これもまだ、お読みではありませんでしたね？」

「ああ、まだ読んでいない」

ナターリエが持ってきたのはこの国で最も著名な作家の一人であるアルブレヒト・シュピールベルクの作品集のひとつで、今日はその中の『月光』という短編小説を読む。

魔力のコントロールが上手《うま》くできるようになってからというもの、私は魔力の訓練以外にも彼女にいろいろと教えてもらっている。もちろん王太子《おうたいし》の私にはそれぞれの分野に専門の教師もついているが、私は彼女から教えてもらうのが何でも一番好きだ。

ナターリエは、真に学問を愛する人だ。彼女曰《いわ》く、プリングスハイムの人間は皆そうなのだとか。

魔法大臣に王太子専属魔法指導官を兼任し、その合間に魔法学の研究も続ける超多忙な女性だが、少しでも暇《ひま》ができると、またすぐ何か新しいことを学ぼうとする。

ただでさえ多忙なのに決して学ぶことをやめないその姿勢に驚かされると同時に、健康面が少し不安にさえなるが、そんな私の心配をよそに、彼女はどんなときも生き生きと輝いている。

それで、なんとなくわかった。彼女にとって学ぶことは、寝食と同じような意味を持つのだと。

だからこそ私は、彼女に無理はしすぎないようにと重ね重ね伝えて、彼女の健康状態を常に気にかけつつ睡眠不足のときには無理にでも休ませるものの、それ以上は何も言わなかった。あんなに楽しそうに仕事や研究をしている彼女を止めることなど、私には到底できないから。

それでも、彼女があまりにも一心不乱に仕事や研究に没頭《ぼっとう》し、私の存在を忘れているようなときにはなんとも言えない焦燥感《しょうそうかん》を感じて彼女にちょっかいをかけてしまう。なんと子どもっぽいのだろうと自分でも思うが、それでも彼女が驚いて私のほうに目を向けて、それから優しく微笑《ほほえ》み、少しの間でも私のために時間を割いてくれると、大きな満足感を覚えてしまうのだ。

それにしても……学者というのは難しい顔をして研究室に閉じ籠《こ》もって書物と睨《にら》めっこしたり、しかめっ面《つら》をしてたりしているイメージだが、彼女はそれとは真逆だ。まるでようやく言葉を覚えたばかりの子どもが見るもの全てに興味を持って、目を輝かせながら知識を吸収していく様子に似ている。――まあ、そんなことを自分より十七も年下の子どもに言われたくはないだろうが。

だが、そのせいだろうか。彼女といると何をしていても楽しい。魔力の「集中」の訓練そのものは過酷《かこく》なものも多かったが、それでも彼女が側《そば》にいると思うだけで頑張ることができた。目に見えて成果が出ないときも、彼女に励まされると全ての努力は無駄《むだ》ではないと思えたし、少なくとも訓練の間は彼女と一緒にいられるのだと思うと、きつい訓練も決して悪くないと思えたから不思議だ。

とはいえ、彼女はあくまで「王太子専属魔法指導官」。私が魔法が使えるようになった今、多忙な彼女にこれまでのような頻度《ひんど》で私のために時間を割かせるわけにはいかない――そうわかっているのに、私はどうしても彼女の側を離れたくなかった。

一分一秒でも長く、彼女の側にいたかった。ただ、側にいられたらそれでいいのだ。彼女が仕事や研究をしている部屋に、一緒にいさせてもらえるだけでも構わなかった。ただ、いつでも自分が彼女の一番近くにいたいと、そう強く願ってしまうのだ。

それで私は、生まれて初めての我《わ》が儘《まま》を言った。ナターリエに時間があるときは魔法学以外も彼女から教えてもらうこと、仕事や研究の邪魔《じゃま》さえしなければ授業のときだけでなく他の空き時間も彼女の側にいてもよいという許可を、父上と彼女自身からもらったのである。

――こんなこと、初めてだ。五歳で死んだオズワルドの頃ならともかく、アレクサンダーに転生した今、誰かに甘えたいなどという感覚は正直言って持ち合わせてはいなかった。むしろ、それでもなんとか私を甘やかそうとしてくる両親から逃げることのほうが大変だった。

それなのに、なぜだろうか。ナターリエにはいつも、すごく甘えたくなる。彼女が側にいないときはなぜかとても寂《さび》しく感じ、彼女が側にいると満たされるのだ。だから、できるだけ彼女の近くにいたいと思うし、彼女に触れたい、抱きしめられたいと思ってしまう。

それでいて実際に彼女と触れ合うと、妙に鼓動《こどう》が速くなってそわそわと落ち着かなくなるのだが、その感覚は全く嫌ではなく、むしろとても心地がよい。そのせいで、このままずっと彼女に触れていたいなどと思ってしまう。

まさか、自分にこんな子どもっぽい一面があるとは思いもしなかった。だが、自分自身が全く知らなかった自分のそんな新たな一面がほかでもない彼女によって引き出されたのだという事実すら私を大いに喜ばせるのだから、困ったものである。

そんなわけでこうして今では魔法学以外にもいろいろと彼女に教えてもらっているのだが、今はその中でも私が特に好きな、ナターリエとの読書の時間だ。もともと読書は好きだが、彼女と本を読む時間は格別だ。そのため最近は、特に好きな作家の作品はわざと彼女と一緒に読むようにしている。

なお文豪シュピールベルクは私の好きな作家の一人だが、今回はナターリエが本日の教材として選んでくれたものだ。短編の場合はすぐに読めるので、彼女が用意したものを私がその場で読み、そのあとで彼女が作品の解説などを行って、それから文学談義に移ることが多い。

彼女の解説は作品の制作過程や時代背景、他作品との関連性であったり、後世への影響の考察などを中心としており、作品そのものに対する主観的な感想や意見などは、その時点では一切述べない。

まず必要な知識と情報を与えてしっかりと考えさせたうえで、それを今度は私自身の言葉で表現させる。その全てが終わったあとで、私から尋ねることでようやく彼女自身の考えや意見を聞くことができた。どんなときも彼女は、相手に自分で考えさせることを大切にするのだ。そんなところからも彼女が真に学問を愛する人なのだと実感する。

彼女の隣で、その短編を読む。一万字弱の短編など、ただでさえ読むのが早い私には、通常なら一瞬で読めてしまう分量だ。だが、そんな私にナターリエはあえて遅読《ちどく》を勧めた。

私は普段、速読《そくどく》だ。日頃読んでいる学術書などは知識を得ることが目的なので、内容を正確に理解して記憶できればそれでよい。故にその速度が速ければ速いほど、短時間でより多くの情報や知識を得ることが可能となる。だから私はこれまで、読む速度は速いに越したことはないだろうと思っていた。

だがナターリエが、それだけではないことを教えてくれた。特に文学作品は、物語の内容を理解することだけが目的なのではなく、登場人物の感情に共感したり疑問を抱いたり、登場人物と共に悩む時間にこそ、意味があるのだと彼女は言った。

そしてそのとき彼女が私に話してくれたことは、私にはとても印象的だった。

『絵画が一瞬を切り取り昇華させる芸術だとすれば、音楽や文学というのは時間の流れそのものを昇華させる芸術だと、私は思うのです。音楽も文学も、始まりから終わりへと流れる時間を共に経験しながら、その流れの中で感情や思考の変化を味わいますでしょう？　必要な知識を得ることだけを目的とするのではなく、そこに流れる時間を楽しむことがとても大切なのです。ですから、物語を読むときはその作品と共に過ごす時間そのものを大切に味わってください。チョコレートを口の中でゆっくりと溶かすときのように、とても大切に』

以降、私は読書とその時間が一層好きになった。そして今日も、私はこのたった一万字弱の短編を楽しみにしていたチョコレートの一粒を堪能《たんのう》するかのように時間をかけて読み進めたのだ。

ストーリー自体は至って単純で、一人の若い青年が貴族の少女に叶《かな》わぬ恋をするというものだ。しかも終盤で少女は病死し、青年は戦死するという、なかなかの悲恋《ひれん》ものである。

だが、身分制度に対する風刺《ふうし》が上手く効いているとともに、作品が発表された当時の戦争が国民に与えた思想面での影響もはっきりと感じられ、短編でありながら興味深い部分が非常に多い。

また本作は、本来は古典主義とされるシュピールベルクの作品の中では最もロマン主義的な傾向が強いとされる作品と言われている、とナタ—リエは解説し、そう評価されている理由についても大変わかりやすく教えてくれた——のだが。

実のところ、私はほとんど心ここにあらずの状態だった。——いや、もちろんナタ—リエの話は一言一句《いちごんいっく》漏《も》らさず聞いていたし、今話したことを説明しろと言われたら完璧《かんぺき》に説明する自信もある。だが、私の心は今、全く別のことに占有されていた。

「殿下《でんか》……どうかなさいましたか？」

「えっ⁉　い、いや、どうもしていない！」

「そうですか？　ですが、何やら深く考え込んでおいでのようでしたので。何か疑問点がございましたか？」

私は何も答えられなかった。だがしばらく沈黙したのち、彼女が全く予期しなかっただろう質問を私は彼女にした。

「……ナタ—リエに、恋人はいる？」

「——は？」

「あるいは……好きな男はいるのか？」

自分から尋《たず》ねておきながら、胸がぐっと押し付けられるように苦しいことに気づく。それなのに、どうしても尋ねずにはいられなかった。そして、その答えが気になってしかたなかった。

「ええとそれは、恋愛感情を抱いている相手が私にいるのかというご質問でしょうか？　でしたら、そのような相手はおりませんわ」

私の急な質問にとても驚いているようだが、正直なナターリエはすぐ答えてくれたし、その答えにも嘘偽《うそいつわ》りはないだろう。そう思ったら先ほどの胸の苦しさが一気に和《やわ》らぎ、私は大きく安堵《あんど》した。

――実は今、私はあの小説を読んだことである事実に気づいてしまったのだ。あの短い物語の中で描かれていた哀《あわ》れな青年の恋心が、自分が目の前にいる女性に感じている感情とあまりにも酷似《こくじ》しているというその事実に……。

もちろん、これまでにも男女間の恋愛が描かれた作品を読んだことは多々ある。だが彼女の隣で、しかも遅読によりこれまで以上に登場人物に共感しながら恋愛ものを読むのは、今日が初めてのことだった。

それで……気づいてしまったのだ。自分が彼女にしか感じない、この特別な感情の正体、それが、どうやら「恋愛感情」であったということに。

すると、途端にこれまでのいろんなことが一気に腑《ふ》に落ちた。どうして私は彼女にだけ甘えたいと思うのか。彼女が自分以外の他のものに気を取られると焦燥感に駆られ、私だけを見てほしいと感じるのか。どうして彼女が笑うとこんなにも幸福な気持ちになり、彼女が少しでも悲しげな表情を浮かべると胸を引き裂かれるような気持ちになるのか。どうして彼女にこんなに触れたいと思い、そして触れてほしいと思うのか。どうしてこんなにも、彼女と離れ難《がた》く、愛《いと》おしく感じるのか――。

「……殿下？」

私の突然の質問と、その後の沈黙に怪訝《けげん》な表情を浮かべるナターリエの顔を見ながら、顔が熱くなるのを感じる。すると突然、ナタ―リエの手が私の額《ひたい》に触れた。

「ナタ―リエ⁉」

「失礼いたしました。お顔が少し赤いようでしたので。やはり、少し熱い気がいたしますわ。すぐに主治医をお呼びし――」

「いっ……いや、問題ない！」

それでも誰か呼ぼうとするナタ―リエを「この部屋が少し暑いだけだ」と言って、必死で止めた。

彼女はまだ少し心配そうにしつつ、勉強部屋の窓を開けてくれた。外から涼しい風が入ってきて、火照《ほて》った顔にとても気持ちよかった。

一度この感情に気づいてしまうと急にいろんなことが気になり始めた。一番気になるのは、年齢だ。私たちの年の差は十七歳。大人の女性である彼女にとって、私のような子どもが恋愛対象であるはずがない。そう思ったら、なんとも言えない無力感に襲われた。

それでふと、もし自分がオズワルドとして生きていたら違ったのだろうかなどと考えてしまった。五歳で死んだオズワルドが生きていたなら、彼女との年の差は十一歳。もしかすると、それくらいの年の差なら、自分は彼女の恋愛対象になれただろうか……？

「殿下？　いったい、どうなさったのです？　なぜそんな難しいお顔を……」

ナタ―リエの声で、はっと我に返る。私としたことがなに馬鹿《ばか》なことを。アレクサンダーに転生したから、彼女に出会えたんじゃないか。そうだ、「もし」なんて無駄なことではなく、もっと建設的に物事を考えるべきだ。あくまでアレクサンダーとして、私が彼女の心を手に入れるその方法を。

年の差が十七あるとして、私が成人する十八の時点でナターリエは三十五歳……うん、ぎりぎり大丈夫だろう。となるとやはり、私が成人するまで彼女に待っていてもらうほかない。

……あと、十年ちょっとか。長いな。だが、幸いにしてナターリエは今のところ、そういうことには興味がないはず——。

いや、どうだろう？　ちゃんと聞いたことがなかったが、もしかすると、今相手がいないだけで、そういう願望自体は持っている可能性がある。今日の短編だって、彼女が選んだのだ。

「ナターリエ、その……恋愛とか結婚について、どう思ってる？」

「はい？　ええと、それは文学的な意味においてでしょうか。あるいは現行の結婚制度について、私がどう考えているかをお知りになりたい——」

「そうじゃなくて、ただその……ナターリエには、恋愛願望や結婚願望はあるのかなって。それに、今は好きな男がいないと言ったが、これまでにはいたのかな……とか」

私がそう尋ねるとナターリエはひととき呆気《あっけ》にとられたような表情を浮かべていたが、まもなくとても嬉《うれ》しそうに笑った。

「ナターリエ……？」

「いえ、殿下はもうそんなことに興味をお持ちになる年頃になられたのですね！」

これは……どうやら、完全に子ども扱いだな。そう思ったら、思わずむっとしてしまう。

「人が真剣に尋ねているのに、貴女《あなた》という人は……！」

「ふふふっ！　ええ、そうですね！　大変失礼いたしました!!」

「ナターリエ!!」

きっと今、私の顔は真っ赤だろう。だが、目の前で笑っているこの女性は、私のこの赤面の理由すら正しく理解してはいないのだ。しかもそれがただ彼女がそういったこと全般に疎《うと》いからというだけでなく、相手が彼女にとって子どもでしかない「私」だからという事実にも、私の胸は確かに痛んだ。

それでも――こんな状況ですら、彼女の笑顔を見ると、こんなに嬉しいとは。

「……それで、結局どうなんだ？」

「えっ？」

「だから！　貴女にも恋愛願望とか結婚願望はあるのかと――！」

「そうですね、正直申し上げて、全くございません」

彼女はきっぱりとそう言った。その答えに私は一瞬だけほっとして……だが、その直後に、今度は何とも言えぬ不安を感じる。

「その……理由を聞いてもいい？」

「特別な理由があるわけではございませんが、私はそもそもそういうものに向かないのです。それはプリングスハイムの血だと父もよく言っておりましたわ。どうやら、本来なら恋愛などに向けられるべき情熱を全て学問に向けてしまう家系のようです」

十年は彼女に待ってもらわねばならないのだ、彼女が現時点でそうした願望を持っていないのは、むしろ幸いである。だが、ここまできっぱりとそのつもりはないと言い切られてしまうと……。

「ですが、王太子殿下は、どうか素敵《すてき》な恋愛とご結婚をなさってくださいね」

「……えっ？」

「私にはそうした感覚が欠けているのかもしれませんが、人を愛することの素晴らしさや、愛する家族の存在の大切さはよく存じております。私は自分の家族を心から愛しておりますし、両親もお互いを深く愛し合う、素晴らしい夫婦でしたから。ですから、殿下には素晴らしい女性と出会い、素晴らしい恋をして、素敵な家庭を築いていただきたいのです」

優しさに溢《あふ》れるナターリエのその言葉が、今の私にはとても残酷《ざんこく》に感じられた。ああ、本当に私など、全く眼中にもないのだ。彼女の言葉になんの他意も感じられず、それが本当に純粋な愛情に満ちた言葉であるが故に、私は一層強くその現実を突きつけられた気がした。

それで、私はふと呟《つぶや》いてしまった。

「貴女が……どうして、そんなことを言うんだ？」

その言葉には、彼女を咎《とが》めるような響きが含まれていたはずだ。もちろん、彼女に非は全くない。彼女はただ私のためを思って、完全なる善意からこのようなことを言ったのだから。

だが、彼女への恋心をはっきりと自覚した今の私には耐えがたい言葉であると感じた。どうして、よりにもよって貴女にそんなことを言われなければならないのだと、理不尽極《りふじんきわ》まりないのだが、ほとんど怒りにも似た感情さえ私は感じていたのだ。

それで思わず、私はあんなことを口にしてしまったのである。

――だが、私のその問いに対する彼女の答えは、私が全く予想しなかったものだった。

「それはもちろん、殿下が私にとって最も大切な存在だからです」

「何……？」

とても優しい笑顔と眼差《まなざ》しで私を見つめながら、彼女は続ける。

「一国の王太子殿下にこのようなことを申し上げるのは大変失礼なのかもしれませんが、私は殿下のことが本当に大好きなのです。殿下ほどお優しく、温かな心をお持ちの方を私は存じ上げませんもの。そんな殿下にお仕えできることは、私の何よりの喜びなのです。だからこそ殿下が誰よりも幸せになられることを、私は心から願っているのですわ」

彼女の言葉はいつもまっすぐで、嘘偽りが全くない。そして、とても温かい。だが、今日のこの言葉には彼女の私に対する深い愛情までもはっきりと感じられ、私は思わず泣きそうになった。

「……ありがとう、ナターリエ」

「そんな、礼など！　ただ私が勝手にそう願っている、というだけですのに……」

「その気持ちが、何より嬉しいんだ。ナターリエ、私も心から貴女の幸せを願っている。ともに、未来においても私たちの幸せが常に共にあることを願っているよ」

「常に共に……。ええ、そうだったらどんなに素敵でしょうね！　殿下が大人になられて、今でもこんなに素敵な王子様でいらっしゃるのに、今よりもさらに素敵な男性へと成長なさり、この国を立派に導いてくださるそのお姿をお側で拝見できるなら……それは私にとって、最も幸せな未来ですわ」

彼女は、大人になった私の隣で妃《きさき》として側にいることなんて、露《つゆ》ほども想像していないだろう。

それでも、彼女が今頭の中で大人になった私を想像し、それを素敵な男性だと思ってくれたことが、ものすごく嬉しかった。

「ナターリエ、私は貴女が思っているよりもずっと早く大人になるよ」

「えっ？」

「すぐに貴女の背よりもずっと高くなって、貴女のことを軽々と抱き上げられるほど力も強くなる。魔法なんて使わなくても、軽々とだ！」

ナターリエは私の突然の発言に少し驚いたようだが、すぐまた「ふふっ！」と楽しそうに笑った。

「ええ、きっとそうでしょうね！　私の背なんて、本当にすぐ追い越してしまわれるわ！　そして、きっとどんな殿方よりも素敵な殿方に成長なさるでしょう。私が保証いたします」

とても優しい微笑みを浮かべながら、私を愛おしげに見つめるナターリエ。この眼差しに、親愛以上のものは含まれていない。たとえそれがいかに深く大きな親愛であれ、私が彼女に抱く感情とは全く別のものだ。

――だが、今はそれでも構わないのだ。私が成長しさえすれば、私が早く大人になりさえすれば、きっと彼女にこの想いが届くはずだ。そのために、私はいかなる努力も惜《お》しむつもりはないから。

「ナターリエ、愛してるよ」

貴女には、この言葉の真意は伝わらないだろう。だが、それでも――。

「私も、殿下を愛しておりますわ」

貴女のその言葉がほんの少しの偽りも含まぬ真実の言葉であることを、私ははっきりと感じられる。だから、今はこれで十分だ。その言葉だけで、今の私はこの上なく幸せな気持ちになれるから。

ふと時計に目をやると、まもなく午睡《ごすい》の時間だということに気づいた。

「……ナターリエ、そろそろ時間だ。今日も……側にいてくれる？」

「殿下は本当に甘えん坊ですね？　ええ、いいですよ。それでは、一緒に寝室へ参りましょう」

最近は、昼寝のときにはずっとナターリエに添い寝してもらっている。この歳《とし》にもなってなんて甘えたことを言ってるのだと自分でも思っていたのだが、それでも彼女が寝かしつけてくれるときのあの心地よさは格別で、これまた我が儘を通してしまっていた。

とはいえ今や私は彼女への恋心を自覚したのだ、本当はこんなこと、もう止《や》めるべきなのだろう。早く大人になろうと心に決めたのに、こんな甘えたことを言っていてはいつまで経《た》っても彼女に男として意識してもらえないかもしれない。

——頭では、そうわかっている。にもかかわらず、今日もこうして私は彼女に添い寝を頼んでしまった。そんな自分に、我ながら呆《あき》れてしまう。

だが、どうせある程度の年齢になったら、この我が儘が通らなくなるのは明白なのだ。それなら、許されなくなるギリギリまでこの幸せな時間を手放したくない——などと思ってしまったわけで。

彼女の手が、私の身体をとても優しく撫《な》でる。私が寝付くまで、彼女はいつもこうして撫でてくれるのだ。いや、正確には彼女は私が寝てしまってからもいつもずっと撫でていてくれる。それで、彼女自身も途中で眠ってしまうのだ。いつも忙しくしているから、疲れているのだろう。だから、目が覚めるのはいつも私のほうが少しだけ早い。

そうして今日も、私は彼女の優しい気配と温かな温度を感じながら短くも幸福な午睡のひとときを過ごし……三十分後、とても満たされた気分で私は目を覚ましたのだ。

目の前にはやはり今日も私の隣で眠ってしまったナターリエがいて、その寝顔を見ながら自分が彼女に抱くその感情を改めて理解する。ああ、私はこの女性が好きなのだ。いや、ただの好きという言葉では到底足りないだろう。私は彼女を、心から愛している。

気づくと、私は彼女の唇《くちびる》に自分のそれをそっと重ねていた。はっと、唇を離す。眠っている女性に許可も得ず口づけてしまったことに気づき、そのあまりに紳士らしからぬ自分の行動に硬直した。

——だが、先ほどの口づけのあまりのやわらかさを思い出すと頭がぼーっとなり、鼓動はやけに速くなって、顔はものすごく熱い。

罪悪感と高揚感《こうようかん》の両方が、私の胸いっぱいに広がる。しかし結局のところ高揚感のほうが大きく上回ってしまったようで……気づけば、私は再び彼女の唇に口づけていた。

ふわっと彼女が笑う。一瞬彼女が起きたのかと思い心臓が止まりそうなほど驚いたが、どうやらそうではないらしい。だが、その幸せそうな寝顔を見て、言いようもない幸福感に包まれた。

ああ、ナターリエ。私はきっとすぐに大きくなるよ。一日も早く大人になって、貴女がうっかり見惚《みと》れてしまうような、最高にいい男になるからね。そして貴女に、もうひとつの意味でも愛してもらえる男になれるように……一生懸命、頑張るから。

だから、どうか待っていてくれ。そしてどうか、いつまでも私の側にいてくれ。貴女が側にいてくれたら、私はどんなことでも成《な》し遂《と》げられる気がするんだ。

「ナターリエ、愛してる」

私はもう一度、眠れるその愛しい人にキスをした。

あとがき

はじめまして、夜明星良《よあけせいら》と申します。

この度は『魔法騎士《きし》団長様（仮）は転生した公爵令嬢《こうしやくれいじよう》を離さない！　上』をお手に取っていただき、誠にありがとうございます！

子どもの頃から、自分の本を出せたらとっても幸せだろうなあと夢見ることはあったのですが、まさかその夢がこうして現実のものになるとは思わず、「あとがき」を書かせていただいている今も深い深い感動に浸《ひた》っています。

この作品を書くまで、私は妄想《もうそう》ばかり膨《ふく》らませて実際に何かを書き上げるに至ったことはなく、拙作《せっさく》を書き上げるまでに私が人生で最も長く書いた文章というのは、学生時代に書いた論文でした。そんな私がひとつの小説、それも長編小説を書き上げられたのは、遅ればせながら知った小説投稿サイトの存在と、読者様方の存在がとても大きかったように思います。

本当に偶然そのサイトを見つけ、ほんの思いつきで投稿を始めたのですが、嬉《うれ》しいことに読者の方々から評価やご感想をいただくことができました。それを通して、自分の書く物語を読んでくださる方がいて、自分の創り出した世界を共有してもらえるというのは、とても素敵《すてき》なことだと感じました。そして読んでくださる方が一人でもいるのなら、作品を絶対に完結させたいと思ったのです。

その結果、これまで数千字のお話すらまともに書き上げたことのなかった私が、この作品を書きることができました。ひとつの作品を最後まで書き上げられたという感動は想像以上のもので、今では物語を書くのがなにより大好きなことになりました。そのような経緯もありまして、読者の方々の存在というのは私にとって非常に大きく、こうして本書を手に取っていただいている皆様にも、感謝の想いでいっぱいです！

最初に書いた作品ということもあり、自分の書きたいことや好きなものを好きなだけ詰《つ》め込《こ》んだ、私にとってはまるでなにか宝物箱のような、大変思い入れの強い作品となりました。そんな拙作をこうして出版していただけるというのは、本当に幸運で、とっても幸せなことだと思います。

お声がけくださりこうして本にしてくださった出版社の皆様には感謝しかありませんし、美麗でとても素敵なイラストを描いてくださった唯奈《ゆいな》先生と、よりよいものにしようとご尽力《じんりょく》いただき、加筆・修正の際にも的確なアドバイスをくださった編集者様には、本当に感謝してもしきれません！

この場をお借りして、深く深く、御礼申し上げます。

上巻では、やっとアマーリエとアレクサンダーが互いの正体に気づき、想いを確かめ合うことができました。下巻では真の黒幕の正体が明らかになります。下巻もお手に取っていただき、この物語の結末を最後まで見届けていただけましたら、それはこれ以上ない喜びです。
この本の制作に携《たずさ》わってくださった全ての方、そして読者の皆様に、心からの感謝を込めて。

夜明星良

eロマンス ロイヤル

本書は「ムーンライトノベルズ」(https://mnlt.syosetu.com/top/top/)に
掲載していたものを加筆・改稿したものです。
この作品はフィクションです。実在の人物・団体・事件などにはいっさい関係ありません。

●ファンレターの宛先
〒102-8177　東京都千代田区富士見2-13-3　eロマンスロイヤル編集部

魔《ま》法《ほう》騎《き》士《し》団《だん》長《ちよう》様《さま》(仮《かり》)は転《てん》生《せい》した公《こう》爵《しやく》令《れい》嬢《じよう》を離《はな》さない！　上《じよう》

著／夜《よ》明《あけ》星《せい》良《ら》

イラスト／唯《ゆい》奈《な》

2023年4月30日　初刷発行

発行者　山下直久
発行　株式会社KADOKAWA
102-8177　東京都千代田区富士見2-13-3
ダイヤル) 0570-002-301
デザイン　SA DESIGN
印刷・製本　凸版印　株式会社

●お問い合わせ
https://www.kadokawa.co.jp/ (「お問い合わせ」へお進みください)
※内容によっては、お答えできない場合があります。
※サポートは日本国内のみとさせていただきます。
※Japanese text only

ISBN978-4-04-737450-8　C0093　©Seira Yoake 2023　Printed in Japan
定価はカバーに表示してあります。